U0902233

Ball of Fat

羊脂球：莫泊桑中短篇小说集

[法] 莫泊桑◎著 杨风帆◎译

天津出版传媒集团
天津人民出版社

图书在版编目（CIP）数据

羊脂球：莫泊桑中短篇小说集 / (法) 莫泊桑著；杨风帆译. -- 天津：天津人民出版社，2016.5(2020.6重印)
ISBN 978-7-201-10252-8

I. ①羊… Ⅱ. ①莫… ②杨… Ⅲ. ①中篇小说—小说集—法国—近代 ②短篇小说—小说集—法国—近代
Ⅳ. ①I565.44

中国版本图书馆CIP数据核字（2016）第073578号

羊脂球：莫泊桑中短篇小说集

YANG ZHI QIU：MO BO SANG ZHONG DUAN PIAN XIAO SHUO JI

出　　版　天津人民出版社
出 版 人　黄　沛
地　　址　天津市和平区西康路35号康岳大厦
邮政编码　300051
邮购电话　（022）23332469
网　　址　http: //www.tjrmcbs.com
电子信箱　tjrmcbs@126.com
责任编辑　赵　艺
印　　刷　北京欣睿虹彩印刷有限公司
经　　销　新华书店
开　　本　880×1230毫米　1/32
印　　张　7
插　　页　8
字　　数　190千字
版次印次　2016年5月第1版　2020年6月第3次印刷
定　　价　24.80元

Cornudet sat in front of the big fireplace in the kitchen, in which flames blazing. (P32)

There were four candles burning on the side of the motionless body. (P66)

On the top of the door, there was a hole in a fence and there lit a small lamp, burning all night long. (P98)

The drunkard fell asleep on the steps with his body sideways, straightly in the way of the gate. (P102)

Feather-like snow falling, plains and woods were tightly wrapped up, just like wrap woven cloth made of frozen bubbles.

(P130)

Their weapons were old rusty guns hanging over the fireplace in the kitchen for thirty years, unlike the army, just like the forest police. (P135)

By and by, a trace of blood appeared on the river. (P168)

He stopped suddenly, standing in the street inanely. (P173)

前言

居伊·德·莫泊桑（1850～1893），十九世纪后半叶法国优秀的现实主义作家，与契诃夫和欧·亨利并称为“世界三大短篇小说家”。1880年《羊脂球》的发表使他一举成名，该篇亦成为世界文学史上的经典之作。作者将处于社会最底层、受人歧视的妓女——“羊脂球”与形形色色、道貌岸然的所谓上层人物做对比，充分显示出前者极富正义感和同情心的美好心灵以及后者极端自私、寡廉鲜耻的丑恶灵魂。

莫泊桑是法国文学史上短篇小说创作数量最大、成就最高的作家，其三百余篇短篇小说的巨大创作量在十九世纪文学中是绝无仅有的。他的短篇所描绘的生活面极为广泛，实际上构成了十九世纪下半期法国社会一幅全面的风俗画，更重要的是，他把现实主义短篇小说的艺术提高到了一个前所未有的水平，他在文学史上的重要地位主要就是由他短篇小说的成就所奠定的。他在文学史上的重要贡献，在于把短篇小说艺术提高到了一个空前的水平。逼真自然，是莫泊桑在短篇小说创作中追求的首要目标，也是他现实主义小说艺术的重要标志。较之十九世纪前期巴尔扎克、斯丹达与梅里美，莫泊桑的短篇已经完全摆脱浪漫主义色彩，更抛弃了传奇小说的一切手法。在选材上，莫泊桑的短篇大都以日常生活的故事或图景为内容，平淡准确得像实际生活一样，没有人工的编排与臆造的戏剧性，不以惊心动魄的开端或令人拍案叫绝的收尾取胜，而是以一种真实自然的叙述艺术与描写艺术吸引人。

本书收入了莫泊桑18篇具有代表性的经典名篇，让读者通过这些文字走近这位“短篇小说大师”，感受其独特的艺术魅力。

目录 Contents

西蒙的爸爸

时钟刚刚指向十二点，学校的大门就被推开了，孩子们一窝蜂似的拥出校门。奇怪的是，他们并不像往常那样各自回家吃饭，而是三三两两地站在离校门不远的地方，窃窃私语。

原来这天上午，布朗肖大姐的儿子西蒙第一次踏进教室，来上学了。

他们经常听到家人议论布朗肖大姐。虽然表面上大家都一团和气，好像挺喜欢她，但是背地里，这些孩子的妈妈却对她既怜悯又瞧不起；孩子们显然也受了一定的影响，但是他们却弄不懂这其中的原因。

至于西蒙，他们与他则素未谋面，因为他从不迈出家门，也从没有和他们一起在外面玩耍过。所以，他们并不喜欢他；但是有一句关于他的话，却被他们带着兴奋而又好奇的心情相互传来传去。说这话的是一个十四五岁的大孩子：

“你们听说了吗？西蒙……他……没有爸爸。”

他边说边故作神秘地眨着眼睛，好像他所知道的远远不止这些。

这时，西蒙，也就是布朗肖大姐的儿子，也走出了校门。

他有七八岁的样子，脸色煞白，衣服整齐而洁净，腼腆得像个小姑娘，怯生生的。

他刚想转到回家的那条路上去，这时，那群议论纷纷的孩子们停止了说话，用挑衅的目光盯着他，嘴角露出一丝坏笑，然后慢慢

地逼近他，把他围在了中间。他有点吃惊，同时也有点胆怯，不知道他们想把他怎么样。刚才传播新闻的那个大孩子看到别人都已站在了他的立场上，就傲慢地问他：

“你叫什么名字？”

“西蒙。”他低声答道。

“还有呢？”大孩子又问道。

“西蒙。”他心慌意乱地答道。

大孩子大叫起来：“不对！西蒙不是一个姓，应该还有别的东西……”

他急得都要哭了，又大声说道：“我就只叫西蒙，没有别的了！”

孩子们恶作剧地大笑起来，那个大孩子更是像得胜的将军，洋洋自得，向他们喊道：“这下你们相信了吧？他真的没有爸爸。”

孩子们的笑声戛然而止，大家都面面相觑。这可真是不可思议的事情，一个小孩怎么会没有爸爸呢。孩子们感到迷惑不解，越发觉得眼前的这个西蒙简直是个怪物，跟其他的人不一样；同时，母亲们对布朗肖大姐的莫名其妙的轻视，又使他们的心里更加深了这种结论。

可怜的西蒙，此时正把虚弱的身子靠在一棵大树上，以免自己晕倒；他觉得世界一下子变黑了，他被突如其来的打击弄懵了。他想大声向他们说不是这样的，但是他又无话可说。因为可怕的事实是：他确实没有爸爸。他脸上没有一丝血色，他歇斯底里地向他们喊道：“不，我有爸爸！”

“你爸爸在哪里？”大孩子紧追不放。

他哑口无言，因为他也不清楚。孩子们又开始高兴了，哄堂大笑。这些农村里的孩子此刻就像无情的动物一样，残忍地开着同胞的玩笑。这种无情，就如同母鸡发现窝里的另一只同伴受了伤，凶狠地扑上去想啄死它一样。这时，西蒙突然看见了邻居家的一个小孩，她妈妈是个寡妇。他觉得他跟自己一样，也只跟妈妈生活在一起，就指着对方说：

“你不是也没有爸爸吗？”

“你胡说八道，”寡妇的小孩纠正道，“我有爸爸。”

“你爸爸在什么地方？”西蒙也穷追不放。

“他早就死了，”小孩自豪地说，“我爸爸现在躺在坟墓里面。”

孩子们嗷嗷地叫起来，表示称赞，仿佛爸爸躺在坟墓里是那个小孩的骄傲，而没有爸爸则是西蒙的耻辱一般。这些小鬼的爸爸全是些酒鬼、盗贼之类的坏人，而且不会善待他们的妻子。孩子们故意推推搡搡，来挤西蒙，好像他们作为父母双全的孩子就应该把这个来路不明的小家伙教训一下似的。

一个站在西蒙面前的孩子，突然伸出舌头做着鬼脸，讥笑地喊道：“你没有爸爸，你没有爸爸。”

西蒙怒不可遏地冲上去，双手撕扯着他的头发，用尖利的牙齿咬他的脸，脚下还不停地踢他。一场斗殴开始了。等孩子们把他俩拉开时，只见西蒙衣衫破烂，鼻青脸肿，躺在地上，小家伙们站了一圈又鼓掌又叫好。西蒙从地上爬起来，拍了拍衣服上的土，就听有人冲他喊：

“回家告诉你爸爸去呀！”

他只觉得脑袋嗡的一声，他承认自己失败了，他们成功了，因为他无法反驳自己没有爸爸的事实。强烈的自尊心使他热泪盈眶，他想忍住不哭，但发现办不到，只好低声地抽泣，肩膀不停地颤抖着。

孩子们又哄的一声全笑了，他们像过狂欢节似的，牵起手，把他围在中间，边跳边喊：“你没有爸爸，你没有爸爸！”

西蒙突然停止了哭泣，他发狂地捡起脚下的几块石头，狠狠地朝这帮嘲笑他的小鬼们扔过去。有几个被石头打中了，痛得抱头逃跑，其余的也被他那可怕的表情吓坏了，都四散而逃，就像人群碰到一个亡命之徒一样。

就剩西蒙这个没有爸爸的人孤零零地站在那里，突然，他也撒腿就跑，因为他猛然间想起了一件事，并下定决心：投河自杀。

这是发生在一个星期之前的事。有一个以乞讨为生的人，因为穷得叮当响，便跳河自杀了。人们把他打捞上来的时候，西蒙也去看了。平时，西蒙总觉得这个可怜的人又难看，又不讲卫生，可是那时他的脸色白白的，长长的胡子湿漉漉的，双眼平静地睁着，表情显得安详而平和，他牢牢地记住了这个表情。旁边有人说："他死了。"接着又有一个人说："这下他找到快乐了。"西蒙也想像那个乞丐一样去死，因为他也像他一样可怜：没有爸爸。

他来到河岸边，望着河水发呆。清清的河水中，有几条小鱼正在游戏，它们有时敏捷地跃出水面，吞下正掠过水面的小飞虫。他看了一会儿，竟然忘记了伤心，因为鱼儿这样吃食太有意思了。但是，如同风暴虽然过去了，但树木还会被狂风吹动一样，"我要跳河，谁让我没有爸爸。"这个痛苦的想法还不时地侵袭着他的头脑。

天气很暖和，让人觉得心旷神怡。明媚的阳光照射在碧绿的草地上，河水闪闪发光。西蒙觉得短暂的快乐和哭过之后的疲劳，使他不由得想美美地在这暖洋洋的草地上睡上一觉。

一只小青蛙从他脚边蹦过来，他想抓住它，但是没抓到。他在它后面追着，又努力了三次但均告失败。终于，他抓住了它的后腿，看着它乱蹬着腿挣扎的样子，他乐得哈哈大笑。小青蛙收拢了两条大腿，又狠命一蹬，两腿像两根木头一样僵直在那里；两只鼓眼瞪得圆溜溜的；两只前腿像人的手一样不停地乱抓。这使得他不由地想起一种玩具，就是用两条小长木片交叉钉在一起，一推一拉地来训练钉在木片上的小人。后来，他又想起了家，想起了妈妈，一阵难过，又哭了起来。他身子颤抖着，跪在地上，就像每天晚上睡觉前那样做祷告。可是他根本做不下去，因为他哭得太伤心了，不停地抽泣，自然也没法平静下来。他脑子里一片空白，对眼前的世界也视而不见，只是没完没了地哭。

忽然，一只强有力的手压在了他的肩上，一个浓重的嗓门在问他："你为什么这么难过，小朋友？"

西蒙转过身，看见一个黑胡子、黑头发的大个子工人正亲切地望着自己。他抹了一把眼角和嘴角的泪水，说道：

“他们欺负我……因为……因为……我没有……没有爸爸。”

“为什么？”工人面带笑容，说，“每个人都应该有爸爸的呀。”

“可是……我……我没有。”西蒙强忍着抽泣，艰难地说。

工人脸上的笑容收敛了；他认出来了，眼前这个孩子是布朗肖大姐的儿子；尽管他是新来的，但是关于她的事情他多多少少地听说过一些。

“行了，别哭了。”他说，“我带你去找妈妈吧，你一定会有……一个爸爸的。”

他们离开了河边，工人拉着西蒙的手。笑容又重新回到了他的脸上，因为他很高兴去见布朗肖大姐，据说她是这里最漂亮的女人；或许他也有这样一个念头：失足一次的女人难保就不再失足。

他们在一座清洁的小白房子前站住了。

“这就是我家。”孩子说着，又叫道，“妈妈！”

房子里走出一个女人，工人的笑容凝固在脸上，因为很明显，眼前这个个子高高的、脸色煞白的女人是不能再等闲视之了。她站在门口，面无表情，好像绝不容许再有一个男人迈进这个小屋，因为她已经被一个男人抛弃过了。工人有点心慌意乱，手握着帽檐，吞吞吐吐地说：

“噢，夫人，我把您儿子送回来了，他在河边找不到回家的路了。”

西蒙却抱住妈妈的脖子，边哭边诉说着：

“不是的，妈妈，我原打算跳河，因为有人欺负我……因为……我没有爸爸。”

这个女人满脸通红，心里隐隐作痛；她死死地抱着她的儿子，任眼泪不住地往下流。高个子工人站在旁边，心里感慨万千，却不知所措。突然，西蒙跑上前，问他：

“你当我的爸爸好吗？”

一阵沉默。布朗肖大姐靠在墙上，两手放在胸前，默默地忍受

着羞涩的折磨。孩子得不到工人的回答，又说道：

“你要是不答应，我还会去跳河的。”

工人开玩笑地说：

“我当然同意做你的爸爸。”

“那把你的名字告诉我吧。”孩子天真地说，“要是他们再问起我的爸爸是谁，我就可以回答他们了。”

“菲利普。”工人说。

西蒙默默地把这个名字牢记在了心里，然后他举起双手，无比快乐地说：

“好啦！菲利普，现在您是我的爸爸了。”

工人抱起了孩子，冷不丁地在他脸上吻了两下，又放下他大踏步地走了。

次日，西蒙去上学。等着他的还是冷嘲热讽。放学后，那个大孩子又想拿他开心，但被他硬邦邦地扔过去一句话：“我有爸爸，他的名字叫菲利普。”

四周是一片兴奋地叫嚷：

“菲利普是个什么人？……他姓什么？……他是从哪里冒出来的？”

西蒙不理他们，他信心十足，冷冷地看着他们，他宁可被打死，也不想在他们面前退却。校长出来赶走了那帮小鬼，他才回到了家。

接连三个月以来，工人菲利普总是出现在布朗肖大姐家旁边，有几次，他发现她坐在窗前干活，就壮着胆子过去跟她闲聊。不过她始终很客气，从来不笑，也从来没让他进过屋。但是，男人嘛，总是有点自我感觉良好，他始终认为她在对他说话时脸比平常更红。

然而，人的名声一旦被破坏了，就很难再变好，就算又变好了，也是不堪一击的。布朗肖大姐尽管一直都很小心，还是免不了被人说闲话。

西蒙则很喜欢他的新爸爸，几乎每天晚上，在工人下班后，他都要和他一起去外面走走。他还是按时到校，板着面孔在同学们中穿过，却不同他们说话。

但是有一天，那个罪魁祸首的大孩子又对他说：

“你骗人，你没有爸爸，他也不叫菲利普。”

“你凭什么这样说？”西蒙生气地问。

大孩子一脸得意，他搓着两只手说：

“因为，他要是你的爸爸的话，那也就应该是你妈妈的丈夫。”

这可是个顺理成章的事情，西蒙一下子愣住了，但是他一再重申：“反正他就是我爸爸。”

“也有这个可能，”大孩子不屑一顾地说，“只是，他还算不上是你真正的爸爸。”

西蒙耷拉下了脑袋，满腹心事地来到了卢瓦宗爷爷的铁匠铺。他来找菲利普。

铁匠铺在树林的中间，里面光线很暗，只见大炉子里的火光一闪一闪，映照着五个赤膊的人，他们正在叮叮当当地打铁。这些人好像火里的怪物一样，只有两只眼睛亮晶晶的，瞪着烧红的铁块，思想却仿佛停滞了一般，只随着铁锤的起落动一动。

西蒙的进入，并没有引起人们的注意；他径直走到菲利普跟前，伸手扯了一下他的衣襟。菲利普转过身来，别的人也停下了手中的活，都转头看着他。紧接着一阵沉默过后，西蒙高声说：

“菲利普，米肖大婶的儿子刚刚告诉我，您算不上我完全的爸爸。”

“什么原因？”工人问道。

“因为他说你不是我妈妈的丈夫。”孩子认真地说。

没有人发笑。菲利普站在那里纹丝不动，他的双手握在直立在铁砧上的铁锤上，前额压在双手上。他在想问题。其余四个人都看着他。西蒙在这些高个的铁匠中显得更小；他急切地等着他的回答。忽然，其中一个人对菲利普说：

“无论如何，布朗肖大姐是个纯朴本分的好女人，虽然她有

过不幸的过去，但是她勤快踏实。她一定会成为一个正派人的好妻子。”

“这话不假。”其余三个人附和。

那个人又接着说：

“要是说这个女人曾失过身，但这能怪她吗？那个人也同意娶她的。我所认识的女人中就有好多跟她一样的，但是现在都很受人尊敬。”

“这话不假。”三个人异口同声地说。

那个人又继续说：“这是个值得同情的女人，她除了上教堂，哪里也不去，一个人辛辛苦苦把孩子养大，吃的苦、流的泪究竟有多少，只有上帝知道。”

“这可是真的呀。”另外三个人感叹道。

再后来，除了风箱呼呼的声音之外，一片寂静。突然，菲利普探下身子，对孩子说：

“回去告诉你妈妈，今天晚上我去找她。”

他扶着西蒙的肩，把他送出了铁匠铺。

接下来他又拿起铁锤干活。五把铁锤一起砸在铁砧上。就这样，他们一口气干到晚上，人人都干劲大增，心情舒畅。可是，就像节日期间，主教大堂的钟声显得比别的教堂的更洪亮一样，菲利普的铁锤声是最响的，他毫不停歇地干下去，锤声震耳欲聋。他四周都是四射的火星，他的眼睛闪闪发亮，打起铁来精神抖擞。

他站在布朗肖大姐家门前的时候，已经是夜深人静了。他穿着过节时才穿的干净衣服，胡子也修得很整齐。布朗肖大姐走到门口，显出进退两难的样子，对他说：“菲利普先生，晚上到我家来，不大好吧。”

他本想说点什么，可是一看见她，却不知说什么好了。

她接着说：“可是，您也该知道，不能让别人再说我闲话了。”

突然，他开口了：

“但是只要您同意嫁给我，别人又能说什么呢？”

她没吭声。不过他听到了黑暗中有人躺下去了。他急忙走进了屋子。西蒙已经躺在床上了，但是他听到了有人接吻的声音，还有自己的母亲的窃窃私语。接下来，他感到自己被人抱了起来，菲利普用粗壮的双臂举起他，高声对他说：

“这下你可以跟你的同学说了，菲利普·雷米就是你的爸爸，谁要是再敢打你，就小心他的耳朵。”

第二天，孩子们来到学校。上课前，西蒙站起身来，他的脸色煞白，他用颤抖而又洪亮的声音说道：“铁匠菲利普·雷米是我的爸爸，他告诉我，让我转告你们：谁要是再敢打我，就小心他的耳朵！”

这回没有笑声，原因很明显：这个铁匠菲利普·雷米是赫赫有名的，他做谁的爸爸，那简直是谁值得自豪的资本。

羊脂球

几天以来，战败了的军队不断地从城市中开过，七零八落的，说他们是军队已经名不符实了，简直是一盘散沙。这些人脸上留着长长的、脏乱的胡子，破破烂烂的军装胡乱地披在身上，没有旗子，也说不清是什么团哪个队的，都乱哄哄地朝着前方开进。每个人都仿佛非常沮丧，疲惫不堪，脑子里一片空白，也做不出什么决定，只是麻木地、机械地迈着两条腿；一旦停下来，便会倒下去。这些人中，大多数是不情愿参军的，他们平时都是厌恶战争，靠薪水吃饭的本分人，如今却被沉重的枪支压弯了腰；还有动作还算敏捷的国民别动队的成员，他们极易胆怯，也极易激动，一声号令就能冲锋陷阵，一旦溃败又仓皇逃跑；还有星罗棋布的几个穿红裤子的正规军的步兵，他们是在一场重大战役中幸存下来的，他们所在师团几乎全军覆灭；还有跟这些步兵走在一排的炮兵，他们的制服是深色的；偶然也能发现几个头戴闪亮的钢盔的骑兵，他们步履沉重地跟在那些走起来比他们轻松的步兵后面。

一同走过的还有游击队的队伍。他们为各自的队冠以气势恢宏的称号，有“战败复仇队”“墓中公民队”“视死如归队”等，他们的样子跟土匪没有什么两样。

游击队的头头们，以前不是布商就是粮商，要么就是油脂商或肥皂商，只是临时充当了军人；他们之所以能当上领导的原因，不是凭借金币，就是靠长长的胡子。他们全身裹着法兰绒的制服，全副武装，衣服还镶着金边；他们说话的嗓门大得惊人，还时不时地研究一下作战部署，好像危在旦夕的法国全靠他们这帮善于吹嘘的人的本事才能够存在；但是他们对手下的士兵也心存余悸，因为他们都是些拼命三郎，勇猛得让人难以预料，只不过光会抢劫别人的东西，并为所欲为。

听说鲁昂[①]城里马上就要开进一批普鲁士军队了。

前两个月，国民自卫军始终在本区的森林里侦察敌情，偶尔也把自己的哨兵打死；即使一只兔子在林中跑过，他们也严阵以待，而现在，却一个个躲进了自家的屋子里。枪支弹药、制服，还有以前在方圆三法里[②]大的地区内的大路上用来恐吓敌人的凶器都不知被藏到哪里去了。

法国最后一批士兵好歹算是渡过了塞纳河，打算从圣赛威尔和阿沙镇开拔到奥特玛桥去；将军走在部队的末尾，他的最后一线希望也破灭了，破灭在手下这帮乌合之众身上，他再也拿不出什么高招了；所向披靡的军队竟破天荒地战败而逃，一向以勇敢著称的军队竟然一败涂地，作为将军本人来说也是不知所措；两名副将一左一右搀扶着将军一路而行。

从此，城里的空气便变得凝重而安静，人们处在一种静得怕人的等待之中。那些只能靠小买小卖做点生意的小市民，腆着肥胖的肚子焦躁不安地准备迎接胜利的军队，同时他们也提心吊胆，就怕敌军把铁扦或菜刀也归入武器一类进行处理，虽然那只是用来烤肉和切菜的。

时间和空间仿佛都凝固了。街上空荡荡的，所有的门都关着。只是偶然出现的一两个市民，也被这种寂静吓坏了，小心地贴着墙角匆匆而过。

这种令人压抑的等待竟然变成了人们对敌人早点到来的盼望。

就在法军撤离的次日下午，几个骑兵如同从天上掉下来一般，急匆匆地穿过了城市。之后过了一会儿，又有一大队人从圣卡特琳的山坡上下来了，与此同时，又有两支敌军出现在了通往达纳塔尔

① 鲁昂：法国古诺曼底省会，在巴黎西北方，现为塞纳埃海省省会。

② 一法里相当于四公里强。

和布瓦纪尧姆的两条公路上。三部分人马的队首同时抵达市政府广场，在那里会合。接下来，德国兵从四面八方的各个巷口开了过来，一队接一队，连续不断，街道上回响着沉重的皮靴声。

在那些门窗紧闭、毫无生气的房屋前面，响起了一片沉重的、刺耳的喊号声；与此同时，千百双眼睛正偷偷地从百叶窗后面审视着这些打了胜仗的外国兵，根据所谓的“战时法”，他们的城市、财产、甚至生命都得交付给这些陌生的外国兵掌管。而世世代代在这里住了几十年、上百年的人们，此刻却正躲在漆黑的屋子里，惊慌失措，仿佛遇上了无法抗拒的灾难；明智也罢，健壮也罢，现在都显得毫无意义。因为每当旧的体制解体时，人们的安全已毫无保证，社会的法律制度和自然界的规则都已起不到任何作用，取而代之的是另外一种极端暴力的统治，这时候，人们往往会产生这样的想法。地震可以足足毁了一个国家；洪涝灾害之后，遇难的村民、牲畜和房子倒塌后的木料都漂浮在水面上；战争中胜利的一方，总要大肆屠杀战败一方的人们，把他们抓起来，凭借身上的刀枪，库里的炮弹，到处烧杀掠夺，并用这种方式来表示对神灵的感谢。一切的一切，都如同灭顶之灾，使人们开始怀疑上帝的公平合理，也不会再像有些人宣称的那样，对上帝的庇护和人类的伟大产生丝毫的信任感。

军队分散到了每个居民的家门口，先是敲门，紧接着就陆续地走了进去，他们要在这里住下来。这就是打了胜仗之后的侵占性举动，吃了败仗的一方必须服服帖帖，承受起对方的各种要求。

一段时间过后，这阵恐怖渐渐平息下来，城市里似乎又弥漫着一种安静祥和的空气。在许多居民家里，当地人与普鲁士军官共同进餐。也有些长官文质彬彬，客气地表达出他对于法国的怜悯，而且宣称，自己虽然卷入了这场战争，但并不欣赏这种做法。当地人自然马上表示对他的感谢，况且说不定什么时候还得仰仗他的荫蔽呢。讨到了他的欢心，还可以减去几个人的饭食呢。既然明知自己拗不过他，又何苦惹他不高兴呢？纵然真的这样做了，也不过是匹夫之勇，算不上英勇的表现。现在的鲁昂市的居民们也不喜欢出风头了，而不像当初誓死保卫这座城市的勇士们那样。最终，他们又为自己找了一条冠冕堂皇的理由，即只要不在别人面前与普鲁士兵显得很亲密，那么在自家房子里就不必那么板着面孔了。因此在街上见面时，双方都形同陌路，而一旦回到家里，却皆大欢喜，说说笑笑，而那些德国军官们，也越来越喜欢晚上与他们在壁炉前聊天了。

城市的面貌也正在慢慢地趋于正常。法国人大多还关在家里，但普鲁士兵却陆续涌到外面。还有那些身着蓝色制服的德国骑兵军官，虽然他们还是挎着军刀耀武扬威地走过，但那种对平民百姓不屑一顾的表情，还没有去年在这里休息的法国军官那样严重。

但是，空气中却多了一种成分，一种说不清、道不明，却令人窒息的东西，就好像是一种味道渐渐地浓重起来，这就是侵占、掠夺的味道。这种味道充斥了各家各户和各种公共场合，使人们食而无味，就像是做了远离都市的、愚昧的地方的来客一样，提心吊胆。

那些胜利者总是伸手要钱，而且数目很大。而市民们也只有满足他们，因为他们本来就有钱。但是作为诺曼底省的商人来说，拥有的钱财越多，在别人一次次地要钱之时，他内心的痛楚也越强烈。

然而农村并不这样，在河流下游几法里的地方，在克鲁瓦塞、第厄普达尔或比普沙尔一带，常常有德军的尸体被打鱼的人捞上来。这些已经做了鬼的德国人身上还穿着制服，在水里泡得像吹起来的气球，有的是被砍死的，有的是被踩死的，有的是被打死的，还有的是被扔到水里淹死的。在河床的下面，隐藏着许多偷偷的、疯狂的、却是可以理解的报复行动，那都是神不知鬼不觉的行动，是一种无言的反抗，比起正面冲突来，这要安全得多，只是可惜英雄本无名。

大家都明白，对外来侵略的反抗总是支持着一些勇敢的人们，他们为了自由与和平，视死如归。

此后，虽然整个城市都已在入侵者的淫威下屈服，但是那些关

于他们对战败者所做的坏事的传闻，却一样都没有发生过。于是，市民们不再小心翼翼地过日子，商人们又开始筹划新的一宗买卖。当时勒阿弗尔港还掌握在法国军队手中，几个在那里有买卖的大商人，此刻都想先从陆上到达第厄普，再从海上抵达勒阿弗尔港口。

他们打通了几个认识的德国军官的关系，竟然从总司令处搞到了一张出境证明。

这些人在车行里订好了马车，是一辆由四匹马拉的公家车；他们商量好礼拜二的凌晨出发，免得被更多的人发现惹来麻烦。

这几天里，地层已经冻得很深了。星期一下午三点钟左右，大片的乌云从北边压过来，大雪纷纷扬扬地落下来，整整下了后半天和一个晚上。

凌晨四点半时，大家已经等候在诺曼底旅店的门前，准备上车启程。

人们都睁着迷迷糊糊的睡眼，身上披着毛毯，但还是冷得发抖。在黎明前的黑暗中，谁也看不清谁，但是大家都裹得严严实实，看上去真像一个个胖乎乎的神父。最终，有两个男宾彼此认出了对方，又有一个人迎了上去，三个人开始说话。其中一位说："我是偕夫人前去的。"又有一个说："我也是。"另外一个也说："我跟你们一样。"第一位先生又说："我们不打算回来了，要是普鲁士人打到勒阿佛尔去，我们就去英国。"另外两个也是如此的打算，因为他们三人很相像。

过了好久，也不见有人来套车。有一个提着马灯的人影不停地从一个黑洞洞的门口走出来，又进了另一个。马踢地的声音从里面传出来，声音很小，因为屋里的地上有草料，还有一个粗鲁的男声好像在对马说些什么。这时，又响起了一阵细小的铜铃声，肯定是马夫在套车；过了一会儿，铜铃声变大了，变得连续了。忽然间声音消失了，过一会儿又突然响起来，夹杂着马蹄铁触地的沉重的响声。

门口的亮光忽然被收走了，门关上了，周围一下子静下来。院子里的先生们早就冻得说不出话来，站在那里像一尊尊雕塑。

雪片不断地落下，像横在天地之间的一幅大帘子，并且闪闪发亮，所有的事物都失去了原先的形状，被铺上了一层厚厚的雪被。在寒冬里，被寂静包围的城市中，只有雪花落下时那种若有若无、不可名状的细碎的声音，好像是一种声音，好像又只是我们的感觉，就是那种雪花相互碰撞、落地、充溢天地的景象。

提着灯的马夫又出来了，后面跟着一匹耷拉着脑袋、懒洋洋的马。他把马拴到车辕旁，围着它转了好几个圈，才把一切安顿好，因为他只能腾出一只手来干活。他正打算去拉第二匹马，一转身，发现了几个已经成了雪人的乘客，僵直地站在那里，于是对他们说："赶快到车上去吧，至少车上不下雪。"

他们原本没有这个打算，一经提醒，便争先恐后地跑到车前。三个男人先各自把自己的妻子安顿在车厢里面，才纷纷爬上了车；剩下的几个黑影也默默地爬上了车子，找了个位子坐下来。

车厢里面铺着干草，大家都把脚伸在草下面。那几位太太，此时拿出她们随身带的小铜炉，点燃了里面的化学炭，并轻声地互相说着这种东西的好处，其实都是对方早已清楚的事情。

终于，马车算是套好了，原来的四匹马增加至了六匹，说是怕打滑拉不动。车夫问了句："都上来了吗？"有人回答："是的。"随后，马车便出发了。

车子行得慢慢悠悠，一点一点地向前挪动。车轮不时被雪埋没，并发出咯吱咯吱的声音；六匹马不断地打滑，呼哧呼哧地喘着粗气，身上的热气一缕一缕的；车夫手中的马鞭上下翻飞，啪啪作响，偶尔弯曲，偶尔伸直，真像一条长蛇在扭动；要是马鞭一抽到马圆乎乎的后臀上，马立刻就使劲地一蹬蹄子，将后臀直立起来。

没有人发觉，黎明已经慢慢地来临了。鹅毛大雪，曾被一位鲁昂土著乘客比作从天上掉下来的棉絮的大雪，也不知何时停止了。路边不时出现一排裹着霜冻的树木，或者覆盖着白雪的小屋；天空中又大又黑的云块使地面更加映衬得白亮亮的，一片不甚清晰的亮光从乌云后边射出来。

车厢里的旅客都趁着这清冷的晨光，开始了对周围同伴的

审视。

靠着车厢最里面座位上的是鸟先生夫妇，他们住在大桥街，鸟先生是一个批发葡萄酒的商贩，而此刻的他们，正面向着对方在打盹。从前的鸟先生只不过是个小伙计，老板破产后就把店铺转让给了他，他因此赚了不少钱。他的生意的内容就是把坏葡萄酒低价卖给农村的小商贩，所以他周围的人都说他的花花肠子最多，最会耍手腕，是个两面三刀的地道的诺曼底人。

他以奸猾而闻名当地，以至于当地的杜尔奈先生，一位擅长写寓言和歌谣的文笔犀利的作者，在一天晚上省政府的宴会上，看见昏昏欲睡的女士们，便建议她们玩鸟飞①的游戏。不久，这个一语双关的词语就在省长的所有客厅里被传播，后来整个城市的客厅里都流传着这个词，不到一个月，全省的人都因为听说了这个词语而笑得合不拢嘴。

鸟先生之所以名声大噪还有一个原因，就是他喜欢捉弄人，好跟人开玩笑，无论是恶意的还是善意的玩笑，他都不把它们当回事。因此别人一旦说起他，都会来一句："这位鸟呀，可是个难得的稀罕物。"

他个子很矮，肚皮却很大，两个肩膀上扛着一张红通通的脸，长着灰白色的络腮胡。

他的太太又高又壮，很有主见；喜欢大声说话，脑子转得飞快；她是店铺里秩序和账房的主管人，店里也幸亏有她不亦乐乎地维持，才显出一些活力。

坐在鸟先生夫妇旁边的是衣冠楚楚的上层阶层的卡雷·拉玛东先生，这个人很有本事，是棉纺业的首脑级人物，下属三家纺织厂，荣获过四级荣誉奖章，是省议会的议员。在第二帝国时，他始终担任着平和的反对派的领导职务，他出任这一职位的最终目标是先发制人，用他自己的话说，就是先友好地批评对手，再顺水推舟，这样可以有事半功倍的效果。卡雷·拉玛东夫人比丈夫小很

① 鸟飞：法文voler有"偷窃"和"飞翔"两个意义。所以"鸟飞"也可以当做"鸟偷"，这里是强调"偷"的意义。

多，她常常成为那些奉命驻守鲁昂的贵族出身的军官们聊以自慰的对象。

此时，她也正坐在丈夫的对面，整个人缩在皮大衣里，显得小巧玲珑，娇憨动人，但双眼却流露着失意，望着车厢里人们脸上的愁云惨雾。

靠着她坐着的另外一对是于贝尔·德·布雷维尔伯爵和他的妻子。这个姓是诺曼底省历史最久远、地位最尊贵的姓。伯爵是一位很有派头的老绅士，他的衣饰考究而又精致，想提醒人们注意他身上与国王亨利四世的相似的地方。有一种传闻，使他的家族觉得无比自豪：即亨利四世与布雷维尔家族中的某个女人有了个孩子，因此这个女人的丈夫得以被封为伯爵，进而当上了省长。

于贝尔伯爵也是省议会的议员，是卡雷·拉玛东先生的同事，不过他是奥尔良派[①]的代表人物。至于他如何娶了南特城的一个毫无背景的小船主的女儿，别人一直迷惑不解。还好，伯爵夫人很有气质，人际关系比别人处理得都好，相传路易·菲利普[②]的一个王子对她也很钟情，所有上流社会的人对她都热情款待，她的客厅在当地无可匹敌，独一无二，因为里面至今还保留着往昔的浪漫气息，很少有人能在这里被待为贵客。

德·布雷维尔的家产都是不动产，听说每年有高达五十万法郎的收入。

以上这三对夫妇就是车上在座的最主要的人物，他们都是每年有固定收入、生活比较稳定、有背景的人物，最主要的是他们都是虔诚的信徒、有权有势的贵族阶层的人物。

比较凑巧的是三位女士坐在同一条凳子上，靠外边还坐着两个修女，她们手中捏着一串念珠，口中念念有词，背诵的是《圣父经》《圣母经》。其中年龄大点的一个长着一脸雀斑，好像被弹片

① 奥尔良派：代表法国大资产阶级的利益，主张拥护立奥尔良公爵为法国国王。

② 路易·菲利普：七月王朝时期（1830—1848）的法国国王。原为奥尔良公爵。

击中过一样。另一个又瘦又小，长得比较漂亮，但病快快的，她好像有痨病，但跳动在胸腔里的一颗心却表现出对宗教的忠诚和对天堂的向往。

坐在这两个修女对面的是一男一女，车内其他人此刻都向他们投去打量的目光。

大家都认出来那个男的，他叫高尼岱，外号“民主党”，是一切上层社会的人最讨厌见到的人。二十年以来，他那黄色的大胡子在所有咖啡屋的啤酒杯里扫来扫去。他的父亲以前经营买卖糖果，并且让他继承了一份很不错的遗产，但是他和一帮朋友很快坐吃山空，便急切地等待共和国的成立，好凭借他在革命事业中消灭掉的无数杯啤酒来谋取一份应当属于自己的功劳。九月四日，有人恶作剧地告诉他，他被提名接任省长，他兴冲冲地去了，可是当时办公室里只有几个打杂的，并对他说根本没这回事，他只好又灰溜溜地回来了。但是他这个人与世无争，乐于助人，于是又斗志昂扬地从事起了当地的自卫军的工作。他让人在平地上挖了不少坑，把旁边树林里的小树砍倒了一大片，在公路上设下了层层障碍；他对自己的所作所为深感骄傲，在敌军即将到来的时候，他一阵风似的跑回了城里。此时，他正迫切地要到勒阿弗尔去，因为他认为那里的防范措施更为重要，他又可以干出一番大事来了。

那个女人据说是名妓女。因为她很小的时候就已经很胖了，别人都喊她“羊脂球”。她个子不高，全身上下都胖乎乎的，好像要冒出油来，连手指也是圆滚滚的，只有关节处是陷进去的，好像勒了一段绳子，那样子酷似香肠；她的皮肤光滑而有弹性，丰满异常的胸部向上挺起。虽然她是个妓女，长得又胖，但是人们还是喜欢她的样子，都想多看几眼，因为她确实是招人喜爱。她的脸色红润，像一朵娇艳的鲜花；两只眼睛又黑又亮，非常美丽，睫毛又密又长，在眼睛上部投下一道美丽的弧线；小嘴又红又湿，让人忍不住想亲吻，两排细小的牙齿又白又亮。

听人说，她的本事非常大，让人无法预料。

在确认了她的身份之后，那几位正襟危坐的女人便开始了窃窃私语，“婊子”“社会败类”之类的词从她们的口中滑落，虽然她们说得很轻，但听起来还是那样刺耳。她抬起眼睛，扫视了一遍车厢里所有的人，眼神是勇敢的，甚至挑衅性的，所有接触到这种眼神的人，都迅速地低下了头；只有鸟先生还不住地偷看她，脸上现出轻浮的表情。

沉默只持续了一小会儿，三位夫人又开始谈论了，由于这个妓女的出现，她们三个突然变得很要好，甚至有相见恨晚之意。以她们的观点，她们必须在这个不顾廉耻的坏女人面前充分表现出作为正经人的太太的威严，因为，毕竟她们的婚姻是正当的，而她则叫人瞧不起。

她们三位的丈夫，也由于高尼岱的存在而变得紧密团结，此时，三人正以一种居高临下的口气议论着钱财。于贝尔伯爵诉说着普鲁士军队抢走他的牲畜，影响到庄稼的收割等造成的经济损失，那口气好像拥有万贯家产的财主对几粒铜子不屑一顾，对他来说不过是九牛一毛罢了。卡雷·拉玛东先生吸取了以前在棉纺业上遭受损失的教训，所以专门在英国存了六十万法郎，以备急用。鸟先生则更为神奇，他把剩下的很一般的酒全部卖给了法国后勤部，以至于他成了政府的一个很大的债权人，现在他去勒阿弗尔的目的，就是讨回这笔巨债。

三位先生都用非常友好的眼光互相看着对方，虽然他们并不是一个阶层的人，但是在金钱面前，他们感到都是知己，都是有几个钱就要摆一摆架子的大款们组成的行会中的一员。

马车还是不紧不慢地走着，上午十点钟的时候，他们的行程还不到四法里。几位男士已经下车步行三次爬坡了。每个人的脸上都显出焦急的神情，因为原计划到多特吃午饭的，但是以目前的状况来看，天黑之前都到不了那里。大家都在留意，希望在路边找到一家小餐厅，令人扫兴的是，这时候马车却卡在了一大堆雪里，等把它拖上来的时候，两个钟头都已经过去了。

肚子饿得咕咕叫，人们坐卧不宁；但是看不到一家小饭店，也找不到一个小酒馆，因为随着普鲁士军队的不断逼近，一队队饥肠

辘辘的法国军队陆续开过，人们吓得不敢出来做生意了。

先生们都下了车去路边的村子里找吃的，可是他们一无所获，因为农民们怕遭抢劫，早就把食物藏起来了，那些饿昏了头的军队可是见什么就硬抢的。

到了下午，一点钟光景，鸟先生忍不住说，他实在是饿得难受。实际上每个人都是如此，对食物的渴望越来越强烈，都没有力气讲话了。

不断地有人打哈欠，而且是此起彼伏，最后好像按一定的次序，大家依次进行下去。但是，这也有性格、教养和地位的差别：有的无所顾忌地张大嘴巴大声打，有的很小心地用手挡在嘴边打。

羊脂球有好几次探下身子，在脚边摸索着。但是每次她都犹豫着，望一眼身旁的人，又平静地坐直身子。所有人的脸上都没有血色，眉头紧锁着。鸟先生宣布，他愿意花一千法郎来换取一只肘子。他的太太动了动，仿佛不同意，但是立刻又恢复了平静。每次花钱，她都会心疼，即使是开玩笑，她也不舒服。伯爵先生说："老实说，我现在难受得要命，我当初怎么没有带点食物来呢？"随后，所有的人也都开始自责：怎么没想着带点吃的呢。

但是，高尼岱却拿出一瓶满满的朗姆酒，他邀请大家共饮，但是别的人都冷冷地谢绝了，只有鸟先生领了他的盛情喝了几口，在归还酒壶的时候，他致谢说："好多了，不冷了，也不太饿了。"喝了酒之后，他倒显得兴奋了，他建议人们照民歌里唱的小船上的情况一样，吃掉其中最胖的一个人。这分明是指羊脂球。那几位高贵的客人听了没有任何反应，只有高尼岱听后浅浅地笑了一下。两个修女早已不再念念有词，两只手抄在肥大的袖管中，纹丝不动，狠命地低着头，垂着眼，很明显，这是在承受着上帝赐予她们的磨难，借机表现她们对神灵的忠贞。

三点钟的时候，马车行进在了一望无垠的旷野中，四周没有一户人家。羊脂球终于又探下身子，从凳子下面拿出了一个大篮子，上面盖着一片洁白的方巾。

她首先从篮子里掏出一只小瓷盘子，一只小小的银杯，然后她拿出一只罐子，罐子里是两只切成块的小鸡，鸡肉上凝结了一层冻儿。大家都望过去，只见篮子里还有好多好吃的：肉酱、水果、糖果之类，足够三天吃的了，保管你三天之内不用沾厨房的边。食物中间还看得见四只酒瓶的瓶颈。羊脂球捏起一只鸡翅，细嚼慢咽，并吃着一小块面包，是被诺曼底省的人称为"摄政时代"的小面包。

其余的眼睛都盯着她看。随着香气的四溢，每个人的鼻孔都翕动着，使劲地咽着口水，耳根下的颚骨也绷得紧紧的。几位夫人对眼前这个妓女的不满更加强烈了，她们恨不得杀了她，或者把她抛到荒野里的雪地上，把她篮子里的东西也一股脑儿全扔得远远的。

鸟先生的眼睛始终未曾离开过那只罐子。他称赞道："啊，真是太奇妙了。这位夫人想得比我们长远得多，总有人想得很周到。"于是，她抬起头来，客气地对他说："您不来点吗，先生？饿了快一天了，多难受啊。"他点了点头，说道："说真的，我真是无法拒绝，我快要坚持不住了。到什么时候就说什么样的话，您同意吗，夫人？"接着又向周围看了一眼，说道："在这种情况下，能遇见乐于助人的好人，真是难得呀！"他拿起身边的一张报纸，把它摊在膝盖上，以免把裤子弄脏，然后从衣袋里摸出一把小刀，挑起一只沾着冰儿的鸡腿，用牙齿撕下一块，津津有味地嚼起来。顿时，车厢里发出一阵唉声叹气的声音。

这时，羊脂球又客气、礼貌地邀请两位修女也吃点东西。两人头也没抬，毫不含糊地就同意了，低声说了两句表示感谢的话之后，就迫不及待地吃开了。高尼岱也欣然同意了羊脂球的邀请，他也像两位修女一样，在膝盖上铺了一张报纸，一个简易的饭桌就凑成了。

几个人的几张嘴有节奏地一张一合，或吞，或嚼，或咽，都吃得有滋有味。鸟先生坐在车厢的一角，嚼得非常带劲，并小声地劝他的太太也吃点。起初，她拒绝了，但终究受不了胃中的疼痛与别人的诱惑，也表示同意了。于是，鸟先生很有礼貌地征求他们"可爱的伴侣"的意见，说可不可以也给他的妻子一小块鸡吃。羊脂球

说："这当然没什么问题，先生。"便带着亲切的笑容将罐子递给了鸟先生。

打开了一瓶葡萄酒后，也带来了一个问题，因为酒杯只有一只。大家只好在喝之前把杯子大概抹一下。只有高尼岱一个人不这样，还专门找羊脂球刚喝过的地方对着喝，很明显，他是在向她献殷勤。

德·布雷维尔伯爵和夫人，还有卡雷·拉玛东夫妇，他们四周的人都在大嚼大咽，空气中弥漫着食物的香气，令他们快要窒息了，他们现在所受的这种痛苦，有人叫它"坦塔罗斯的苦难①"。突然，棉纺厂主的那个娇小的妻子长叹了一声，大家循声向她望去，只见她的脸色煞白，又见她眼睛一闭，脑袋一歪，昏倒了。她的丈夫吓得不知所措，请求别人帮助。但是其他人也不知怎么办好，只见那个年长的修女扶正了昏过去的夫人的头，把羊脂球的小酒杯放到她嘴边，让她喝了几口葡萄酒。这位柔弱的棉纺厂主夫人才醒过来，脸上显出一丝笑意，虚弱地说她好多了。为了确保她不再昏倒，修女又硬是让她喝下了整整一杯葡萄酒，还说："不要紧，就是因为饿过头了。"

羊脂球红着脸，非常为难地看看另外四位还在忍饥挨饿的人，结结巴巴地说："唉，我要是不怕你们嫌弃的话，我的确想请两位先生和夫人也……"她不敢再说下去了，怕自讨没趣。鸟先生出来打圆场："我说，大家都是兄弟姐妹嘛，互相帮助是应该的。女士们，别客气了，还拒绝什么！今晚能不能找个地方过夜还说不准呢。以目前的速度，明天下午到达多特都算好了。"但是，四个人还是不敢贸然答应。

最终还是伯爵让了步，他对那个进退两难的胖女人摆出一副高高在上的姿态说："那好吧，我们就恭敬不如从命。"

万事开头难，只要这个头一开，后面的就不成问题了，一车人

---

① 希腊神话中主神宙斯之子，因泄露天机被罚永世站在上有果树的水中，水深及下巴，口喝想喝水时，水即减退，腹饥想吃果子时枝叶即升高。"坦塔罗斯的苦难"指可望而不可即的难熬的苦痛。

把一篮子东西消灭得一干二净。篮子里原来还有鹅肝酱、肥云雀酱、熏牛舌、克拉桑梨、主教桥镇的甜面包、精致的小甜点、整整一杯醋腌的黄瓜和洋葱，像别的女人一样，羊脂球也最爱吃生的蔬菜。

既然吃了人家的东西，哪能还对人家不理不睬呢？于是，大家开始聊天。起初，大家还有点拘谨，不过她说话很合时宜，于是别人也放得开了。德·布雷维尔夫人和卡雷·拉玛东夫人都是很会交际的人，懂得怎样做到恰到好处。尤其是伯爵夫人，她表现出了高贵的人对所有卑微的人无所畏惧的平易近人的姿态，对羊脂球十分和蔼可亲。不过胖乎乎的鸟太太，却仍然带着像宪兵一样不容侵犯的严肃表情，少言寡语，但是她吃的却很多。

战争自然首先成为他们谈论的话题。他们讲到了不少普鲁士军队的野蛮行径和法国人感人的事迹；这些虚伪的人，口口声声在称赞别人的勇猛，而自己却正在逃亡的途中。不久，每个人开始讲述自己的故事，羊脂球向他们讲述了她如何逃离鲁昂的情景，她言辞激烈，愤愤不平；妓女们是爱憎分明的，感情是十分真实的。她回忆说："本来我可以不走的。我家里有许多存粮，宁愿让普鲁士人吃点我也不愿背井离乡，颠沛流离。但是当我见到这些家伙的时候，我实在忍不下去了。我的肺都要气炸了，我恨我自己不争气，哭了整整一天。我要是个男的就好了！我从窗口看着那些头戴钢盔的肥猪，气得真想拿什么东西把他们砸死，但是女仆死死地拉住我的手，不让我动。然后他们要来我家住，我迎着进门的头一个人冲上去，狠命地掐他的脖子，要让他们知道死也不是件困难的事情。但是，他们上来扯我的头发，要不然我肯定把那家伙给收拾了。但是这样一闹，我就不敢出去了，只好找个机会逃走，这不，就上了这辆车。"

人们称赞她的勇敢，因为他们比起她来显得胆小懦弱，于是，她在他们的心目中变得很不一般。高尼岱始终面带微笑地静听着她的讲话，那种笑容是虔诚的信徒脸上的那种赞赏的、和蔼的笑容，就像一位神父听见了他的教徒在为上帝大唱赞美诗一样，因为这些大胡子的民主党人对国家的热爱，正如同长袍子的教士对宗教的信仰一样。后来他开口了，以训话者的口气，并用上了许多从贴在墙上的宣传单上看到的激动人心的词语。最后，他用了一段台词，把那个“无赖巴丹盖[①]”骂了一顿。

但是，羊脂球马上怒气冲天，因为拿破仑皇帝是她崇拜的偶像。她的脸变得通红，话也说得颠三倒四，她说：“你们这帮人，站着说话不腰疼，换了你们自己，又会怎样？肯定是一塌糊涂！是你们这种人背叛了他！法国要是让你们这帮光棍来治理，我马上就走。”高尼岱显得很平静，脸上还是那种满不在乎、高高在上的笑容；但是每个人都感受到了空气中的火药味，最后伯爵出面，用毋庸置疑的口吻说，所有的见解都应该被理解，这才把这个女人冲天的怒火给压了下去。但是伯爵夫人和棉纺厂主的妻子原本就有一种出于高贵地位的人对共和国的厌恶之情，和生来就喜爱气派、宏伟的帝国场面的天性，所以不由得认为这个妓女也有她令人喜欢的一面：她的庄重自尊，令她们佩服；而她的感情与她们的又是那样贴近。

一篮子的食物全被瓜分完了。十个人吃一篮子东西，轻而易举，大家都非常惋惜篮子太小了点。吃完食物后，话自然少了些，但还不至于马上停止。

天黑了，夜色渐渐地包围了世界。人刚吃完饭时，也很容易觉得冷，虽然羊脂球脂肪较多，但也冻得直打哆嗦。德·布雷维尔夫人提出她愿将自己的脚炉借给羊脂球，炉里的炭已经是换过不少次了的；羊脂球赶忙谢过，接过了脚炉，因为她早就手脚冰凉了。卡雷·拉玛东夫人和鸟夫人也分别将各自的脚炉借给了两个修女取暖。

赶车的人点亮了车灯，明亮的光线照在车前马臀部因出汗而腾起的雾气上，也照在车道旁边的积雪上，在车轮后飞扬着洒向刚走过的路。

---

① 无赖巴丹盖：拿破仑三世的含的有讥笑意味的绰号，他曾在一次政治冒险后化名为巴丹盖。

车厢里黑漆漆的，没有一丝光亮，但是鸟先生好像看见黑暗中的羊脂球和高尼岱先生动了动，隐约中他看见高尼岱先生迅速向一边躲闪，好像是挨了别人一记有力的闷拳似的。

路尽头现出了点点灯光，这就是多特。这段路程走了长达十二个钟头，如果再算上途中四次给马喂料和休息的两个钟头的话，就总共走了十四个钟头。马车来到了城里，停在了商务旅馆门前。

有人打开了车门。一种令人熟悉的响动使车上的每个人都大吃一惊，这是腰刀的刀鞘掉到地上发出的声音。随后又传来一个德国士兵的高叫声。

虽然车早已停稳，但是人们都坐着不动，仿佛车外等待他们的就是死亡。车夫手里提着一盏灯出现在车门口，车厢里被照得一览无余，人人都瞠目结舌，惊恐不安。借着灯光，可以看到车夫旁边站着一名德国军官，他长得很高大，但是太瘦了，有着一头金发，军装紧紧地包裹住他的身子，使人想起穿着紧身衣服的女人；一顶漆布的大檐军帽歪戴在他的脑门上，那样子酷似在英国旅馆里当差的人；他的两撇胡子又长又直，而且非常稀少，但是给人感觉特别威严，胡子向下长着，这使他的脸显得很长，而嘴唇也只剩下了向下弯曲的一道弧线。

他说着一口浓重的阿尔萨斯式法国话①，让大家下车，口吻非常傲慢："各位先生、代代（太太），难道里（你）们还扑（不）愿意下车吗？"

坐在车门口的两个修女带头下了车，她们对所有的命令都无条件地服从，因为她们是圣洁的、驯服的修女。接着是伯爵夫妇，再接着是棉纺厂主及夫人，然后是高个子的鸟太太和在她后面推着她的鸟先生。鸟先生刚站稳便向那个军官问候道："您好，尊贵的先生！"不是出于礼貌，而是小心行事的体现。对方是属于有身份有地位的人，当然对他不屑一顾，所以没有什么反应。

高尼岱和羊脂球坐在车门口，一直等其他人都下去了，才动身

① 阿尔萨在法国西部，这个地区人说的法国话德国音颇重。

往下走。他们要在侵略者面前保持铮铮铁骨。这位肥胖的女人极力使自己显得平静，而那位民主党人则用颤抖的手不时地摸着自己的大黄胡子，让人不禁有点怜悯他。很明显，他们在努力维护自己的自尊，因为在这种时候，人人都是自己国家的象征；他们对于同胞们的那副奴颜婢骨，打心眼里瞧不起；她甚至想要让自己比那些正派人家的女人看起来显得更有威严；而他，觉得自己应该言传身教，便始终表现出当初给敌人设陷阱时慷慨激昂的劲头。

他们被带到了宽敞的旅馆厨房里，那个德国军官要求他们出示出境证明，那上面清清楚楚地写着各人的名字、长相、职业等，德国军官花了老半天的时间一个个地对着本人查证件，最后终于说："可以了。"然后就走出了厨房。

人们这下子才松了口气，感觉到肚里空空的，便吩咐侍者弄点晚饭。借着两名女侍者准备晚饭的空闲时间，大家分头去寻找自己的卧室，那些房子全部在一条走廊里，相互挨着，走廊的尽头，是一间装着玻璃门的屋子，门上有"一百号[①]"的字样。

晚饭送上来，大家刚要坐下来就餐，只见店里的老板走过来。这个人以前贩卖马匹，现在又开旅店。他胖墩墩的，因为患有哮喘病，喉咙里咕噜咕噜地响个不停，他姓弗朗维。他过来问：

"请问哪位是伊丽莎白·鲁塞女士？"

羊脂球浑身一个激灵，回过头去说：

"是我。"

"夫人，我奉普鲁士军官的命令来找您前去走一趟。"

"找我？"

"没错，假如您的名字叫伊丽莎白·鲁塞的话。"

她犹豫了一下，但就只一下，然后果断地拒绝道：

"可能是，但我是不会去的。"

人群开始议论起来，大家都想不出来德国军官为什么要这样做。这时伯爵走到羊脂球面前，对她说：

① 一百号：即厕所的隐语。

“您不能这样，夫人；由于您的拒绝，很可能会惹祸上身，这样一来不只您自己遭殃，别的人也要受到牵连。好汉不吃眼前亏。这位军官肯定没有恶意，兴许只是某个手续还需要补办一下。”

其他人对伯爵的话深表赞同，对羊脂球是晓之以理，动之以情，又加上威吓，因为人们唯恐她的草率的拒绝会带来危险。最后，她终于同意了，她说：

“那好吧，我同意走一趟，但这完全是替你们着想。”

伯爵夫人立刻拉住她的手，说道：

“我们知道，我们都谢谢你的好意。”

她走了，其他人都坐在饭桌前静静地等待着。人人心里都有点遗憾，责怪那个军官为什么不请自己去，却独独找了这么一个急性子、又爱发脾气的女人去。而且每个人都在心里拟好了台词，以备请自己去时说出来。

十分钟过后，羊脂球气喘吁吁地回来了，她的脸涨得通红，怒气冲冲地骂道：“这个该死的！这个该死的！”

人们都急切地想了解事情的始末，但是她拒绝回答；在伯爵的一再发问下，她表情严肃地答道：“这与你们没有关系，请不要再问了。”

人们围着餐桌坐下来，桌子中央摆着一个大菜盘，里面是香喷喷的白菜。刚才发生的事丝毫没有影响这些人的旺盛的食欲。鸟先生两口子和那两个修女一贯勤俭节约，所以要了味道也不错的苹果酒；其他人除了高尼岱之外，都喝的是葡萄酒；高尼岱喜欢喝啤酒，而且他喝啤酒的方法与众不同，从开瓶、使酒起泡沫，到端着杯子细细地欣赏，都有自己独特的一套；做完这些之后，他把酒杯举到眼睛与灯光之间，仔仔细细地察看一遍酒的色泽，然后才一仰头喝下去。每当这时候，他那副有着与啤酒相同颜色的大胡子也得意地一翘一翘的；他的目光被酒杯牢牢地吸住了，仿佛他活着的目的就是喝啤酒，而此刻他正在完成自己的人生使命。毫不夸张地说，在他的头脑中，啤酒和革命是息息相通，甚至是相互融合的；所以他总是同时想到这两种东西。

弗朗维夫妇坐在餐桌的另一头。丈夫发出呼噜噜的声音，仿佛一个在不断地吸气、排气的陈旧的火车头，当然没有工夫说话，只顾埋头吃饭；而妻子却正好相反，说个没完没了。她先说起了自己对普鲁士人初来乍到时的看法，然后说起他们的所作所为；他们之所以惹得她恨得牙痒痒，一个是因为她为他们浪费了很多钱，另一个原因是她的一对儿子也参了军。她尤其喜欢与伯爵夫人交谈，因为她觉得伯爵夫人高雅尊贵，能与她说上话简直是三生有幸。

忽然她降低了声音，说起了一些悄悄话，弗朗维先生总是劝她不要说："太太，你还是少说为妙。"但是她充耳不闻，自顾自地继续下去：

"噢，夫人，您不知道这些混蛋所吃的东西，只吃土豆和猪肉，别的一概不吃。你别误以为他们很讲卫生，他们才脏呢。说不好听的，他们随地大小便。您是没见过他们操练呀，那一练就长达几个钟头，还有好几天的呢，人都站在旷野里：一个劲地走来走去，转过来转过去。让这些人去种田或者修路那有多好哇！但是，夫人，他们从不，他们也不给任何人任何恩惠。老百姓辛辛苦苦地养活他们，他们却不学无术，只知道杀人！虽然，我是个目不识丁的家庭妇女，但是每当看到他们个个疲惫不堪地晃来晃去时，我就忍不住地想：有的人为了别人的方便，搞出许多发明创造，可为什么有的人自己吃苦受累，却只是为了给别人带来危害呢？这算得上合理吗？不管怎么说，杀人终究是令人厌恶的，而不论被杀的是普鲁士人，还是英国人，或者是波兰人，甚至是法国人。别人触犯了你，你就要报仇，这不能说是对的，因此你肯定要受到惩罚；但是难道用枪炮对着我们的孩子，草菅人命，这却是允许的吗？如果不是，那又为什么杀人最多的人反而受到嘉奖呢？我真是越来越觉得难以理解了。"

高尼岱清了清嗓子，发言了：

"这要分两种情况：攻打一个爱好和平的小国家，是粗鲁的侵犯行径；而为了祖国的安全而奋起反击，则又是一种光荣的义务。"

弗朗维夫人低下头去，说道：

“自卫是另外一码事，但对于那些为了自己的野心而发起战争的国王，是否该千刀万剐呢？”

高尼岱的眼神熠熠生辉，他激动地说：

“说得太妙了，夫人。”

卡雷·拉玛东先生不禁陷入了沉思。尽管他对于那些将军十分仰慕，但这个家庭主妇的一番话却使他联想到了这样一种现状：即众多的人力资源被闲置着，任由他们坐吃山空；巨大的潜力埋藏着，却用不到生产中去，而假设将它们投入到一项功在千秋的浩大工程中去，那所产生的作用将是不可限量的。

此时的鸟先生早已离开饭桌，在一旁与旅馆的老板窃窃私语。胖老板笑着、咳着，不住地往外吐着痰；他圆滚滚的肚子也因为笑得太开心而不停地颤动；最后，他与鸟先生签订了六大桶红葡萄的口头合同，并约定等明年开春，普鲁士人撤退之后再送货付款。

刚吃完饭，大家都因长途跋涉而十分疲惫，便各自回到卧室睡觉去了。

但是鸟先生的眼睛已经发现了一些秘密。等鸟太太上床睡去之后，他便趴在锁孔上又是侧耳倾听，又是到处张望，想看见刚才注意到的所谓的秘密。

过了大约一个时辰，一阵细微的脚步声传来，他急忙从锁孔里望出去，只见羊脂球裹在一件点缀着白色花边的蓝色开司米睡袍里面，更显得臃肿不堪，举着一支蜡烛，朝着位于走廊另一端的大玻璃门走去。在他的旁边，一扇门被推开了。过了一小会儿，羊脂球回来了，身后多了一个人，是高尼岱先生，他没穿外套。只听他们低声地说着什么，然后俩人停了下来。看样子，羊脂球似乎正在义正词严地拒绝他进入她的卧室。遗憾的是，鸟先生却听不清谈话的内容，到后来他们谈话的嗓门提高了一些，鸟先生才听到了几句。高尼岱苦苦地请求道：

“您怎么这么固执呢？这对您是不算什么的。”

她有些不高兴了，说道：

“不可以的，亲爱的先生，做事得分场合，在这种时候、这种地方，做这种事是无耻的表现。”

他还是不理解她的心思，仍在喋喋不休地唠叨。于是，她火冒三丈，冲他大吼：

“为什么？难道您真不明白吗？普鲁士人已经占据了这座旅馆，说不定隔壁就住着一个呢。”

他无言以对。大敌当前，连这个妓女也不愿意在这时候与男人偷欢，这种高尚的爱国主义情节深深地感染了他；他给了她一个吻，便悄悄地回自己的卧室去了。

鸟先生觉得胸中像有一团火在烧，他从锁孔上直起腰来，在卧室中间的地上蹦了几下，把脑袋套在他的棉睡帽里，一伸手掀开了被子，推了推直挺挺的妻子，又凑上去给了她一个吻，把她弄醒了，然后柔声地问：“亲爱的，你还爱我吗？”

整座旅馆都沉寂下来了，可是过了不久，说不清从什么方向、什么地方，或是地窖，或是楼房里，响起了一阵均匀的，但也是呆板的鼾声，沉闷、冗长，好像开了锅但盖紧了盖的开水锅一样，这表示弗朗维先生已经进入梦乡了。

前一天就约好了次日早上八点出发，因此快八点时人们都已经在厨房里等候了； 人们到处找不到车夫，马房、草料房、车房里都不见他的踪影。没办法，男人们只好自告奋勇地进城去找。他们结伴来到广场，只见前面是一座教堂，教堂两侧的小屋子里，住的全是普鲁士士兵。他们看见一个当兵的在刮土豆皮，不远的地方，还有一个在刷理发店的屋子。还有一个长着络腮胡子的，也是个士兵，他正在哄坐在他膝盖上哇哇大哭的一个小孩子，还不时地亲他的小脸。丈夫参了军的肥胖的村妇，正指手画脚地安排那些听话的战胜者干活，诸如砍柴，在面包片上浇上热汤，把咖啡磨成粉等等。居然还有一名士兵在洗他的房东的脏衣服，房东是一个腿脚不便的老太太。

伯爵对眼前的一切感到十分惊奇，正在这时，他看到从神父的家里走出来一个教堂职员，便上前向他请教。这个忠诚的教徒回答说："这些都是些好人哪！据说他们并非普鲁士人。他们的家乡离这里很远，具体的地名我也不清楚，他们离妻弃子，远走他乡；他们憎恶战争。可以想见，他们的妻子也正泪眼盈盈地盼望着丈夫早日回家。以后他们的家乡也会像咱们这里一样，贫困不堪。这里的情况眼下还可以，因为他们从不搞破坏，干活就像在自己家里一样。看见了吗？先生，天下穷人是一家……挑起战争的是那些上层人物。"

高尼岱看到这种胜利者与溃败者不分你我的场景，心里愤愤不平，一刻也待不下去了；他宁肯一个人关在旅店的屋子里。鸟先生开玩笑地说："他们是作为候补的人口。"卡雷·拉玛东先生却说了一句严肃的话："他们正在赎罪。"但是还是没看见车夫的影子。终于，大家在城里的咖啡店里找到了车夫，此刻的他正与普鲁士军官的勤务兵坐在同一张桌子前，显得情同手足。

伯爵怒气未消，厉声发问道：

"不是告诉过你八点钟出发吗？"

"没错，可是之后我又收到了一条命令。"

"什么内容？"

"不让我套车。"

"是谁这样命令你的？"

"明摆着的事，除了普鲁士军官还有谁？"

"他为什么这样命令你？"

"我哪里知道，你们找他去问吧。他们既然让我不要套车，我就照办，就这么简单。"

"是他本人告诉你的吗？"

"不，是旅馆的老板转达了他的意思。"

"何时告诉你的？"

"昨天夜里，正当我准备去休息时。"

三位先生怀着忐忑不安的心回到了旅店。

他们去找弗朗维先生帮忙，但侍女告诉他们，弗朗维先生因为患有哮喘病，总是在十点以后才起床。他曾再三强调：除非发生火

灾，否则谁也不许吵醒他。

那个德国军官是他们无论如何见不着的；虽然他与他们同住在这所大房子里，但他只准许弗朗维先生一个人同他谈论平民百姓的事。没有办法，只好坐着等候吧。女士们也各自回房去了，找一些零零碎碎的事情来打发时间。

高尼岱坐在了厨房里那座大壁炉前，壁炉中火光熊熊。他吩咐人在他面前放了一张小桌子，要了一瓶啤酒，接着开始抽烟。他所用的那支烟斗在民主党人之间受到像他本人一样的恩宠，仿佛一支小小的烟斗也能为祖国的革命事业做出贡献。那支烟斗是海泡石做的，外观非常精巧，只是被重重的烟垢淹没了，颜色就同使用者的牙齿一样难看，但是它却散发着烟草的香味，并且又弯又亮，与握它的这只手密不可分了。只有在它的陪衬下，高尼岱才更显得有派头。现在，他坐在那里纹丝不动，只有一双眼睛一会儿移向炉中的火焰，一会儿又移到杯里的酒沫上来；每当抿一口酒时，都要神气十足地用他干枯的手向后拢一把油光滑亮的头发，并把弄到胡须上的泡沫吸走。

鸟先生假装要出去散散步，却找到当地的小酒馆去游说人家买他的葡萄酒。伯爵和棉纺厂主在谈论国家大事。他们在预测法兰西的命运。前者认为奥尔良党人将会有所作为，而后者则希望会有一位在国家民族存亡之秋涌现的救世主，或许还会有杜·盖克兰[①]那样的人物出现，也说不准是像贞德[②]一样的女英雄，还有可能再也现一个拿破仑第二，也不是不可能的。假如皇太子[③]已经长大成人了，那会是多么的不同啊！高尼岱倾听着他们谈话的内容，脸上显出一个玄妙的笑意。他的烟斗里冒出来的香烟使厨房都香喷喷了。

钟声敲过十下的时候，弗朗维先生起床了。大伙儿立刻围住了他，请他帮忙；但是他除了一再重复下面的一句话之外，也束手

---

① 杜·盖克兰：十四世纪法国民族英雄，屡次击溃英军，收复失地。

② 贞德：英法“百年战争”中法国民族女英雄。一四二一年被英国占领军在鲁昂处以火刑。

③ 皇太子：指拿破仑三世的儿子，普法战争时只有十四岁。

无策：

“长官跟我说：‘弗朗维先生，你转告车夫，不许他明天为你的旅客们套车。除非我允许，否则他们别想走开一步。你听清楚了吗？好了，就这样。’”

他们提出要与军官面谈。伯爵拿出名片，卡雷·拉玛东先生赶忙把自己的姓名和一切头衔都写在上面。终于，普鲁士军官叫人告诉他们，他愿意与这两位先生面谈，但条件是在他进完午餐之后，即下午一点钟的光景。

女士们都走到楼下来，尽管每个人都很担心，但还是勉强吃了点东西。羊脂球病恹恹的，显得有些心慌意乱。

刚放下咖啡杯，两位先生就被带到了军官那里。

鸟先生也随着去了，他们也曾动员高尼岱一同前往，为的是表示他们对这件事的重视，但他傲慢地宣布，他死也不同德国人打交道，而且又跑到壁炉前面，自斟自饮起来。

三个人一起来到了楼上，被领进了最豪华的一间屋子里面，这就是军官召见他们的场所；他坐在一张躺椅里，两只脚搭在壁炉旁，嘴里叼着一根长长的瓷烟斗，身上是一件色彩艳丽的睡衣，很明显，这是从某个世俗的小市民的空屋子里偷偷拿出来的。他连动都没动一下，好像无视他们的进入，那姿态，活脱脱是一种胜者为王的丑恶嘴脸。

老半天，他才开口：

“里（你）们有镇（什）么事要跟我谈？”

伯爵连忙回答：“我们想离开这里，先生。”

“我不允许。”

“我能冒昧地问一下，什么原因吗？”

“因为额（我）不同意你们走。”

“尊贵的先生，我提请您注意，贵军总司令部已经给我们签署了去第厄普的出境证明；而且我们也没有冒犯您，我们不应该受到您的严厉待遇。”

“就因为额（我）不元（愿）意……没有撇（别）的理由……

里（你）们格（可）以走了。”

三个人只好鞠了个躬，退出了房间。

下午的时光很难打发。人们实在想不出这个德国佬怎么会突发奇想，各人的心里都做着种种不近情理的解释。人们全都聚在厨房里，构想出各种稀奇古怪的情形争论个不停。是否要把他们扣下来当人质？——可这样做又有什么好处呢？——或许是想把他们作为俘虏押走？然后向他们敲诈一大笔钱作为交换条件？这个想法吓坏了他们。尤其是那些腰缠万贯的人，更是害怕得直打哆嗦；他们仿佛看见了大把大把的钱被贪婪的德国兵拿走，为的是买回一条命。他们费尽心机地想着隐瞒钱财的办法，又要令人信服，他们决定装穷，而且装得越穷越好。鸟先生赶忙把表链摘下来，藏了起来。夜幕降临了，夜的到来使他们更加提心吊胆。灯已被点着了，离吃晚饭的时候还差两个钟头，鸟夫人建议玩三十一点，至少这样可以消除一些紧张的情绪。没有人反对，连高尼岱也礼貌地放下了烟斗，加入了进来。

伯爵洗好了牌，分到了每个人手里。羊脂球一下子就得了三十一点；人们马上把心思都用在了打牌上，原先的担心渐渐地被抛在了脑后。高尼岱看出来了，鸟先生夫妻俩串通一气，搞小动作。

打完牌，大家正要去餐桌前就餐，忽然弗朗维先生又来了，沙哑着嗓子说：“普鲁士军官让我来征求一下伊丽莎白·鲁塞小姐的意见，问她是否考虑好了？”

听了这话，羊脂球呆立在原地，脸色苍白，接着又变得紫红，这是生气的结果。终于，她大叫一声：“你去告诉那个混蛋，那个淫棍，那个该死的普鲁士人，就说我死也不从！听明白了吗？我死也不从！”

弗朗维一离去，人们立刻围了上来，要羊脂球把那天与军官见面的始末说出来。起初，她不愿意，但是不久，她实在觉得憋气得难受，就大声嚷道：“他还会想要什么？……这个混蛋……他要和我睡觉！”这种不堪入耳的话，大家竟然没有觉得难听，因为每个人都被愤怒充斥了头脑。高尼岱狠命地把酒杯往桌上一摔，随之是一阵玻璃碎裂的声音，当下，全是对这个可耻的德国佬的诅咒声，一阵怒骂声：大家同仇敌忾，好像是要他们每个人也做出一份牺牲似的。伯爵怒气冲冲地说，这些德国人的举动和原始社会的蒙昧状态没有什么两样。而那几位女士更是表示出了对羊脂球的无比的关心和爱惜，只有两个修女，头也不抬，一声不吭，而且她们也只是在吃饭时间才走出房间的。

一阵暴风骤雨平息之后，他们开始吃晚饭，每个人都在打着自己的小算盘，所以饭桌上显得比往常要安静。

女人们早早地回房去了，男士们则边抽烟边玩牌，弗朗维先生也被拉来一道玩，因为他们都想从他嘴里套出点解决问题的对策。但弗朗维却只顾打牌，对他们的话充耳不闻，也不作任何回答；只是一个劲儿地说："打牌！来来来，打牌！"他的精力是那么的集中，以至于连吐痰都忽略了，这样一来，他喉咙里的咕噜咕噜的声音变得又粗又长，并且哮喘病所能发出的各种声音都被他一应俱全了，低沉的、尖细的，简直包罗万象。

他的妻子实在困得撑不住了，便来喊他回去睡觉，谁知竟被他拒绝了。妻子只好独自上楼去睡了，因为她是早起型的，总是随着太阳一道起床；至于他，则经常是晚睡型的，可以随意地与别人开夜车。"把我那杯牛奶加鸡蛋放在火上热着！"他说完又忙着去玩牌。大家实在觉得他不会提供任何有价值的消息时，就扔下牌不打了，然后都回各自的卧室去休息。

次日一早，大家都起床了，都怀着一种朦胧的欲望，急切地想启程上路，每个人都讨厌在这让人头痛的地方再待下去。

马匹还是被拴在马厩里，也不见车夫的人影。他们闲得无聊，便在马车周围走来走去。

午饭时，大家都很不高兴，对羊脂球的态度也变得冷冷的，夜里人们常常会想一些事情，经过了一个晚上，他们的态度转变了。现在的他们，甚至有些埋怨这个胖姑娘，她为什么不趁夜深人静的时候悄悄地去找那个普鲁士军官呢？如果这样的话，等其他人一觉醒来之时，不就可以听到一个令人高兴的消息了吗？她也不会觉得没面子，只要打着顾及旅伴们的幌子，又有什么呢？而且那种事情在她身上又不是没有发生过！

想归想，也没有谁敢说出口来。

吃完饭后，大家又无事可干，伯爵建议去城里散散心，于是每个人都穿戴严实，向城里走去，高尼岱不肯去，说自己喜欢在屋里烤火；两个修女也没有去，因为她俩白天除了去教堂和神父家里，就再也不会去第三个地方。

天气越来越冷，耳朵和鼻子冻得生疼；一双脚也冻得麻木了，走路倒成了一种痛苦；当来到野外时，满眼尽是白茫茫的一片，显得苍凉而又凄惨，人们马上觉得寒气逼人，心里也无限愁苦，于是立刻转身返回。四位女士在前面走，后面不远处跟着三位先生。

鸟先生十分明了目前的处境，突然问同伴说，那个“臭婊子”是否要一直把他们拖在这种鬼地方。伯爵始终是一副谦恭的态度，说一个女人要做出这样巨大的牺牲也是很令她痛苦的，不能逼迫她，只能采取自愿。卡雷·拉玛东先生也说，如果传闻是真的，法国人要从第厄普发起总攻的话，那多特将是两军对垒的地方。听了这番话，另外两个男人都有点发急了。鸟先生说：“不如我们弃车逃跑吧。”伯爵马上表示反对：“雪积得这么厚，又有那几位女士，能跑多远？用不了多久，我们就会被抓回去，那时就成了俘虏了，怎么处置就得由人家说了算了。”这话很有道理，没有人再说什么。

女人们谈话的内容是穿戴，但是，好像有一种无形的东西阻碍着她们的交流，大家都显得不大自然。

突然，那个普鲁士军官出现在路那头。他走在白茫茫的雪地上瘦高的身子穿着军装，走路时呈外八字形，这是唯恐把他那新擦的军靴弄脏了。

在与那些女士们擦肩而过时，他欠了欠身子，但对那些男人却十分傲慢，但是这些人也很有自尊，没有脱帽向他行礼，只有鸟先生做了一个准备脱帽的动作。

羊脂球脸涨得通红；三位太太则觉得一种莫大的羞耻，因为她们被那个军官撞见时正和一个妓女一起散步，而军官对待这个妓女的态度又是十分生硬的。

后来，她们又说起了那个军官，谈到了他的身材，他的长相。卡雷·拉玛东太太同不少军官打过交道，因而眼光特别厉害；她说这个军官人挺好，只可惜他是德国人而并非法国人，要不然应该是一名很帅气的轻骑兵，会成为一切女人崇拜的对象。

回到旅店，大家又无所事事了。为了一点鸡毛蒜皮的事，大家都口不饶人。吃晚饭时没有一个人说话，每个人都草草地扒完了饭，回屋休息去了，他们都渴望赶紧睡着，好把时间打发掉。

第二天一早，人们下楼的时候，脸色都十分难看，并且个个像火药桶，满面怒气。几位夫人甚至对羊脂球不理不睬了。

教堂的钟声响了，说明有一个孩子将进行领洗的仪式。羊脂球也曾有过一个孩子，放在了依弗多的一个农民家里养着，她很少去看他，也不想他；但是今天一听说有个小孩将要领洗，忽然唤醒了她身上母性的本能，她强烈地要去看看这个场面。

她一走开，人们立刻左顾右盼起来，然后凑在一起，纷纷议论起来，因为他们认为该是拿主意的时候了。鸟先生突然有了一个好办法，他提议让军官把羊脂球单独留下，放其他人走。

传话的还是弗朗维先生，但是他进去不到一分钟就出来了。那个德国军官老奸巨猾，心里鬼得很。他说在他的愿望没满足之前，所有的人都不能走。

鸟夫人骨子里的小妇人坏脾气一发而不可收："难道要我们死在这里为止？这个荡妇，和男人干那种勾当原本就是她的本职工作，她哪里有资格选择谁而不选择谁。在鲁昂的时候，她可是连赶车的都要过的。我不骗你们，夫人，我知道她和省政府的车夫有过一手，而那个车夫碰巧在我家的酒店里买过葡萄酒，所以这是千真万确的事实。但是现在，居然要我们来求她帮忙了！这个臭女人，反倒摆起良家妇人的姿态来了！……这个德国人，也没什么不好。兴许他只是好长时间未近女色了；比起羊脂球来，我们三个自然更让他向往。但是，他是个正派人，懂得对有夫之妇的尊敬，他只想与这个无所谓的女人逢

场作戏就行了。你们想过没有，在这里可是他说了算的。只要他愿意，一声令下，我们谁也逃不过他的掌心。”

两位太太浑身一阵激灵。美丽的卡雷·拉玛东夫人眼里露出一丝恐惧，脸色苍白，仿佛那个军官已经强暴了她似的。

刚开始，几位男士还站在旁边议论，现在却都聚拢在一起来了。鸟先生大发雷霆，提议把这个“贱货”用绳子捆起来，送给那个军官。然而伯爵毕竟是出身大家，他家祖上三代都当过外交大使，况且他本人也继承了外交家的魄力，喜欢动脑子，因此他说：“还是不要硬来，可以好好跟她说说。”

随后大家悄悄地商议起对策来。

女人们挤作一堆，尽量轻声轻语，大家各抒己见，并且都用的是得体的词语，特别是这些夫人们，她们搜肠刮肚地找出一些冠冕堂皇的话，和一些温文尔雅的词，说出了那些低级下流的事。她们的语言是那样的隐晦小心，要是别人刚去，也不知所云。但是所有贵族阶层的女人们所谓的廉耻心，都只是摆在表面给别人看的，对于这件偶然的下流的事情，她们却觉得非常开心，从内心深处有一种新奇好玩的感觉，甚至可以说是迫不及待。她们积极地在为别人筹划，却不亦乐乎，仿佛一个急于出嫁的人正在为他人作嫁衣一样。

后来，他们竟然发现了这件事的好玩的地方，心情也不由得变得好起来。伯爵先生说出了一串妙语连珠的有趣的话语，没有人觉得它难听，相反地，每个人的脸上都荡漾着笑容。鸟先生的几句粗俗的话也没有引起任何一个人的抗议，他的妻子则比他还干脆，观点也被所有在场的人认可：

“既然她干的就是这个，却为什么对别人不加挑剔，唯独拒这个人于千里之外呢？”

而美丽动人的卡雷·拉玛东太太竟然表示，要是换了她，她宁愿不接受别的任何一个人，也会接受他的。

他们花了好长时间，来商量怎样对羊脂球进行说服，就如同要包抄一座城池一样。人人都明确了自己充当的角色，该说的话和必要的小伎俩。大家统一了意见，提高了共识，对一切计谋和突袭手段都做到了心中明了，为的是逼迫这座城池大开城门，欢迎敌人。

自始至终，高尼岱都没有参与进来。

每个人都专心致志，以至于都没有人发现羊脂球已经进来了。多亏伯爵的暗示，人们才停止了谈话。一抬头，只见羊脂球已经站在眼前了。突然的沉默使大家都感到很别扭，但一时也找不到可以和她说的话。还是伯爵夫人反应快，问她说："今天的领洗怎么样？"

羊脂球的心中还洋溢着快乐，她滔滔不绝地向他们讲述着自己的所见所闻，讲得很详细。末了还加了一句："有时祷告也挺好的。"

直到午饭时分，几位夫人对羊脂球还是和颜悦色，因为她们要赢得她的信赖，以增加说话的效果。

吃午饭的时候，大家就开始轮番轰炸了。他们谈起献身精神，并举例说明，有古代的犹底特①和荷罗菲纳，有鲁克雷斯②和塞克都斯，还有娄巴特拉③，说她曾经让所有的敌军将领都屈服在她的美色之下。还有一个荒诞离奇、被游手好闲之徒传播的故事：说所有的罗马女人，将自己作为牺牲品，去征服了加布的大将汉尼拔④及其手下的兵士。只要是曾经把自己作为武器去打败了敌人的女人，只要是用女人的温柔摧毁了敌人意志的例子，只要是为顾全大局而甘愿牺牲自尊的女人，都被他们详细地列举出来，如数家珍。

更有甚者，他们还隐隐讳讳地说到一位英国的上流社会的女人。想用自己故意传染的一种病去害死拿破仑；多亏拿破仑幽会时

① 犹底特：古代传说中的犹太女英雄。维杜利城受巴比军队围攻，情况危急，寡妇犹底特出城来，深入敌营，灌醉了敌军大将荷罗菲纳，砍下了他的头，敌军因而惊溃。

② 鲁克雷斯：古罗马名将之妻，夜间被罗马皇帝的一个儿子塞克都斯奸污，次日把受辱事告诉父亲和丈夫后，愤而自杀。据传说她的死招致罗马皇帝的垮台，共和国的建立。

③ 娄巴特拉：古埃及女王，传说曾凭自己的美貌征服恺撒等罗马名将。

④ 汉尼拔：古代迦太基的大将，攻罗马不克，屯兵附近的加布等待援兵。有些历史学家硬说他迷恋于加布妇女的美丽。小说里的这些富人又附会其词大肆渲染，所以莫泊桑说他们不学无术。

感到突然一阵虚弱，才不至于被害死。

在讲述这些东西的时候，人们的用词都很得当，也很体面，并经常夸张地来一阵赞美之辞，显得很有号召力。

从他们的话里，你还不难会有这样一种想法：女人生来就是要献身的，任人摆布是她们的天职。

两个修女若有所思，充耳不闻，羊脂球也一言不发。

此后的时间，大家都给了她足够的思考的余地。但是，对她的称呼却从“夫人”改为了“小姐”，仿佛要把她曾经赢得的荣誉撤销掉，让她回到原先的位子上，看清自己卑微的地位似的。

在侍者把汤端上来的时候，弗朗维先生也过来了，他的任务还和前一天晚上一样：“我奉普鲁士军官的命令来征求一下伊丽莎白·鲁塞小姐的意见，看她是否改变了主意。”

羊脂球声色严厉地说：“不会的，先生。”

但是饭桌上的游说派已经文思枯竭了。特别是鸟先生的三句发言，起到了相当大的负面效应。人人都在冥思苦想，企图发现新的有力的事例，但均告失败。伯爵夫人现场发挥，想表达对宗教的虔诚，便询问那个年老的修女，问圣贤之辈的千秋功业都有哪些。令人扫兴的是，所谓的圣人贤士所做过的事在普通人看来，都是大逆不道的，但只要其出发点是为了天主或其他人的利益着想，那也是会得到教会的宽宏大量的。伯爵夫人认为这是一个很好的例子，便立刻引用过来。不知是双方无意的配合，还是一方的刻意奉迎，这一套是教会里的人物最擅长的做法，可能是因为没有心计，也可能是喜欢助人为乐吧，结果是这位修女为那几位先生太太的诡计助了一臂之力。起先大家认为她太腼腆，谁知事情正相反，她能说会道而且言语犀利。那些优柔寡断的人的言行从未左右过她，她的信仰坚如磐石；她认准了就不再回头；也从未有过于心不忍的时候。亚伯拉罕[①]用杀死儿子来效忠上帝的举动在她看来很正常，如果是上

① 故事见《旧约·创世纪》，神要试验亚伯拉罕，叫他把独生儿子杀死来祭天，亚伯拉罕就遵命亲自动手杀子，刚要举刀，耶和华的使者止住了他。

帝的需要，亲生父母她也会杀的；以她的观点，凡是为了正确的目标，做什么事都会获得上帝的肯定。这位宗教的化身意外地成了他们的同盟者，伯爵夫人赶忙抓住时机，故意要她把那句“为了目标不惜代价”的至理名言当众宣讲一番。于是她问道：

“我想问一下，在您看来，天主是不在乎你用什么手段的，只要出发点是好的，具体的过程就可以不强求了，是吗？”

“这是毫无疑问的，夫人。有些行动表面上看来不可原谅，但由于它的动机是好的，因而也就变得高尚起来。”

谈话在继续，她们揣摩天主的想法，猜测天主的意图，替天主揽下了不少与他毫无瓜葛的麻烦。

所有的话都说得含蓄而又体面，对于那个妓女的强行拒绝来讲，这位高冠博带的修女的发言却是一枚枚攻城的炮弹。此后的话题就有点偏了，修女玩弄着手中的念珠，向别人讲起了她所在的修会的所有的修道院，以及她的院长，还有那个名叫圣尼赛福尔的娇小玲珑的小师妹。她们此行的目的，是去护理那些躺在勒阿弗尔医院里正受天花折磨的士兵。她诉说着他们的苦难，详细地描述着他们的病痛。就因为这个可恶的普鲁士军官的蛮横无理，她们才耽搁了这么长时间。而此时正有不少的法国人战死沙场，如果她们在的话，就可以挽救他们的生命。她们引以为自豪的就是护理军人，她去过不少地方：克里米亚、意大利，还有奥地利；当她描述所经历过的那些战斗时，人们猛然觉得她正行进在那些奏响着军乐的修女队伍中，好像她们生来就是随军作战、抢救伤员的；她们的话比那些将军还有效，可以使那些散漫的老兵也变得服服帖帖。她算得上是一位优秀的战地修女，她那张因传染过天花而变得斑斑点点的脸，好像正在诉说着战争的残酷无情。

她的话起到了意想不到的作用，其他人都默默无语。

吃过饭后，人们马上回到了自己的屋里，直到第二天早上很晚的时候才下来。

午饭也吃得很安静，他们在等待前一天晚上苦口婆心的劝说的结果。

下午，伯爵夫人主张出去走走，于是按预先策划的那样，伯爵扶着羊脂球的手臂，走在人群的后边。

他用那种长者对待风尘女子的和蔼态度与她交谈，显得亲切随和，又不乏轻视；他称她“我的孩子”；他以其居高临下的地位和权威者的身份面对她。他开门见山地切入了主题：

“如此说来，您是打算让我们陪您待在这里，直到普鲁士人溃败之时，时刻承受着被虐待的痛苦，却不愿意屈尊一下，去干您的本行吗？”

羊脂球一言不发。

他待她很亲热，晓之以理，动之以情。他能既不失伯爵先生的尊贵，又能适时地给她以褒奖，真是难得。他夸张地说她将会帮他们多大多大的忙，而他们又是如何对她感恩戴德；最后他笑容可掬，亲切地称她“你”[①]。他说：“亲爱的，你不妨想想，他以后还会引以为豪，说他曾是多么艳福不浅，见识过他们国家少见的美人的姿色呢！”

羊脂球一句话也不说，抛开伯爵去追赶前面的人群。

回到旅店之后，她就回到了自己的屋里，一直没再出来。人们都很担心，不知道她会怎么处理这件事。就怕她还固执己见，一再拒绝。

吃晚饭时，她还是没有露面。然后就见弗朗维先生走过来，解释说鲁塞小姐不大舒服，让大家别等她。每个人都侧耳倾听。只见伯爵走过去，悄悄地问旅店老板：“妥了？”对方回答：“妥了。”他不露声色地回到饭桌，冲在座的人轻轻点了点头。每个人都长长地出了口气，脸上也有了开心的笑容。鸟先生大吼一声：“有没有香槟酒？今天我请客！”鸟夫人却心疼得要命，因为她看见老板已经拿了四瓶酒走过来了。所有的人仿佛一刹那都快活得不得了，每个人的心里都有一阵窃喜。伯爵先生突然间发现卡雷·拉玛东太太是那样的迷人，而棉纺厂主——卡雷·拉玛东先生则不时

① 在法国一般情况下都用第二人称复数vous（你们）来代替第二人称单数tu（你），表示客气。用第二人称单数时，表示与对方关系密切。

地对伯爵夫人点头哈腰。饭桌上到处是一片祥和的景象，每个人的话都很精彩。

鸟先生突然露出恐惧的神情，举起双手喊道："静一静！"大家吓了一跳，都有点惊慌，一下子闭了嘴。这时的鸟先生却竖起耳朵，两手放在嘴边，神秘地"嘘"了一声，然后抬头看望天花板；这样过了一会儿，他又收起那个姿势，说道："一切正常，可以放心了。"

开始人们还没反应过来，但是立刻又都笑嘻嘻的。

十几分钟之后，他又故技重演，整个晚上反复了好几次；他还不时地假装与楼上的某个人说话，说着那些他绞尽脑汁才想出来的并不高雅的话。要么，他装出一副很惋惜的样子说："苦命的女人啊！"要么，又咬牙切齿地骂道："可恶的普鲁士佬！"在别人都不理这一茬的时候，他却又尖叫几声："好了！好了！"接着好像自言自语似的说："希望她还能活着回来，可别被这个家伙给折腾死了！"

这些粗俗下流的话居然没有引起谁的阻拦，相反，大家都觉得很有意思；发怒原来也是受氛围影响的，而此刻这些人的脑子里，全是些低级趣味的东西。

在饭后吃甜点时，女士们也说了一些得体的开玩笑的话。因为香槟酒的缘故，每个人的眼中都放射出奕奕的光芒。尽管是在玩乐，但伯爵始终没有放下他那一本正经的架子，他用一个贴切的比方说，现在的人们就好像被困在冰天雪地的北极一样，而马上就要送走严冬，迎接春天的到来了，所以人人都很兴奋。

鸟先生更是兴致勃勃，他举起一杯香槟，起身说道："为了我们的胜利，干杯！"其余的人也离座起身，欢呼雀跃。在几位夫人的再三劝说下，两位修女也抿了一口啤酒。她们从未喝过啤酒，初步的印象是与柠檬水有点像，但是比柠檬水好喝一点。

鸟先生一语中的："要是有钢琴的话，正好能跳一场四对舞。"

高尼岱始终保持着沉默，像一尊雕塑一般；那样子仿佛在沉

思；他不时地使劲拽他那副大胡子，好像希望它再长一些。后来，将近午夜时分，大家都乘兴而归，醉醺醺的鸟先生突然轻拍了一下高尼岱的肚子，嘟囔道："你今晚上怎么不说话，有什么不开心的事吗，伙计？"没想到高尼岱猛地昂起头，两眼中射出冷冷的光芒，他看了周围的所有人一遍，然后说："你知道吗你们今天干了一件多么可耻的事！"接着他站起身，走到门口，又停下来重复道："可耻！"这才气冲冲地离去了。

人们都觉得很尴尬。鸟先生碰了一鼻子灰，也目瞪口呆地愣在原地；但是很快，他又像中了邪似的大笑不止："哎呀，这颗葡萄好酸呀，好酸呀。"其余的人都莫名其妙地望着他。于是，他神秘兮兮地将所谓的"走廊中的秘密"向他们描述了一遍。之后，人们又开始活跃起来。几位夫人高兴得发了狂。伯爵和卡雷·拉玛东先生把眼泪都笑出来了。他们对这件事持怀疑态度。

"哎，你搞错了吧？他确实……"

"没错，这是我亲眼所见的。"

"她竟然拒绝了……"

"因为普鲁士人就在她隔壁住着。"

"怎么会呢"

"我对天发誓，绝无谎言。"

伯爵笑得上气不接下气。卡雷·拉玛东先生更是笑弯了腰。鸟先生还喋喋不休：

"现在你们知道了吧，刚才他怎么会笑得出来呢？哪怕一点点！"

三个人笑得人仰马翻，甚至气都喘不过来了。

人们笑完后就回各自的房间去了。鸟夫人一贯是斤斤计较的人；一睡下，她就跟丈夫说，卡雷·拉玛东夫人一直对她说："你知道吗？女人对穿军装的全都来者不拒，哪里管他是法国人还是普鲁士人。上帝呀！你说这多丢人现眼！"

整个后半夜，黑乎乎的走廊里老有轻微的响动，像呼吸一样轻；还有赤脚走在地板上的咯吱声。每扇门缝里透出来的灯光表明，没有人早早地睡去。这都是酒精的作用，听说喝了香槟酒之后不容易犯困。

次日早晨，温暖的冬阳照射在皑皑白雪上，直晃人眼睛。马车终于套好了，等在门外；一大群长着黑黑的眼眶、红红的眼睛的白鸽，裹在厚实的羽毛下，昂着脑袋在六匹马周围的地上来回走着，把还冒着热气的马粪当作它们的美餐。

车夫披着暖和的羊皮，坐在车前抽着烟；人们都兴高采烈地吩咐人准备干粮，为接下来的旅途做准备。

只差羊脂球一人了。终于，她来了，表情有些紧张，显得怯生生的；她小心翼翼地走过来，而其余的人却都扭过了脸，对她视而不见。伯爵趾高气扬地扶着妻子走到了另一边，像躲避瘟疫一般。

羊脂球有点惊奇，呆立在了原地；然后她又大胆地向棉纺厂主夫人打招呼，很有礼貌地轻声说道："早上好，夫人。"而那位夫人却只微微地点了点头，同时向她投来鄙视、埋怨的目光。每个人好像都很忙，远远地躲着她，好像她是一个病毒似的。然后大家都争先恐后地上了车子，把她孤零零地抛在外面，她只好默默地上了车，一声不响地坐到了原先属于她的座位上。

人们就只当她不存在一般；只有鸟太太还狠狠地瞪着她，气愤地小声对鸟先生说："还好她离我比较远。"

马车晃了两下，又启程了。

一开始大家都相对无语。羊脂球更是把头埋得很低。这些人让她生气，更令她觉得羞耻，因为到底她向他们屈服了，被他们推向了火坑，受到该死的普鲁士人的蹂躏。

伯爵夫人还是不甘寂寞，转身问卡雷·拉玛东太太：

"德·哀特莱尔太太您认识吗？"

"那当然，我们是朋友。"

"她可真是惹人喜爱呀！"

"可不是！她是个不可多得的才女，知识渊博，又会唱歌，又能画画。"

棉纺厂主在一边与伯爵谈得热火朝天，在玻璃咣啷声的间隙

中，经常蹦出什么息票、到期、溢价、限期之类的名词。

鸟先生夫妇正在玩牌，那牌是他顺手牵羊从旅店里拿来的，牌上沾满了五年来旅店桌子上的灰尘和油污。

两个修女从腰带上拿下长长的念珠，一起画了个十字，然后嘴唇迅速地运动，像比赛似的一阵快似一阵，偶尔还吻一下圣像牌，然后又重复以前的动作。

高尼岱一直呆呆地坐在那里，不知想什么。

三个小时过去了，鸟先生的牌也不玩了。“该吃饭了！”他嚷嚷着。

鸟太太拿出一个捆着的纸包，里面是一块冷牛肉。她三下五去二就把它切成了片儿，与丈夫一起分享起来。

“咱们也吃吧。”伯爵夫人说。看伯爵不反对，她也拿过了一大堆食物。一个盖子上有一只瓷制兔子的椭圆形盆里，盛的是一只野兔，飘着诱人的香味，粉紫色的兔肉上拌着细碎的几排肥猪肉。还有一块报纸包的瑞士大干酪，干酪上印着从报纸上粘下来的四个字：“社会琐闻”。

两个修女也拿出了一个报纸包，是散发着大蒜味的一段香肠；高尼岱在宽大的外衣口袋里摸索着，从一只里掏出四只煮鸡蛋，从剩下的那只里摸出一块面包。他把蛋壳顺便剥在车厢的草堆上，便张口大吃起来，他那大胡子沾上了蛋黄的碎粒，像点点繁星一般。

羊脂球走得匆忙，没想着带什么东西，眼前这帮人的举动，使她怒火中烧，气咻咻的。她气极了，张口准备痛痛快快地大骂这些家伙一通，但话到嘴边，却又咽下去了，她被气得说不出话来。

没人理会她。她感到自己被这些伪君子的鄙视包围着；他们毁了她，又抛弃了她。她眼前出现了那只盛着美味佳肴的大篮子，都被这些家伙瓜分了；她那滑溜溜的冻鸡、肉酱、鲜梨，还有四瓶波尔多红葡萄酒；她气过了头，反而觉得异常平静，只是有种想哭的感觉。她想忍住不哭，但是办不到，泪水涌上来，模糊了她的视线，接着两滴眼泪滚下来，滑过冰凉的面颊。接着眼泪就像断了线的珠子，一颗颗滴在她那丰满的胸脯上。她挺直了腰，双眼直视前方，煞白的脸上没有一丝表情，她不希望被别人看出来。

但是伯爵夫人还是看见了，而且冲她的丈夫挤挤眼睛。伯爵做出无可奈何的样子耸了耸肩。鸟太太却得意地笑了，悄悄地说：“她在为自己的耻辱忏悔。”

两个修女收起了没吃完的香肠，又开始了念经。

高尼岱已经消灭掉了那几个鸡蛋，他长腿一伸，靠在座位后背上，双手抱着两只胳膊，像刚搞了一个恶作剧似的，面带笑容，哼起了《马赛曲》。

每个人的脸都红了。明摆着的事实，他们讨厌这种歌。他们心烦意乱，甚至想大叫几声，这情形就像手风琴奏响时总要引来几声犬吠一样。

他把一切都看在眼里，却不肯罢休。甚至唱出了声：

对祖国的无私的爱，
快来领导、支持我们复仇的手，
自由，最亲爱的自由，
快来与保卫你的人们一道战斗！

路上的雪已经被踩下去了，马车也加快了速度。在无比难挨的漫漫旅途中，在马车有节奏的晃动下，无论是傍晚，还是深夜，他始终执着地哼着那首激励人斗志的歌曲，一直到第厄普这个目的地。这使得那些已经心力交瘁并且怒火中烧的旅伴们，忍耐地把这首歌从头到尾听了一遍又一遍，而且在听上一句时，竟不由自主地记起下一句来。

羊脂球的眼泪从未停止过，偶尔在歌声的间隙里，听得到一声抽泣，那是她无法控制的一声痛哭。

一家人

去往纳伊的小火车此时正通过了玛约门，顺着街道驶向塞纳河边。挂着一节车厢的小火车头拉响了汽笛，为自己开道，那喷涌而出的蒸气像是一个累得气喘吁吁的人口中呼出的气一般；一阵叮叮咣咣的声音是活塞发出来的，让人觉得它是一个长着一双铁腿的人。街道上是夏日黄昏所特有的闷热，空气中没有一丝风，但还是有一阵白色的灰尘飞扬着，又浓又呛，并且热力十足；汗涔涔的皮肤上马上落了一层灰，蒙住了双眼，甚至好像未经过滤就径直进入了肺里。

街道两旁全是出来乘凉的人群。

车上的玻璃窗全都关得严严实实，火车飞快地奔跑起来，带动着窗帘都飞起来了。车厢里的人寥寥无几（因为天气太热，大多数人都跑到顶层和站在过道上）。有打扮得很滑稽的胖太太，也有农村的中产阶级女人，她们缺乏的是高贵典雅，却多了几分自高自大。还有长期待在办公室里疲惫不堪的先生，他们的脸色发黄，弓着身子，两只肩膀不一样高，这都是一直坐在办公桌前的结果。他们那写满烦恼的脸上，记录着让他们头疼的家事，他们常常囊中羞涩，往日的壮志已一去不复返；因为他们究竟还是穷人中的成员。他们的家就在巴黎市郊垃圾场的旁边，屋子是用白石灰刷过的，他们的日子过得紧巴巴的，门前的几盆花组成了他们的花园。

站在车门旁边的，是一个个头不高、胖胖的人，他的脸上满是横肉，叉开的两腿间是垂下来的大肚皮，他一身黑衣，还戴着勋章和绶带，正站在那里与另外一个人交谈，而这个人则穿着脏兮兮的白帆布衣服，脑门上是一顶破旧的巴拿马草帽，显得很邋遢，他长得又高又瘦。胖先生说话不紧不慢，有时还不连贯，让人觉得他有点结巴，他名叫卡拉望，是海军部的主任科员。瘦先生原先是个卫生员，为一条商船服务，后来在古尔博瓦圆形广场找了一处地方定居，用他走南闯北学来的不多的医学常识，为本地的穷人看病。他姓舍奈，人家管他叫“医生”。他在当地的人们口中是个常被议论的主题，内容是有关他的品行问题。

卡拉望先生的生活是正规的公务员所过的日子。三十年中的每一天清晨，在同一个时间，同一个地点，同一条路上，他与众多熟悉的面孔一起，为了生活而奔波；每一个夜晚，又是同样的路上，他再与那些熟得不能再熟、但日见苍老的面孔一起，回到各自的家中。

每天，在圣奥诺莱区的拐弯处，他都会花一个铜子，换来一份报纸，然后再买两小块面包，之后便带着这些东西，脸上显出仿佛要接受法律制裁的罪犯才有的表情，小心翼翼地去上班。他进办公室时总是脚步忙乱，忐忑不安，老怕因疏忽大意而挨别人的训。

他枯燥的生活中未曾有过一丝亮色；因为他只在乎科里晋升和奖金的事情，别的根本不考虑。在单位也好，在家里也好（他已经同一个同事的女儿结了婚，也不用再想着嫁妆的事了），除谈公事他别的不谈。单调的工作使他的头脑变得迟钝，并且从不想部里之外的事，那些所谓的幻想、希冀，对他来说毫无意义。但是他也有羡慕的事，即那些被叫作“白铁匠”、戴着银线袖章的海军军需官们，他们调进部里伊始，就被冠以科长或者副科长的头衔。在每天吃晚饭时，他都少不了面对替他叫屈的太太发一通牢骚，用各种方法来证明让那些本该漂洋过海的人来巴黎当官，实在是不应该的。

如今他虽然年纪大了，但他的这辈子却过得稀里糊涂，因为自从中学毕业后，他就当了公务员，而令他头皮发麻的上司正是以前让他怕得心惊胆战的学监。一走到这些人的面前，他就不由自主地害怕。这种经常性的神经压抑终于导致了他在人面前的紧张、心虚

和结巴。

他对巴黎的认识，还不如那些整天跟在狗的后面去相同地方要饭的盲人知道得多；就连花了他一个铜子买来的报纸上的新闻要事，也被他认为是哗众取宠，纯属子虚乌有。他廉洁奉公，属于那种唯唯诺诺的保守派，他对所谓的“新生事物”恨之入骨。报上的政治新闻从来引不起他的注意，更何况这些新闻在登出之时，已经由于金钱的缘故而变味了。每一个夜晚，香榭丽舍大街上总有他回家的身影，比起身边热闹的人群和飞驰的汽车，他简直像一个长途跋涉的行路人突然来到了一个陌生的国度。

那一年的一月一日，他因三十年的服务期满而被授予了荣誉勋位十字勋章。这些军事化的机关部门就是用它来笼络人心，使部门内部的人员心甘情愿地服他们没完没了的苦役（美其名曰“忠诚服务”）。他受宠若惊，重新审视自己，觉得还是很有潜力的，从此，他整个人都变了。为了表示自己的组织纪律观念，对他所在的“勋位团”表示敬意，他换掉了五颜六色的长裤和时髦的上衣，穿上了黑色的长礼服和裤子，这样一来，他那体面的“勋章绶带”才显得更加抢眼。每天早上起床后，他就急于刮胡子、洗指甲，衬衣也变成了两天一换。仅仅一天的工夫，他就像换了个人似的，成了精神、爱干净、待人宽厚的卡拉望先生了。

在家里，他一直把“我的十字勋章”挂在嘴边。他引以为荣，只要看见别人佩戴其他勋章，他就受不了。外国的那些勋章更是惹得他大发雷霆：“法国不应该允许这种东西出现”；他尤其讨厌舍奈医生，因为他每次都戴着一种五颜六色的勋章绶带在小火车上晃悠，而每次都能让他撞见。

火车走在凯旋门通往纳伊的路上，他们两个谈着同一个话题。跟平时一样，他们先从地方的缺陷谈起，尽管他们对这个问题意见尖锐，但纳伊区的区长却不见得也会如此。然后，可能是由于医生的本行，卡拉望向他询问起健康问题，他是想免费地讨一次健康指南，兴许还能问出个什么有用的东西来呢。而且最近他的母亲经常昏过去，好半天也醒不来，他很是不安。母亲已经九十岁了，她死活不让看医生。

一说起母亲的高龄，卡拉望就很自豪。他不住地问舍奈“医生”：“活到这么大年龄的人您见过吗？”随后两手不停地揉搓着，显出很高兴的样子，这并非说他希望老母亲长生不老，关键是母亲的长寿对他来说也是一个很好的兆头。

接着他又说：“啊哈!我家里的人没有短寿的；所以，我敢说，除非是天灾人祸，我也会长寿的。”卫生员用同情的眼光看着他：通红的脸、肥短的颈项和那耷拉在两条粗壮的大腿之间的大肚皮，这是容易中风的肥胖身材；接着他抬了抬脑门上那顶破旧的巴拿马草帽，笑嘻嘻地说：“不一定吧，伙计。您母亲瘦得皮包骨头，而您正好相反，像个充满了气的气球。”卡拉望先生张张嘴，却什么也没说。

正在这时，目的地已经到了。两人下了车。在舍奈先生的建议下，俩人来到了以前常来的环球咖啡屋去喝苦艾酒。老板与他们是老熟人了，在柜台后伸出两个指头来与他们握了一下，算是打招呼，之后他俩走到正在打多米诺骨牌的两个人旁边，这两个人对这种牌简直着了迷，从中午起就一直没停过。彼此寒暄之后，对方随口问了句“有新闻吗”，然后又低头去忙他们的事；他俩临走时，那两个牌迷动都没动，只伸手表示了一下；出了咖啡屋，他俩也握手道别，回家去了。

卡拉望的家住在古尔博瓦广场旁边的一座小屋子里，那是三层的楼房，楼下有一个理发店。

他的家是两室一厅，再加一个厨房，几张椅子整天被来回地搬。卡拉望夫人整日在家做家务，她有一个女儿和一个儿子，女儿名叫玛丽·路易丝，儿子名叫菲利普·奥古斯特，此时两个孩子正和别的小孩在街边的沟里玩闹。

卡拉望的老母亲住在楼上。这里的人都知道老太太很吝啬，加上人又很瘦，因此有人曾说：“天主”的小气作风在她身上得到了淋漓尽致的体现。她几乎天天发脾气，跟人吵架。

她站在窗前，谩骂所有她看到的人：邻居、卖菜的、扫大街

的，还有小孩子。为了表示抗议，孩子们常常在她上街的时候成群结队地在她后面喊着："老——巫——婆！"

家里雇用了一个小女佣，由她负责家务。但是这个诺曼底人惯于疏忽大意，让人一刻也放不下心来。为了以备不测，让她住在三楼老夫人的屋子里。

卡拉望一回到家，就看见爱干净的太太正在擦拭那几把星罗棋布的桃木椅，手里拿着一块法兰绒。她的手上总是戴着线手套，一顶用五颜六色的缎带编成的帽子歪戴在头上。她总是在打蜡、刷洗或擦拭的时候，对旁边的人说："我没有钱，家里也没有豪华的东西，但我喜欢干净，这是一种和有钱人同样有意义的享受。"

她生性好强，凡事喜欢脚踏实地，碰到大小事情都由她说了算。晚上，无论在吃饭时，还是在睡觉前，他们经常为部里的事情进行没完没了的讨论。尽管他与她相差二十岁，但他一直像虔诚的教徒对待神父那样，从不隐瞒什么，而且也从没脱离过她给他定的既定路线。

她生来就不好看；现在又瘦了，加上个子矮小，简直可以说是丑了；如果她稍作修饰的话，也可以显出一点女人味来，但遗憾的是她从来就不知道该怎样打扮自己，因此也就彻底地与娇媚无缘了。她的裙子总是一边高一边低；而且由于洁癖的作祟，她时常旁若无人，不分场合地在地上扫。那些装饰着一大把色彩鲜艳的缎带的帽子也许可以算得上她唯一的一件饰物，而且她常常美滋滋地把它戴在头上。

一看见丈夫，她马上踮起脚尖，亲了一下他的脸，说道："亲爱的，你还记得波丹吗？"（这里指他允诺的一件事。）令她失望的是，他一屁股坐到椅子里；第四次还是没记住。"坏了，"他念叨着，"今天一天我都在提醒自己，但还是白搭，到头来还是没记住。"那个样子仿佛非常懊悔，她忙宽慰他说："没关系，明天再说吧。今天部里有什么事吗？"

"当然有。头条新闻：又来了一个白铁匠出身的副科长。"

她马上显出不高兴的样子问道：

“哪个科的科长？”

“海外采购科。”

她愤愤不平地说：“如此说来，是顶了拉蒙的位子了，我还以为你会抓住这个机会呢；拉蒙本人怎么样了？退休了吗？”

他吞吞吐吐地回答：“是的，他……退休了。”她火冒三丈，那顶帽子也仿佛因生气而跳到了肩膀上。她又说：

“你完了，待在这种鬼地方，别企图有什么发展了。这位新的副科长贵姓？”

“博纳索。”

手头就有一本海军年鉴，她随手拿起来翻开，口中念着：“博纳索·立伦，一八五一年生；一八七一年调任见习军需官，一八七五年升任至助理军需官。”

“他有过出海记录吗？”

一听这话，卡拉望喜形于色，肥大的肚子也乐得一颠一颠的。

“他跟他那个上司巴兰是一丘之貉。”接下来，他大笑着向她讲述了一个大家都认为很有趣的笑料：“你要是派他们坐船去巡视港口，那就大错特错了，因为他们连坐小火轮也晕。”

然而她仍然充耳不闻地沉着脸。一会儿，她一边慢悠悠地用手蹭着下巴，一边唠叨着：“我们要是有一位当议员的亲朋好友就好了，把部里的事情让他透露给议会，那部长大人可就得吃不了兜着走了……”

这时，一声喊叫从楼梯上传下来，她停止了说话。两个孩子从外面回来了。他们在每迈一个台阶上都打闹，拳脚相加。卡拉望夫人凶巴巴地跑出去，拎着他们的手臂，把他们捉回房间。

一见到爸爸，他们撒娇地奔过来。卡拉望先生和蔼地亲他们的脸，过了好长时间，才把他们放在自己的大腿上，跟他们聊天。

儿子菲利普·奥古斯特长得很难看，头发像乱草，全身上下脏兮兮的，有点像弱智儿童。女儿玛丽·路易丝与她妈妈很相像，说着她说过的话，做着她做过的手势。她也会问爸爸：“最近有什么新闻吗？”她爸爸高兴地回答她：“那个每个月都会来吃饭的你的

朋友拉蒙就要退休了，丫头，他的职位已经被一位新来的副科长接替了。”她扬起脑袋，看着爸爸，像个小大人似的说：“也就是说，你又被一个人抛在后面了。”

他的笑容僵在了脸上，默不作声。接着又左顾右盼地转移主题，看到妻子在擦玻璃，他问：“妈在楼上怎么样？”

他的夫人停下了手中的活，把掉到肩上的帽子拉回到脑袋上，转过头激动地对他说：“她很好！我还是跟你说说你妈吧！她太不像话了。楼下理发师的夫人勒博丹太太刚刚来过，她想向我借一点小粉，正巧我不在，你妈就像打发叫花子一样把人家给赶走了。因此我重重地说了她几句。但她总是在别人说她不好的时候就听不见了。实际上，她耳不聋，不是吗？她完全是装的，因为她无话可说，转身就回楼上自己的房间去了。”

卡拉望羞愧难当，一句话也不说。就在这时，小女佣跑过来报告说，晚餐准备好了。于是他顺手拿起立在墙角的一把笤帚，敲了三下天花板，这是告诉他的老母亲：下楼吃晚饭。随后他们便来到了餐厅。卡拉望太太把汤分好，只等着婆婆的到来。但是过了老半天，老太太还不见下来，汤都要凉了，他们只得先自己喝起来。喝完汤，他们又停下来等。卡拉望太太一个劲地抱怨丈夫：“她这是故意跟我过不去，她也不是不知道。但是你一直护着她。”他进退两难，无可奈何，只好让玛丽·路易丝去喊她奶奶吃饭，他本人却待在原地，低垂着脑袋。卡拉望太太用刀子咣咣地敲着酒杯，以示愤怒。

突然，门被打开了，女儿独自回来了，她气喘吁吁，面无血色，惊慌失措地大喊：“奶奶在地上躺着。”

卡拉望立刻从椅子上跳起来，扯掉了身上的餐巾，狂奔起来，重重的脚步声在整个房间里回荡。而他的太太却坚信这又是婆婆的恶作剧，满不在乎地耸耸肩，随后也慢悠悠地上了楼。

他的老母亲僵直地卧在屋子中央的地板上。卡拉望把她翻了个身，只见她面无表情，皱皱巴巴的发黄的皮肤像是被硝过似的，她双眼紧闭，牙关紧咬，枯瘦的身子硬邦邦的。

这个儿子跪在母亲的旁边，小声嘟囔着："我可怜的老娘！"然而，他的妻子在细细观察过之后，却哼道："好，又昏过去了！放心，不会有事的，只是晚吃一会儿饭而已。"

老太太被抬到床上，脱去了所有的衣服，卡拉望夫妇，还有小女佣，一起给她揉搓。但是无论他们怎样卖力，老太太的情况还是不见好转。无奈，他们只好让罗萨丽去请舍奈"医生"来看看。他远在絮伦一带的河边，过了好长时间，才赶到卡拉望家。他看了看病人的样子，替她号了脉，又听了听心脏，然后说："准备后事吧。"

卡拉望抱着老母亲的身体，伤心欲绝；他一个劲地吻着那张已经变得发硬的脸颊，大滴大滴的泪水像雨点一样不断地落在死者的脸上。

他的太太也显得悲悲切切的。她在丈夫身后站着，不停地用手揉着两眼，小声地哼哼着。

卡拉望的脸显得更加浮肿，仅有的几根头发也乱糟糟的，发自内心的悲痛使他显得更加难看。忽然，他一下子站起身，问："但是……您确定吗，医生……您真的确定吗？……"卫生员赶过来，像卖主炫耀自己的商品一般，熟练地在尸体上比画着，他说："伙计，你自己看看。"说着把老太太的一只眼皮翻上去，让她的儿子看，只见那只眼睛跟往常差不多，但瞳孔已经放大许多。卡拉望觉得心如刀绞，浑身冰冷。医生又拿起死者的手，拼命地掰开她的手指，作为一项强有力的证据，理直气壮地说："再看看这手，您只管放心，没错。"

卡拉望又扑倒在床上，哭得东倒西歪，那悲哀的哭声就像一头牛的哀叫。卡拉望太太也假惺惺地哭起来，但也没忘记做一些必需的事情。她在床头柜上铺了一块餐巾，点燃了四支蜡烛，再把柜子搬到床前，然后从壁炉台上的镜子后面拿下一个黄杨树枝条，放在一个盆里，再把盆放在蜡烛的中央。她往盆里倒满了清水，用它来代替圣水，又往水中撒了一点食盐，到此为止，简单的祝圣仪式算是完成了。

这些摆设意味着死神已经来召唤老太太了。做完这些，卡拉望太太肃立在一边。直到卫生员在她耳边提醒道："卡拉望先生不应该再待在这里了。"她才走到丈夫身边，和卫生员一起，把哭得跪倒在地上的卡拉望先生扶了起来。

他们把他安置在一张椅子里，卡拉望太太吻了一下他的前额，劝慰了几句。卫生员也顺着话头，鼓励他要坚强起来，因为这一切都是命运的安排，话是这么说，但任何一个人遇到突如其来的灾祸时，总是这样的。然后，他们又把他带离了这个令他伤心的地方。

他不停地抽泣，像个可怜的胖小孩，他全身软绵绵的，四肢无力。他都不记得所做的事情了，只是迈着两只麻木了的脚，来到了楼下。

他被扶到了往常吃饭时坐的椅子上，空空的汤盆摆在他的面前，里面放着他用过的汤匙。他一动不动地坐在那里，呆呆地看着酒杯，脑子里一片混沌。

他的妻子与医生在一旁交谈，讨论都应该做些什么事情，她请他帮忙出出主意。后来，医生仿佛还有什么要紧事似的，急忙拿起帽子，鞠了个躬，借口说他还得回家吃晚饭，便准备告辞了。卡拉望夫人喊道：

"原来您还没吃晚饭呀！要是不嫌弃的话，就将就在我家吃点吧。我们早就做好了，您不必觉得不好意思，因为我们自己都吃不了。"

他委婉地谢绝她的好意，但是她一再坚持说道：

"这没什么，您就留下来吧。您能在我们遇到困难的时候出现，真是令人感动；况且，或许您还能劝说一下我丈夫，让他吃点饭，这时他更需要打起精神啊。"

卫生员又行了个礼，把帽子放回原处，说道："恭敬不如从命，我在这里先谢过您了，夫人。"

她把不知所措的罗萨丽叫到跟前，吩咐了她几句，便也坐到餐桌前，开始吃饭，用她的话来讲，只是为了"做个样子，陪'医生'一会儿。"

已经放凉了的汤又被送了回来，舍奈先生连喝了两盆。然后上的菜是里昂式牛肚，里面有一股香喷喷的洋葱味，卡拉望夫人也吃了一口。“真好吃。”医生称赞道。她笑了笑，问：“是吗？”接着掉过头冲着丈夫说：“我亲爱的阿尔弗雷，可怜的人，你也来吃点，就算是先垫一下肚子也好，因为，你别忘了，还要熬个通宵呢！”

他听话地接过盘子，一点也不抗议，随便地受人指使，这时假如要他睡觉，他也不会反对的。然后，他便开始吃了。

医生很主动，一点都不拘束，他接连叉了三块牛肚吃下去了；卡拉望夫人也不断地往嘴里送着大块的牛肚，吃法显得很不在乎。

女佣送上来一钵通心粉，医生在嘴里念叨着：“啊！好东西。”卡拉望太太给每个人都盛了一份，包括两个孩子的小碟子；孩子们狼吞虎咽地吃起来，他们也喝不兑水的葡萄酒，而且又在桌子下面踢打起来，反正这会儿没人顾得了他们。

联想到罗西尼[①]也喜欢这种意大利菜，舍奈先生突然说：“真有诗情画意！听我的开头，还押韵呢：

罗西尼大师
通心粉条最爱吃……

没有人留意他的发言。卡拉望夫人一下子忧心如焚，今天这件突然事件的种种结果在她的脑子里飞转。而她的丈夫，正愣愣地望着桌布上那几个被他搓成了球形的面包出神。他觉得口干舌燥，一杯接一杯地喝着葡萄酒；他那已受到伤痛的折磨的脑子，现在却感觉轻飘飘的，仿佛在恍惚中飞翔，而这种恍惚却是由于刚才猛吃所带来的消化困难造成的。

再看医生，即使是海量，也会醉了，因为他喝得太多了。卡拉望夫人也由先前的紧张害怕转为糊里糊涂的兴奋，因为一切都没有头绪，她心里乱糟糟的。

① 罗西尼：意大利著名作曲家。

舍奈先生向他们描述了几个死了人之后的家庭发生的他认为不可思议的事情。巴黎的这个郊区中外来人口很多，农村的人对死者特别漠然，即使死者是他的亲生父母。这种毫无人情味的事情在农村并不稀奇，但在巴黎却不多见。他说："就在一星期前，有人请我去碧多街的一个地方。等我赶到那里时，发现病人早已死了，但他的亲属们却聚集在一起，不紧不慢地喝茴香酒，而这酒却正是前一天晚上送给奄奄一息的病人喝的。"

可是，卡拉望夫妇谁也没听他的话，妻子在盘算着老太太遗产的事，而丈夫则什么也听不进去，因为他的脑子里什么也没有了。

忽然，卫生员拿起酒瓶，为所有的人斟了一小杯白兰地。吃下去的食物正慢慢地散发出能量，使人觉得慵懒而且舒服，再加上酒精的作用，更令人筋骨舒畅。大家默默地饮着浅黄色的甜白兰地，享受着这份安逸舒心。

罗萨丽把两个已经呼呼大睡的孩子抱到了床上。

如同每个人在不幸时的做法一样，卡拉望先生不停地喝着白兰地，想借酒浇愁；他那黯淡的眼睛里也射出了奕奕的神采。

卫生员站起身，这次真的要走了；他拉着老伙计的手臂，对他说：

"和我一块出去透透气，散散心吧，这对您没坏处；越是有烦心事的时候，就越应该出去走走。"

卡拉望先生没有反对，戴好帽子，拿着手杖，跟着他来到了屋外；在繁星点点的夜空下，两个老朋友相依相偎地走向塞纳河。

夜风中送来阵阵淡淡的花香，这时正是群芳斗妍的时候。但是白天里却不容易闻见，好像它们的作息时间跟人相反似的，在沉沉的夜色中愈发芬芳扑鼻。

大街上连一个行人也看不到，越发显得宽阔与静谧，在通往凯旋门的路两边，整齐地亮着两行煤气灯。就在那条路的尽头，有一处看起来红红的光芒，还不断传来阵阵嘈杂声，那就是巴黎市中心了。与之遥相呼应的，是从远处传来的一两声火车的汽笛声，这当中有从平原上奔过来的，也有要穿越外省驶向海滨去的。

微风吹拂着他们的脸，医生竟料想不到地觉得有点晕，卡拉望先生呢，他的头晕从吃晚饭时就开始了，现在则有增无减。他神情麻木，四肢瘫软，那样子就如同梦游一般；他也没有了悲哀，简直可以说他感觉到了一种惬意；带着花粉浓香的夜风更加深了他的这种体会。

在桥头，他们向右拐，在河岸上继续走，空气变得凉爽了一些。静静的河两岸是一排排高大的白杨树，河水中跳跃着点点星光。对面的河岸上笼罩着一层薄薄的白雾，给空气增加了一点湿度；卡拉望突然停了下来，这熟悉的塞纳河又勾起了他心中的美好回忆。

他仿佛看见了年轻的母亲在园子里的一条小河边洗衣服的情景：弓着背，跪在河边，身边放着一大堆衣服。那时他们的家还住在偏僻的庇底卡[①]。同时他耳边响起了邦邦的棒槌声和母亲的呼唤："阿尔弗雷，帮我拿块肥皂。"这潺潺的流水声，这薄薄的白雾，还有这沼地里特有的气味，都是这么似曾相识，挥之不去，而不幸的是，就在他旧梦重拾之时，母亲却已离他而去了。

想到这里，他又忍不住地一阵悲伤。他的痛苦被这踪影全无的风如此清晰地呈现在眼前，痛彻心扉；从此他一蹶不振。过去的都已经过去了，回忆终究不是现实；他再也没有可以共同追忆往事、谈论故乡的风土人情及轶闻趣事的人了。这种感觉，就像两个自我的分离；一个已经死去，而另一个也已危在旦夕了。

回忆的闸门一发而不可收。他的眼前又出现了穿着熟悉的旧衣服的年轻的妈妈；在许多将被遗忘的地方，似乎又看到了她若有若无的身影，那表情、那手势、那声音，直至脸上密密的皱纹，瘦削的手指的起落，都是那么的熟悉，但从此以后，他将再也看不到了。

他悲伤不已，趴在医生的身上号啕大哭。他两腿发软，浑身战栗，喃喃自语着："妈，你好可怜呀！妈……"

① 庇底卡：法国北部旧省名。

然而，醉醺醺的医生却正想着如何去老地方欢度良辰，被他这一阵哭闹厌烦不已，便把他搀到河边，找了一块草地让他坐下，然后骗他说要去一个病人那里看看，便立刻溜掉了。

好半天，卡拉望都没停止哭泣；最后，再也没有眼泪了，悲痛也随之而去了，他却又获得了一种舒适、轻松的感觉，情绪也渐渐平静下来。

月亮升起来了，把大地笼罩在它的银辉里。银光跳跃在挺拔的白杨树上，飞舞在辽阔的平原上；河水里的星光被月光吞噬了，水面荡起细细的波纹，奔向前方。大地在和风的吹拂下，在香甜的空气中进入了梦乡。卡拉望满足地享受着眼前的一切，他深深地呼吸着清新的空气，全身上下没有一处不觉得爽快、舒畅。

但是，心中的悲痛还尚未完全消失，他不住地自语道："妈呀，你是多么可怜呀！"他觉得自己应该哭，但是他做不到。就连刚才那样的痛哭也找不到一点感觉了。

他站起身，缓缓地沿原路返回，除了像周围一样的寂静之外，他的头脑里空空如也。

在桥头上，他看到了即将发车的小火车的车灯，还有位于环球咖啡屋后面的万家灯火。

一时间，他有一种冲动，想向别人诉说一下自己的不幸，以赢得他们的怜悯和关心。他神情沮丧地走进了咖啡屋里。柜台上守着的还是那个老板。他走向柜台，心里想别人一定会站起来，围住他，拉着他的手问："伙计，出什么事了？"但令他失望的是所有人都各顾各的，没人理睬他。他伏倒在柜台上，然后又用手撑着头，口中不断地念叨："上帝呀！天哪！"

老板看了他一眼，问他："卡拉望先生，您怎么了？"他答道："我很好，但是伙计，我可怜的母亲刚刚去世了。"老板很平静地"唔"了一声；正在这时，有一个人大喊："啤酒一杯！"他也马上用震耳欲聋的声音回答："好的，马上就来！"他顾不上一旁吓得发愣的卡拉望，一溜烟地跑过去招待客人。

有三个人在一张饭桌上集中心思打着多米诺骨牌。卡拉望又想赢得他们的怜悯，于是走了过去。但是他们仍然盯在牌上，没人看到他的出现，他只好自己说：“不久前我刚承受了一个很大的打击。”

三个人微微抬起了一点脑袋，可是眼睛始终没有离开牌。“什么事？”“我可怜的母亲刚刚去世了。”“噢，真是个意外。”其中一个人用装腔作势的声音说道。第二个人觉得也没什么好说的，便晃了一下脑袋，叹了一口气，表达他的遗憾。另外那个无动于衷，那样子仿佛在说：“有什么大不了的。”

满心期望能被安抚一下的卡拉望，一看自己被这样冷落，便赶忙离开了。虽然现在他自己也悲伤不起来了，但他还是恨这帮人对他的那种冷冰冰的态度。

他回到了家。

妻子已经换上了睡衣，在打开着的窗户边坐着，等他回来。她心中老是丢不开遗产的事。

“赶紧脱衣服，”她急切地说，“有什么事上床再说吧。”

他抬头望着天花板，念叨着：“但是……楼上……没个人照看。”“不用担心，我让罗萨丽待在那里了，你先睡一会儿，三点的时候去把她换下来。”

为了以防万一，他还是没脱衬裤。他头上裹着围巾，同妻子一起上了床，拥着被子并肩坐着。

妻子坐在他身边想着自己的事。

此时此刻，她歪戴着的睡帽上还装饰着一只浅红的蝴蝶结，那歪向一边的睡帽同她的便帽一样，都是她习惯形成的。

突然，她侧转身子，问他：“你妈有没有立遗嘱？”他愣了一下，结结巴巴地说：“我想……她……可能没有。”她盯着他，恨恨地说：“她真没良心，不是吗？十年来，我们任劳任怨，伺候她的吃喝拉撒；要是你妹妹，她才不愿意呢！我要早知今日，也不会同意收留她的。这是她的不怎么有光彩的一个遗憾。不错，她也出过钱，但是儿女们对老人的服侍却不是用钱能算明白的；她本应该在死之前立个遗嘱，别的有气度的人都是这样的。今天看来，我是

白白忙活了一场！哈！真是好极了！哈！”

卡拉望烦得要命，不停地说：“好了，求你别说了！”

好不容易她算是安静下来了，然后又说：“应该告诉你妹妹一声，明天早上你去办吧。”

他跳了起来，说：“啊，我差点把这事给忘了，明天一早我就去，打个电报让她来。”但是让她给拦住了，她说：“别着急，十点或十一点的时候再去，好让我们有时间先安排一下。夏朗东到这里不过两个小时的路程，我们可以说一时吓坏了，不知该怎么办。况且，明天上午也不晚啊！”

卡拉望摸着脑门，像平常一想到那位科长就吓得发颤的口气说：“也应当让部里知道。”她忙又阻拦：“为什么要让他们知道在这种情况下忽略是可以理解的。相信我，不用告诉他们；你的那个科长肯定无话可说的，你趁机好好灭一下他的威风。”“是啊，就这样。”他说，“他要是不见我去上班，肯定会大发雷霆。对，就照你说的办。我就跟他说我妈死了，他也无话可说了。”

这个小科员对这个即将发生的情景十分得意，边搓手边想象着科长铁青着脸的样子。就在这时，女佣已在老太太的尸体旁睡着了。

卡拉望的妻子这会儿又忧心如焚，欲言又止。终于她狠了狠心，问丈夫：“你妈妈是不是曾经许诺把那个美女玩球的座钟给你？”他寻思了片刻，说：“不错，她是说过。但那已经是十年前她刚来咱家时说过的。她的话是这样的：‘要是你好好对我的话，这个座钟就是你的了。”’

妻子这才舒了一口气，轻快地说：“你看，既然老太太已经答应过你了，那我们就应该把它搬过来，我怕你妹妹一来，我们就不好动它了。”他小心地问：“这就是你的想法吗？”她怒气冲冲地说：“当然了！只要悄悄地拿下来，那自然就是我们的了。还有那个五斗柜，大理石的面，她曾经在高兴的时候也说过要给我的，干脆一块搬下来算了。”

卡拉望迟疑地望着妻子，说：“但是亲爱的，这可不是一件小事呀！”她又转过身，生气地说：“你怎么还是这个样子呢？宁愿自己的家人饿肚子，也不肯动那些东西。自从她把那句给我的话说出来，那家具就已经归我们了，不是吗？你妹妹要是有意见，告诉她来找我吧！我才不管她呢！行了行了，快起来，上楼搬东西去。

他不敢反对，哆哆嗦嗦地下了床，想穿上裤子，她又阻拦了：“不用了，有衬裤就可以了，快走吧！我就不像你那样。”

夫妇俩穿着睡衣，蹑手蹑脚地上了楼，轻轻地开了门，进了房间。老太太的尸体僵直地躺在那里，在黄杨树枝的盆子四周，点着四支蜡烛；罗萨丽已经熟睡在躺椅里。她的两腿伸直，两手叠在一起放在裙子上，脑袋偏向一边，嘴巴张着，均匀地打着呼噜。

卡拉望把座钟搬了下来。这是一件稀奇古怪的帝国时期的艺术品。一个金色的美女雕塑，有着多种多样的花饰，装扮在头发上，她手中是一个带球的剑，而球正好用来当钟摆。他的太太说：“这个给我吧，你去把那个五斗柜上的大理石面拿下来。”

他照她说的去做了，呼哧哧地喘着粗气，用尽了吃奶的劲总算把它搬下来又把它扛起来。

然后两人开始下楼。卡拉望走到门口，弯下腰，两腿颤抖着往下走；卡拉望太太则一只手里抱着座钟，另一只手拿着烛台，倒着走，好给他照路。

回到楼下屋里，她长长地出了一口气。说道：“费劲的总算搬完了，再去把余下的搬来。”

但是打开五斗柜一看，里面全是老太太的衣服，必须先找个地方把它们放起来。

卡拉望的妻子又有了新主意，她命令丈夫道：“把走廊里的那只木箱搬过来，它的板太薄了，顶多值四十个子儿，就用它来接替这个五斗柜吧。”丈夫把箱子弄过来，两人开始清理五斗柜。

他们把躺在身后的那个可怜的老妇人的衣服一件一件地拿出来，有袖口、领饰、衬衣、便帽，然后又叠整齐，放到木箱中，好糊弄一下明天将要赶来的她的女儿布罗太太。

之后，他俩把抽斗拿了下去，然后才合力把柜身抬下了楼；夫

妇俩人用了半天时间来讨论摆放的地方，后来他们终于统一了意见，决定把它放在床对面的两扇窗户之间。

刚一放稳，卡拉望夫人就迫不及待地把自己的衣服放了进去。他们把座钟放在了餐厅的壁炉台上；两个人对自己布置的结果非常得意。她问："还行吧"他答："对，挺好的。"然后他们又爬上床，熄了蜡烛，准备睡觉。不大一会儿，这座屋子里的所有人都睡熟了。

等卡拉望再度醒来时，太阳已经老高了。他迷迷糊糊地愣了一会儿，猛然间记起了一切。他仿佛被当头击了一棒，赶紧下了床，难受得几乎哭了。

他慌慌张张地爬上楼，只见罗萨丽还保持着头天晚上的姿势，甜甜地睡着，她已经睡了整整一个晚上了。他把她叫醒，让她去干活，然后亲自把已经燃尽的蜡烛换了下来，最后呆呆地看着老母亲，心里想着那些似乎十分繁杂的事情，沉浸在对宗教和哲学的深思之中。

但是妻子的叫声扰乱了他的思绪，他无可奈何地下了楼。她早已给他列好了上午要干的事情。他拿过来看了一眼，吃了一惊。

纸条上写着：

1. 去区上登记；
2. 请医生来验尸；
3. 去定做寿材；
4. 去教堂；
5. 去殡仪馆；
6. 去印刷厂印发讣闻；
7. 找个公证人；
8. 拍电报告诉亲属。

除了这些，还有不少具体庞杂的事情，他拿上帽子，匆匆地出了门。

但是，邻居们已经听说了这件事，妇女们请求上楼去看望一下死者。

在楼下的理发店，妻子与正在招待顾客的丈夫竟然为此事而争了起来。

妻子织着手中的袜子，口中嘟囔着："又死了一个，这可是世上少有的吝啬鬼。虽然我一直就很讨厌她，但我还是要去看看她。"

丈夫在顾客的脸上抹上肥皂，唠叨着："听听这种话！除了女人，男人是想不出来的。她们活着烦您不算，死了还不让您安心。"妻子平静地说："没办法呀，我认为非去不可。今天我总是想着这事。我如果不去的话，这辈子都不会安心的；但是我去好好看看她之后，我就没什么牵挂的了。"

丈夫手里捏着剃须刀，无奈地耸耸肩，问顾客："您说说看，女人们的脑子里究竟装的是什么？要是我，才不认为去看死人是什么好事！"妻子听了这话，也不生气，说："本来就没什么，本来就没什么呀！"说着放下手中的活，径直上楼去了。

有两个女邻居已经先来一步了，卡拉望太太正向她们诉说着自己遇到的不幸，她从头到尾地把事情的经过讲给她们。

她们走向了那间停放尸体的屋子。四个女人蹑手蹑脚地进了屋，依次蘸了些盐水，洒在死者的被子上，然后她们跪了下来，边低声地祈祷，边在胸前画十字；接着她们又站起身，目瞪口呆地看着死者的尸体；与此同时，死者的儿媳妇正假情假意地用手绢捂着脸在哭泣。

卡拉望太太转过脸，正打算出去，却看见两个儿女正穿着衬衣站在门口，惊奇地向里张望。她立刻奔过去，抛掉了假惺惺的悲伤，举起手来生气地大叫："快点滚开，小崽子！"

过了一会儿，又有几位女邻居被她带上了楼。她仍旧做着那些事：拿黄杨树枝在老太太身上扫来扫去、祈祷、假哭，做完这些之后，她又看见了两个儿女在她后面。这次她结结实实地扇了他们两巴掌；但再次发现的时候，她就放任自流了；每当有人上来，儿子和女儿都跟在后面，跪在一旁，学着母亲的动作。

到了后半天，好奇的女邻居们已经来得差不多了。再后来，就没有人来了。卡拉望夫人在楼下自己的房间里忙着出丧的事。死者独自在楼上。

炽热的空气从打开的窗子飞进来；一动不动的尸体旁边跳跃着四支蜡烛的火焰；苍蝇在被子上、死人紧闭两眼的脸上和露在外面的手上不停地爬着，时而又绕着圈子飞，好像在看望这位死去的老妇人，也仿佛在等待着它们的末日的到来。

两个孩子又去街上玩了。不一会儿，孩子们就把他们团团围住了，尤其是那些机灵的小女孩，更善于捕捉日常的不同寻常处。她们说话的语气像个大人似的："你奶奶死了，对吗？""是的，昨天夜里死去了。""人死后是什么样的？"女儿向她的伙伴们描述着所见的情景，有黄杨树枝、蜡烛、死人的脸。所有的孩子都充满了无比的新奇，他们请求带他们去看一看。

玛丽·路易丝马上答应了，并挑选了一批胆大的，是五个女孩，还有几个男孩。她让他们把鞋脱下来，说怕家里的人听见。然后这些孩子溜进了房间，像一群小老鼠似的上了楼。

进屋之后，女儿学着母亲的样子，依次做着各种事情。她表情严肃地要求小伙伴们都跪下，画着十字，喃喃自语，然后站起身，在被子上洒上盐水。最后一帮小孩推推挤挤地靠近了床，带着又害怕、又新奇、又兴奋的表情看着死者的脸和手。就在这时，小小的女主人突然用一条小手绢捂住脸，装着伤心地哭。一想到门外还有等候的一批人，她心里非常骄傲，她赶忙打发走了这一帮小伙伴，又接连不断地接待起其他小伙伴来，因为附近所有的小孩都来加入这个好玩的游戏，包括穿着破旧的小乞丐。并且，每来一批人，她都认真仔细地把母亲所做过的事再做一遍。

后来，她跑不动了，小孩子也重新玩起了别的游戏；老太太又独自一个人被放在楼上，没有谁再记起她。

房间里阴森森的；她那干瘪皱褶的脸在忽明忽暗的烛光里静静地，一动不动。

大约八点钟，卡拉望来到楼上，关上了窗户，换了新蜡烛。现在再面对尸体时，他已经不再惊慌了，因为他已经习以为常了，就像对待家里的一件家具似的。他看到，尸体还没有开始腐烂。下楼吃晚饭时，他跟妻子说了这一现象。卡拉望太太答道：“可不是嘛，她的身体像块木桩，我看再放一年没问题。”

接下来他们开始喝汤，不再说什么。两个孩子疯玩了一天，在椅子上困得打盹。没有人开口说话。

突然，光线暗了下去。

卡拉望夫人拧了一下灯芯；但油灯咕咕咕地响了一会儿，然后就灭了。糟了，没油了！要是现在去商店买，那就得推迟晚饭时间，找个蜡烛算了；但所有的蜡烛就只剩楼上点在床头柜上的那几根了。

卡拉望夫人当机立断，立刻让玛丽·路易丝去楼上拿两根，剩下的人都坐在黑乎乎的餐桌旁等候。

黑暗中传来小女孩上楼的声音，接着是片刻的安静；接着又听见她急急忙忙地跑下了楼。她慌里慌张地推开门，脸色苍白，比看见死尸时的表情还要惊慌，气喘吁吁地说：“爸爸！奶奶……奶奶正在穿衣服！”

卡拉望从椅子上跳起来，椅子被带倒在一边。他牙齿打战地问：“什么？……你再……再说一遍。”

还在呼哧呼哧喘着粗气的玛丽·路易斯又说：“奶奶……奶奶在穿衣服，她……马上就下来。”

他疯了一般向楼上奔去，妻子惊慌失措地跟在他身后。等到了房门口，却又突然站住了，他害怕了。里面会是什么样的呢？妻子毕竟比他胆大，她转开门把手，进了房间。

在更加黑暗的屋子中间，她看到一个瘦高的人在走动。老妇人下了床；在她刚刚醒来的当儿，就下意识地吹灭了三根蜡烛，只剩了一根在那里燃着。恢复了一会之后，她就离开床来找衣服。不见了五斗柜，她很着急，但是后来她又发现了木箱子，并在里面找出了自己的衣服，便有条不紊地穿上了衣服。然后，她倒掉了那满满一盆水，把黄杨树枝放回了镜子后面，把椅子放回原处，正当她打

算下楼之时，看见儿子和儿媳进来了。

卡拉望跑上前，抓住母亲的两只手，热泪盈眶地吻着她的脸。卡拉望太太站在他身后，装腔作势地连连说道："这下没事了！这下没事了！"

可是，老太太却一点没有感动的样子，就好像什么都不清楚似的。她挺直着身子，语气冷冷地问："该吃晚饭了吧？"卡拉望魂不守舍，含混不清地答道："对呀，妈，我就是来请您去吃晚饭的。"生平第一次，他这样亲密地扶着她，卡拉望夫人端着烛台，就像前一天晚上给丈夫照路一样，一步一步地倒着往下走。

在二楼，她与另一个人几乎撞个满怀。来人是老太太的女儿，家住夏朗东的布罗太太，布罗先生跟在她的后面。

妻子长得高大肥胖，得了膨胀病，挺着大肚子，身子往后仰着。看见老母亲，她吓得目瞪口呆，想逃跑。她的丈夫是个皮匠，个头不高，络腮胡子，像个猴子似的。他信仰社会主义。他比较平静，悄悄地说："咦，这是怎么一回事？她又活了？"

卡拉望太太看见他们，急忙冲他们摆摆手，故意大声说："啊！……你们怎么来了？真出乎意料！"

布罗太太吓得昏了头，没有反应过来；她嘟囔着："不是你们发电报让我们来的吗？我们还以为不行了呢。"

布罗先生偷偷地从背后掐了她一下，不让她说话。接着皮笑肉不笑地说："谢谢你们请我们来，非常感谢！我们一刻也不停地就赶来了。"他话里有话，因为两家人向来不和。等老丈母娘走到了下面几个台阶，他赶忙上前，用他的大胡子蹭了一下她的脸，怕她听不清似的冲着她耳朵大声说道："您这几天好吗妈，身体还可以吧？"

布罗太太原以为老娘已经死了，现在却看见她好好地活着，害怕得不敢去吻她，她站在那里，大肚子挡住了所有人的路。

老妇人一直怀疑地看着这些人，但她一言不发；所有的人都被她用那双发灰的小眼睛这里看看，那里瞧瞧，他们的想法逃不过她那双锐利的小眼睛，一个个显得尴尬不堪。

卡拉望只好开口说："妈妈不太舒服，但是现在已经没事了，是吧，妈妈？"

老妇人没有停止向前的脚步，用她那细弱得像来自遥远的地方的声音说："是的，我突然间昏倒了，但是我听见了发生的一切。"

一阵不自然的寂静。他们来到了餐厅，坐在桌前开始吃这临时应急的晚饭。

只有布罗先生不慌不忙。他用那张猴子般的脸做着鬼脸，又说了一大堆话中有话的话，令每一个人都觉得浑身不自在。

然而，门铃却不识相地响个不停，手忙脚乱的罗萨丽不停地跑进来找卡拉望，他慌忙放下东西跑出去。布罗先生问他："今天是不是有许多客人要来？"他支支吾吾地说："不……没有……都是些鸡毛蒜皮的小事。"

有一次，送进了一包东西，他竟然当众拆开了，一看，原来是印着黑色框架的讣告。他涨红了脸，急忙重新包起来，塞到了衣服下面。

老太太并未发现这些；她直盯着壁炉台上的她的美女座钟，金色的小球不停地摆动。在死气沉沉的气氛中，紧张压得人喘不过气来。

老妇人转过那张皱皱巴巴、古里古怪的脸，眼中露着阴险的光，对布罗太太说："你礼拜一把小妞带来，我想她了。"对方喜形于色地答应着："没问题，妈妈！"卡拉望太太的脸却变得煞白，几乎昏倒。

就在这时，两位先生开始交谈了。他们为了一丁点的小问题，竟然争论起政治来。布罗先生对各种共产主义革命崇拜不已，他十分激动，大胡子的脸上一双眼睛奕奕有神，他高声说道："财产是剥夺劳动者的成果；土地的所有权应该是所有的人；继承权是无耻的……"猛然间，他刹住了话题，满面愧色，像干了极其蠢笨的

事一样。一会儿之后，他又平和地说道："我们现在不应该谈论这个。"

门铃又响了，舍奈医生来了。起初他被眼前的情景吓了一跳，但是，不一会儿，他又神态自若地对老太太说："啊，老人家今天气色不错嘛！我早就知道；刚才上楼时我还自言自语呢，说我发誓，老太太又坐起来了。"他轻轻地拍拍她的肩膀，说："她就像新桥[①]一样硬朗；不信你们看着，我们还都需要她来送终呢。"

他也坐到桌前，伸手接过一杯咖啡，立刻对两位先生的争执发生了兴趣。他与布罗的看法一致，因为他也因为公社[②]的事情受过连累。

老妇人觉得困了，就想上楼去。卡拉望急忙过来扶她，但她看着他，语气坚决地说："你立刻把我的五斗柜和美女座钟给我搬回去。"在他还语无伦次地说着"好吧，妈妈"之时，她已经由女儿扶着上楼去了。

卡拉望夫妇彻底绝望了，气得一言不发。布罗却扬扬自得地一会儿搓搓手，一会儿喝一口咖啡。

卡拉望太太像疯了一样，扑上前去，恶狠狠地叫着："你这个无耻的小偷、流氓、无赖，我真想啐你一口，我真想……"她气得大口大口地喘气，说不出话；而对方却嬉皮笑脸地仍旧喝着他的咖啡。

就在这时，布罗太太下楼来了，卡拉望太太又扑向了她；两个人一个又高又胖，挺着个大肚子，另一个却又瘦又小，像只疯狗；两人激动得声音都变了调，手不住地抖着，你一言我一语地互相谩骂。

舍奈和布罗赶来劝解。布罗两手抓住了妻子的两只肩膀，从后面推着她向门口走去，边走边大声说："快走开，你这个蠢货，不许再吵了！"

---

① 新桥：巴黎的一座大桥。"结实得像新桥"是巴黎人常说的比喻。

② 公社：指巴黎公社。

他俩的吵闹声慢慢地远去，直至消失。

随后，舍奈先生也告辞了。

这时就剩下了卡拉望夫妇，他们面面相觑，无话可说。

然后，卡拉望先生颓然地倒在一把椅子里，额头渗出了一层汗珠，他念叨着："明天我该用什么话去应付科长呢？"

一个女雇工的故事

一

天气晴朗，农庄里人的午饭吃得比往常都快，刚吃完饭，人们就干活去了。

只剩下女雇工萝丝一人，在宽大的厨房里忙着。在盛着热水的锅下面，壁炉里面的最后一丝火也熄灭了。她有条不紊地从锅里舀起水，仔细地刷洗着碗碟，还不时停下手中的活，抬头望着那桌上从窗口投射进来的两块方形的阳光地带，连玻璃上的斑点疵瑕都投射在桌子上。

有三只母鸡，居然大胆地来到椅子下面觅食吃。从家禽饲养场传出来的气味，还有牛圈里散发出来的热气，都从虚掩着的门口挤进来。在这暖烘烘的沉寂的下午，也能听到一两声公鸡的鸣叫。

她洗刷完毕，又开始擦桌子，扫壁炉，把洗后的餐具放到架子上；那座架子不低，在厨房的最里面那座嘀嗒作响的大木钟旁边。她觉得头有点昏，喘不过气来，便长长地吸了一口气。她看看那黑乎乎的墙壁，在同样黑乎乎的房梁上，有蜘蛛网、熏鲱鱼，还有成串的葱头。随后，她坐下来了。好长时间了，这坚实的土地上不知有多少东西湿了又干，干了又湿，现在在热烘烘的空气中，它竟散发出一种熏人的有点臭烘烘的气味。在这股气味中，还夹杂着一阵牛奶的酸味，那是放在旁边房子里用来结奶皮的。她本想像往常一样做些针线活，但是却感到有气无力，于是，她走向门口，想去换换新鲜空气。

屋外的阳光暖洋洋的，晒得人不但身上舒服，连心里都觉得痛快。

堆在屋外的一堆厩肥不断地往上冒着热气。母鸡躺在厩肥堆里，一会儿翻滚，一会儿用爪子扒开肥粒找虫吃。公鸡骄傲地站在母鸡中央，一会儿就围住一只，边转边咯咯地叫。被看中的母鸡慢条斯理地站起来，从从容容地接待它，它屈腿张翅，响应着公鸡的召唤，然后又拍拍翅膀抖掉身上的尘土，再又躺倒在厩肥堆中。公鸡不停地重复着上面的动作，并高叫着，仿佛在统计拜倒在它脚下的母鸡的数量。从各个院子里，发出了无数公鸡的鸣叫，仿佛每个公鸡都在进行爱情挑战。

女雇工看着那些公鸡母鸡，头脑里一个念头也没有。她又抬头望着满树的苹果花，雪白的花做了苹果树的树冠，像抹了粉的脸蛋，那亮丽的颜色使她眼花缭乱。

一匹小马兴奋地从她身边蹿出来，向前跑去。在顺着有一排树的水沟跑了两个来回之后，它突然停了下来，左顾右盼，好像在顾影自怜。

她也有一种奔跑的冲动，她想活动一下筋骨。但她又想在这安静舒适的气氛中伸开四肢躺下来，好好休息一下。她迟迟疑疑地向前走着，双目紧闭，身心沉浸在简单的安逸中。之后，她慢悠悠地来到鸡棚收鸡蛋。总共有十三个，她把它们收起来，放到了碗柜里。她对厨房里的气味很不喜欢，终于决定出去走走。

农庄的庄园在绿树掩映中静静地沉睡着。黄色的蒲公英仿佛一个个亮晶晶的小灯，在翠绿色的高高的草丛里星罗棋布。树底下是一小块仿佛压缩了的苹果树影；屋顶上的草冒着丝丝的热气，真像是马棚和草料屋里用茅草蒸发掉的湿气。房顶上长着鸢尾，叶子像剑一样。

女雇工走到敞棚下面，这里停放着许多种车子，还有大车。旁边有一个大坑，在沟边上，里面是香气扑鼻的紫罗兰花和青翠的

草。站在沟沿上，能望见远处的田野，一片片辽阔的庄稼地边是一处处树林，还有一群群像小洋娃娃那么大的人在干活儿，那白马像玩具一样小巧，后面拖着的犁也像玩具一样，再后面还有一个人在推着犁，大小也只像指头那么长。

她抱了一捆草料屋里的干草，放在坑里，然后坐了上去。但还是不满意，干脆她把干草解开，铺平，随后伸展两腿躺下来，将两只胳膊枕在头下面。

慢慢地，她觉得浑身酥软，昏昏欲睡，便闭上了双眼。正当她准备进入梦乡时，突然感觉正有人在摸她的前胸，她一个激灵跳起来。眼前是男雇工雅克，他是个庇卡底人，个子高大，身强力壮，最近他一直在讨好她。今天他正在羊圈里干活，忽然瞥见她躺在这里，便轻轻地走过来，他眼中带着炽热的光，屏住呼吸，几根杂草挂在头发上。

他本想亲吻她，但被长得同样结实的她扇了一耳光。他装作讨饶，她放过了他。两人并肩坐在了干草上，随和地聊了起来。他们说起了天气，说这么好的气候有利于庄稼成长，明年肯定是一个大丰收；他们说到了主人，那是一个正派的人；他们又说起了邻居，继而说起了所有认识的人；还有他们自己曾住过的村庄，他们的幼小时候的回忆，和那已经分离了许久还不知能不能再见面的父亲母亲。她因这些事而情绪激动，而他却正盘算着怎样再靠她近些，因为他已被冲动的欲望所左右。她开口了：

“我跟我妈已经分开好长时间了，这种分离真是残忍。”

她出神地望着远方，望着北边，目光好像穿越了时空，来到了那座她当初离开的小村子。

突然间，他搂着她吻了起来，她极力反抗，一拳挥过去，他的鼻子破了。他站起身，找了一棵大树靠在上面。她却变得有点同情他了，走过去问他：

“是不是打疼了？”

他却开始笑了，说没关系，只不过她的拳头正巧打在了脸中间。他悄悄地说了句：“真厉害！”他用佩服的目光看着她，心底里涌起一种又敬又爱的情绪，他开始真正地爱上了眼前这个长得又高又结实的少女。

鼻血止住之后，他主张去散散步；因为他担心再这样挨着她坐着，又得被她痛打一顿。但是她却像夜晚出来散步的亲密的伴侣那样，伸出胳膊挽住了他。她说：

“雅克，你不应当如此看轻我。”

他摇摇头。他不是看轻她，却是爱上她了，这才是事情的真相。

“那么，你愿意娶我吗？”她问他。

他有些迟疑，他偷眼看她，只见她又望着远处发呆。她的脸色娇嫩红润，印花棉布短衫紧紧裹着丰满的胸脯，轮廓分明的双唇湿润鲜红，雪白的脖子露在外面，依稀可见上面细密的汗珠。他又被情欲左右了。于是他贴着她的耳边，温柔地说：“当然，我求之不得。”

她双手攀着他的脖子，开始吻他，这个吻是那么的长久，两个人都几乎窒息了。

从此以后，爱情这个永恒的主题将他们联结了起来。在没人的角落，他们打情骂俏，在有月光的夜晚，他们卿卿我我地在草垛后面幽会。即使在吃饭时，他们也用穿着带钉子的大皮鞋偷偷地踢、踩对方，给对方的腿上留几块乌紫的纪念。

但是接下来，雅克就不像以前那样对她好了；他逃避着她，跟她没几句话可讲，也没再单独约会过她。她心中疑惑不解，同时也忧心忡忡。不久，她发觉自己有了身孕。

一开始她有点慌乱，再后来就越来越生气，火冒三丈，因为他一直躲着她，不让她找到自己。

终于，在一个夜晚，等其他人都睡熟之后，她赤了脚，穿着睡衣，蹑手蹑脚地来到马棚门前。她推门进去，只见雅克躺在马旁边一只木箱里，身子下面铺着干草。他听见动静便装作睡熟了，并且直打呼噜；她只好爬过去跪在箱子旁边，一个劲地摇他，直到他坐起身子。

他问她："你来有什么事？"她恨得牙齿痒痒，浑身发抖，她说："你必须娶我，你答应过我的。"他冷笑一声："只要有了关系就必须娶她的话，这不乱套了吗？"

她扑上去双手掐住他的脖子，把他放倒在地上，使他动弹不得，然后她盯着他的脸，靠近他高声叫道："我怀孕了，你听明白了吗？我怀孕了！"

他几乎要窒息了，大口大口地喘着粗气。两个人就这样对峙着，空气中没有别的声响，只有一匹马慢条斯理地嚼着从架子上拽下来的草料，来缓和一下这令人难堪的沉寂。

雅克知道自己敌不过她，只好吞吞吐吐地说："得了，事情已经这样了，我同意跟你结婚。"

但他的话已经没有威信了。她说：

"你必须马上去教堂，发出婚礼通知。"

"好，我马上去。"他回答道。

"你要对天发誓。"

他迟疑了一下，狠了狠心，说道：

"我发誓。"

她便松开了双手，默默地走开了。

好几天，她找不到时机跟他搭话，从那以后，马棚的门也每晚必锁，她担心事态扩大，所以只好在沉默中忍耐着。

一天中饭时，她看到一个陌生的男雇工走进了厨房。她问他：

"怎么，雅克呢？"

"他走了，我来接替他的工作。"那人回答。

她双手禁不住地战栗，连铁吊钩上的汤锅都拿不下来了。吃完饭，别人都走了，她才来到楼上自己的房间，把头埋在枕头上痛哭，但还得克制着自己，生怕有谁听到。

后半天，她极力做出漫不经心的样子探听他的去向。与此同时，不幸的念头时时侵扰着她，使她觉得每个与她说话的人都在偷笑。一天下来，她唯一知道的就是：他已经永远地离开了这里。

二

她的磨难从此开始了。她机械地干着手中的活，脑子里一片空白，只是偶尔会冒出一个想法：“要是别人知道了这事会怎么想？”

这个想法像魔鬼一样的阴魂不散，她已经想不出别的东西来，就连这丢人的事，她也不想着去补救；她觉得耻辱像死神一样一步步地逼近了她，她逃不掉了。

她天天早早地起床，而那时别的人还在熟睡之中呢；她用一小块梳头时照的镜子在身前身后来回地照，想看看自己的身体的变化。她怕别人有所觉察。

白天干活时，她常常停下来看看，想确定一下是否她的大肚子把围裙撑起来了。

几个月过去了，她变得沉默寡言，当别人问她话时，她也惊慌失措，目光呆滞，双手发抖，不明白人家在说些什么。主人同情又不解地问：

“可怜的孩子，你怎么最近这么魂不守舍啊？”

到教堂去的时候，她也只躲在柱子后面，害怕忏悔；因为本堂神父①让她望而却步，她始终觉得他很厉害，能透视所有人的心灵。

吃饭时，别人看一眼都会让她头晕，她一直对那个小牛倌不放心，她觉得这个早熟而又险恶的家伙一定知道了她的秘密，因为他一直目光炯炯地看着她。

有一天清晨，她收到了一封信。在此之前可从未有人给她写信，她惊慌失措，只好坐下来。会不会是他写的信？但她斗大的字不识一个，拿着写得密密麻麻的信纸，她又急又怕，手不住地哆嗦。她把信藏进口袋，也不敢找人来分担她的秘密。干活的间隙，她时常拿出信，望着上面整整齐齐的字，和信末的一个署名，恨不

① 本堂神父：主管一个地区的普通教堂的神父。

得马上读懂它的内容。她急得发了疯，也顾不上害怕，最后终于找到了小学的校长；他忙让她坐下，并念给她听：

> 我的爱女，今天去信要告知你一件事：我病重了，委托邻居当蒂老板代笔。望你有空就回家来。
>
> 你的母亲的代表人
>
> 村长助理塞萨尔·当蒂

她听完一言不发地走开了；然而当她独自一个人的时候，她软绵绵地倒在了路边；在那里，她一直等到了晚上。

回到庄园，她向主人诉说了家中的灾难，主人准许她回一趟家，并且时间不限，还说要找一个临时的女工接替她的工作，直到她再回来。

她母亲已经奄奄一息了，她刚踏进家门的那天她就撒手西去了；次日，萝丝生下了一个早产儿，才七个月，瘦得让人不忍再看；他仿佛从没舒服过，因为他那双蟹爪似的干枯的小手一直不停地痛苦地抽搐。

但是，他终究没被死神带走。

她骗邻居说她都结婚了，但带着孩子不方便，她请求邻居收留他，并好好照料他，邻居答应了。

她又回到了庄园。

然而，从此以后，她受伤的心中升起了一种莫名的情感，一种对远在故乡的那个小人儿的爱。但马上，这种爱又变成了一种无处不在的苦痛，原因是她与他相隔两地。

她急切地想抱着他、亲吻他，而这个渴望又让他痛苦不堪，她想亲身感受他小小的身子发出的温热。她想他想得夜不成寐；晚上干完活之后，她坐在壁炉前，望着炉膛里的火苗，想念着他。

别人开始跟她闹着玩，说她肯定是有了意中人，并打听他的长相、身高、家境，还有她和他结婚的时间，受洗礼的时刻。而她时常跑开，独自流泪，因为这些话正好刺痛了她的伤口。

她十分卖命地干活，想借此忘了那些烦人的事。她一直为她的孩子着想，千方百计地给他挣钱。

她的努力获得了更高的工钱。

她逐渐把所有的活都包下来了，一个人能干两个人的活，因此，一个女雇工还被解雇了，因为她变得无事可做了。在面包、油、蜡烛，还有喂养畜禽的饲料和粮食上，她都十分节约。她对主人家的财产像自己家的一般，用起来非常节省。她很会做生意，而且尤其懂得如何压低进货的价钱而抬高卖出的价格，所以买卖东西、给别的雇工分配活儿、分配食物，都是她一个人说了算，她成了不可替代的主管。她把一切都整理得井井有条，在她手下，农庄日益富足起来。周围的人们都在谈论“瓦兰老板的女雇工”；主人也逢人便夸：“这个女雇工可真是难得呀。”

可是，时间一天天地逝去，她还是原来那么多的工钱。她的勤劳肯干被主人坦然受用，他认为这只不过是一个忠诚热情的女雇工分内的事。她有些失望了，主人由于她的功劳而每月多收入五十到一百个埃居，而她的年薪仍然停留在二百四十个法郎的水平。

她下决心要求加工钱。但是去了三次，她欲言又止，赶紧用别的话题岔开了。她觉得说不出口，仿佛这是一件不光彩的事。终于，在主人独自一人在厨房里用饭时，她不大自然地跟他说，想与他好好谈谈。他有些惊奇，抬起头来，一手拿着刀尖冲上的刀子，另一只手拿着一块小面包，愣愣地看着她。她顿时慌了手脚，说想请一个礼拜的假，她有点不舒服，也想回家去看看。

他马上就应允了她，并且也很不自然地说：“你回来之后我也必须好好跟你谈谈。”

三

孩子都快八个月了，她自己都觉得有些不认识了。他的小脸圆圆的，粉白中透着红嫩，胖乎乎的像一小包脂肪。他那胖胖的小手指头也并不拢，轻轻地挥舞着，看样子他很开心。她就像饿虎扑食一般，发了疯似的跑过去，抱住他急切地吻他，把他吓得大哭。而

同时她自己也哭了，他对她的漠然令她心痛；与此相反的是，他一看见奶妈却高兴地伸出了手。

但是第二天，他就不再怕她了，并冲她一个劲儿地笑。她抱着他来到野外，把他高高地举过头顶，飞快地奔跑；她坐在树下的荫凉处，第一次向外界敞开了心扉。她不管他听不懂的事实，不停地对着他诉说着自己的苦痛、辛苦的劳作，还有她的担心，她的梦想。她不断地爱抚他，狠狠地亲吻他。

她又捏又揉他，为他洗澡，为他换衣，这些都是她的乐趣。就算给他端屎端尿，对她来说都是一种快慰，仿佛只有这样才配做母亲似的。她经常看着他出神，奇怪她怎么会有这样一个孩子。她把他抱在怀里，轻轻地摇着，喃喃自语："妈妈的小宝贝，妈妈的小宝贝。"

她是哭着回农庄去的，刚一进门，就听见主人在屋里喊她的名字。她走了进去，莫名其妙地惊慌不安，又有些兴奋。

"坐下吧。"他说。

她听话地坐下了，老半天，两人都觉得很尴尬，手不知放哪儿好；就像平常乡下人第一次见面一样，都低垂着头。

主人大约四十五岁左右，长得又高又胖，他已经有两个老婆都先后死去了，但他很乐观，也很固执，他也觉得从未有过的局促不安。

后来，他终于下了狠心，目光投向远处的山野，语无伦次，支支吾吾地说：

"萝丝，难道你就不想结婚吗？"

她面色苍白。听不到她回答，他又说：

"你是个很好的女孩，稳重、勤快，又懂得持家。谁要是与你结婚一定会马上富足起来的。"

她坐在那里，一动不动，有点惊慌，也听不进他说的话，脑子里就如同突遇灾难似的乱作一团。他停了一下，又说：

"你也看到了，农庄里缺了女主人是不妥的，即使是有一个你这样的女雇工也好。"

随后，他不吱声了，因为他已找不到合适的词了。萝丝胆怯地看着他，心咚咚地乱跳，仿佛坐在她旁边的是个刽子手，她随时准备着逃跑。

过了大约五分钟，他等不住了，问道：

“你的意见呢？你答应我吗？”

“什么？答应什么，老板？”

他突然大声说：“自然是做我的妻子了！”

她腾地站起身，又一下子倒在椅子里，愣愣地坐着，好像被吓傻了似的。主人终于失去耐心了。

“行，你说吧，你有什么条件？”

她慌乱地看着他；突然间，泪水涌出了眼眶，她抽抽搭搭地连连说：

“不能这样！不能这样！”

“有什么原因吗？”他又问。“好啦，别犯糊涂了，我给你考虑的时间，明天你再答复我。”

他急急忙忙走了出去，这件令他难以启齿的事终于说出了口，他觉得一阵轻松，并且他自信，明天这个女雇工肯定会答应他的。这件事对她来说简直是天上掉下个大馅饼；对他而言，则是一本万利的生意，原因是这桩婚事会把她牢牢地掌握在他手中，而她则是个很可观的财源，比任何一个本地姑娘的陪嫁都要丰盛得多。

而且，在他们之间，也没有什么门当户对的说法。因为农村的观念是人人平等。农庄主平常也干雇工所干的话，而雇工最后成了农庄主也不鲜见。好多女主人也是由雇工而来的，只不过不同身份下的生活习惯是差不多的。

萝丝一夜未眠。她坐在床边，感到身心疲惫，连哭都没劲了。她痴痴地坐在那里，身子仿佛飘向了虚幻的世界，精力也集中不起来了，她觉得大脑好像支离破碎了。

偶然地，她将分散的思绪收拢起来，脑子里又猛然闪过了将要发生的事，她不免胆战心惊。

她越想越害怕；屋子里死气沉沉的，隔一段时间厨房里的座钟

当当地报时的时候，都会把她吓出一身汗来。她大脑里像乱麻一样，令人恐惧的幻想接连不断地袭击着她。灯熄灭了。她眼前又出现了各种幻觉，就像平时农村人所说的中了邪一样，她想逃离这个地方，想躲避即将面临的灾难，就像小船寻求避风的港湾一样。

空中传来一声猫头鹰的鸣叫，吓得她浑身一个激灵，她站起来，摸摸自己的脸和头，然后发了疯似的在身上摸个不停。她踉踉跄跄地下了楼，来到院子中，西沉的月亮把它最后的光亮洒向山野，怕被夜里还未入睡的年轻人发现，她便趴在地上匍匐而行。她绕过了栅栏门，翻过了水沟，站在了田地的边沿上，现在她可以启程了。她一路急走，向前赶路，并不时下意识地尖叫一声。跟她一同前行的，只有她那瘦长的影子；偶尔她的头上会出现一只夜里飞行的小鸟。路边农庄里的狗听见她的脚步声，都汪汪地大叫起来；甚至有一只还越过水沟，追上来要咬她，被她转身的一声大叫吓得赶紧逃命，并且躲到窝里再也不敢吱声了。

有一群小野兔正在田野中游戏，发现了狂奔过来的这个女疯子，就如同见了狄安娜[①]一样，吓得四处逃散，幼兔和雌兔躲进了犁沟，雄兔则拼命地奔跑，从后面看，仿佛正奔向即将落下的月亮。此时月亮已经偏西，像一个硕大的灯笼一般搁在远处的地平线上，月光斜斜地照射着田野。

星辰消失在天幕尽头；鸟儿喳喳喳地叫着，迎接黎明的到来。女雇工终于力量耗尽了，停下来喘着气。在一片深红色的霞光中，太阳升了起来。

她的双脚又肿又痛，再也走不动了。她发现了一个宽阔的水塘，静止的水面映着鲜红的朝霞，如火如荼。她把手放在胸口，一拐一拐地慢慢走过去，想浸泡一下她那疲劳的双腿。

她在草地上坐下来，把脏兮兮的、笨重的鞋子脱在了一边，又扯掉了脚上的袜子，把乌紫的两条小腿伸进了不断冒气泡的水中，不一会儿，水又恢复了平静。

---

① 狄安娜：罗马神话中的女神，掌管狩猎等。

从脚底开始，升起了一阵清爽怡人的感觉，一直蔓延到嗓子眼；她呆呆地看着深不见底的水塘，忽然觉得一阵眩晕，竟然渴望投身于其中。如果这样做了，她的苦日子也就到头了，再也不会重来了。她也顾不了那个孩子了，她想要休息，想获得安静，想永远地睡过去。想到这里，她站起身，张开臂膀，向前走了两步。水已经没过了膝盖，她刚想扑倒下去，忽然被一阵钻心的疼痛包围了，她禁不住向后跳了一下。她绝望地看到，一条条又黑又长的蚂蟥密密麻麻地趴在她的小腿上，正在吸着她的血，腿立刻肿胀起来。她不敢动弹，只是惊恐地尖叫着。这凄惨的叫声把远处一个正在赶车的农夫引了过来。他把一条条的蚂蟥扔到了一边，又找来草压紧了伤口，然后把她扶上了他的马车，将她送到了主人家中。

接下来的半个月中，她一直卧床不起，最后，她终于可以下床了，就在这天上午，她在门口坐着的时候，冷不丁地发现主人已经走了进来，立在她眼前。

“你想好了吗？事情就这样定下来，行不行？”

一开始她不想说话，但他总是站在那里，一动不动地盯着她的脸，她只好开口了：

“不行，老板，我不能答应你。”

他一下子暴跳如雷。

“为什么？你为什么不能答应我？”

她流下了眼泪，只是不停地说：

“我不能答应你。”

他审视着她，冲她吼道：

“莫非你已经有了意中人了？”

她羞愧难当，用发抖的声音吞吞吐吐地说：

“就算是吧。”

他涨红了脸，气得口齿不清起来。

“啊，你终于承认了，这个蠢货！那个家伙是干吗的？臭要饭的？穷鬼还是一个流浪汉，一个饿死鬼？你说，他是谁？”

她不作声，他又说开了：

“哼，你不好意思说是吧？……我替你说！不就是让·博迪吗？”

她大喊：

“不，跟他没关系。”

“那就是皮埃尔·马丹？”

“也不是，主人。”

他恶狠狠地说遍了每个年轻人的名字。但她还是摇头，并不时用蓝围裙的一角去擦哭丧着的脸上的泪水。可他并不就此罢休，有一种打破砂锅问到底的劲头，就像一只猎狗在洞口闻到了猎物的气味，非把它逼出来不可。他猛然间一声高叫：

“是雅克，以前的那个雇工；真见鬼，听说你们经常在一起说话，还听说你要嫁给他。”

萝丝呼吸困难，只觉得血直往上涌，顿时红了脸。她的泪水突然消失了，就像落到通红的烙铁上的水珠一般，立刻蒸干了。

“不，也不是他！”

“你没骗我吧？”这个老奸巨猾的家伙似乎明白了点什么，逼问她。

她赶紧又说：

“我对天发誓，我……”

她对自己对这神圣的东西的提及有些害怕。他插话道：

“但是你们经常去一些没人的地方，每次吃饭时他都很注意你的举动。你们是不是已经互定终身了？”

她抬起眼睛，看着主人。

“不，根本没有的事，我可以向天主发誓，就算他现在来求我，我也不会动心的。”

她那坚决的表情弄得主人也将信将疑了。他像是对自己说话：

“那我就想不通了，究竟怎么了？你并未碰到过什么灾祸，要不别人是不会不知道的。但如果这样的话，一个姑娘就不应该不答应她主人的要求。我看你一定有别的原因。”

她一言不发，但心中的苦痛已经深深地刺伤了她。

他又追问："你还是不答应我吗？"

她舒了一口气，说道："对，不答应，主人。"他听后转身离去了。

她认为这下没事了，其余的时间她平平静静地度过了。但是她就像那匹从早忙到晚的大白马一样，已经累得没有一丝力气了。

她早早地上了床，头一沾枕头就睡着了。

夜里，她被两只乱摸的手吓醒了。一听声音，原来是主人来了，只听他说："别害怕，萝丝，是我，咱俩再谈谈吧。"开始她觉得有些不可理解，后来见他一个劲地扯她的被子，才知道了他的目的，随后，她怕得发抖，因为她被从梦中惊醒，睡意未消，在这无边的黑夜里赤条条地躺着，而那个一直想占有她的人近在咫尺。她自然不愿意，但她的反抗是那么的软弱无力，况且，她还必须与身上强烈的本能做斗争；而且，像她这样迟钝软弱的人，又没有坚强的意志力。她只是不停地躲避着主人的强吻，将头不断地在墙壁与外面之间转动着。她累得疲惫不堪的身子在被子下面微微地来回扭动。他被情欲充斥了大脑，粗暴地把她身上的被子一下子扯开。她心里清楚，这下是逃不掉了。只好像鸵鸟一样，羞愧地把两只手捂在脸上，不再反抗了。

这天晚上，主人在她旁边待了一整夜；第二天晚上、第三天晚上……此后他每个夜晚都来找她。

他们终于同居了。

一个清晨，他告诉她："我已经去了教堂，发布了结婚通告。下个月我们就结婚吧。"

她没说什么。她还有什么可说的呢？她也没有抗议。她还有什么可做的呢？

四

她与他结婚了。她觉得自己掉进了一个深渊，永远没有出头之日；众多的灾难就像一发千钧，危机四伏。她感到她的丈夫是一个遭到她偷窃的人，总有一天他会识破她的骗局。她又想起了那个孩

子，那个给她带来莫大的痛苦，也给她带来莫大安慰的孩子。

每年，她都回老家两趟，去看望他，并且每次回来都会增加她的苦闷。

但是时间一长，她竟也习以为常了，她不再害怕，心境十分安宁；生活中的她也渐渐地恢复了自信，尽管那担心并没有完全消失。

时间飞快地流逝，孩子都六岁了。现在的她可以说是很开心的，然而出乎她意料的是，丈夫却突然闷闷不乐起来。

近两三年中，他仿佛一直在想什么心事，烦躁不安，而且日益严重。饭后，他会用两只手支着头，神情忧郁地待上好久。他说的话比以前急躁了，甚至很粗鲁。他好像对萝丝不满意，有时会很生气地、厉声对她讲话。

一天，一个女邻居的孩子来拿鸡蛋，她碰巧正忙得不可开交，对孩子的态度不太好，忽然丈夫出现了，凶巴巴地冲她嚷：

“换了你的孩子，你还会这样对她吗？”

她吓了一跳，说不出话来。后来，她满腹心事地回到了房间，以前的心事又重新来侵扰她了。

在晚饭桌上，主人对她视而不见，也不与她讲话；那样子似乎很埋怨她，对她很轻视，仿佛对事情的真相已经有了一些了解。

她害怕了，不敢再与他单独在一起，吃完饭就马上跑了出去，一路跑到了教堂。

天色暗下来了，中殿里又窄又暗，在黑暗的沉寂中，圣坛旁传来阵阵脚步声，那是管理圣器的人在圣体龛前点燃过夜用的油灯。这闪烁在无边黑暗中的豆大的亮光，给了萝丝最后的希望。她看着它，双腿一软，跪下去了。

随着一阵铁链声，小油灯被升到了空中。接着传来均匀的木鞋在石板地面上跳动的声音，还有绳子贴着地面移动的声音，三钟的声音传向沉沉暮色之中，在那个点灯人将要离去的时候，她赶忙追了上去。

她问那人：“本堂神父在他的宅子里吗？”

“应该是在的，因为他一直在三钟敲响的时候吃晚饭。”

她便用颤抖的双手推开了神父家的栅栏门。

神父果真正在吃晚饭，他马上请她坐下来。

“啊，我知道，关于您今天此行的目的，我已经听您丈夫说起过。”

萝丝一听，几乎昏倒。神父又说：

“孩子，你想听我说些什么？”

他很快地、一口接一口地喝汤，勺子底上的汤滴在他那胖胖的、穿着脏兮兮的道袍的大肚子上。

萝丝惊呆了，她不敢再说什么，也不敢有一点点的请求。她站起身，听见神父说道：

“鼓足勇气……”

她走出了教堂。

她回到家，麻木得不知身处何方。她的丈夫还在那里等她，雇工们早就在她走后也离开了。她一下子跪倒在他的面前，泪落满襟，喃喃道：

“你怎么不高兴？”

他粗鲁地大叫：

“因为我还没有自己的孩子，真见鬼！男人娶女人做老婆，难道是为了到死时都这样两个人孤独寂寞？不，就是为了生儿育女。一头不产牛犊的母牛要它干什么？一个不生孩子的女人，要她又有何用？”

她泪流满面，支支吾吾地说：

“这不能怪我！这不能怪我！”

他稍稍和气了一些，又说：

“我并不怪你，但这事终究让人不高兴。”

五

从此，她一心想着要一个孩子，再要一个。她向每个人诉说她的心愿。

一位女邻居传授给她一个办法：每天夜晚给丈夫冲一杯放了灰烬的水。她照办了，但是不起作用。

他们觉得可能会有什么秘方，便四处打听。别人让他们去求助于一个家住十法里之外的牧羊人。于是，有一天，丈夫驾着他轻便的双轮马车，去找牧羊人帮忙。那个人给了他一些做了标记的大块面包，面包里有一种草药。他说，他们必须在每天晚上睡觉前每人吃一小块这个面包。

但是，直到面包都吃完了，也没见什么动静。

还有一名教师告诉了他们一个据说是不为人知的、百试百灵的好方法。但是依旧是不起任何作用。

他们听从了本堂神父的主张，去费康乞求“圣血”。萝丝趴在修道院的地板上，前面是一大群的人，她把自己的希望夹杂在乡下人庸俗的祈祷中轻轻地说了出来。她热切地希望那个人见人拜的神灵保佑她再生一个孩子。但每次都是徒劳。她认为这是天主对她那次失足的惩罚，因此心中懊悔不已。

她很快地瘦了下去。丈夫也日渐衰老了，就像人们所说的那样，“心事重重”，伴随着一次次的失望，他也消瘦下去了。

此后，他们开始了吵闹。他对她又打又骂、又是训斥；晚上睡觉时，他恨得长吁短叹，捡那些最难听的话来骂她、羞辱她。

又一个夜晚，他已经用尽了所能想到的折腾她的办法，便又心血来潮地逼她起床，去外面的雨中去度过这一夜。她反抗，他就掐住了她的脖子，拳头雨点般落在她脸上。她不说一句话，也不动一下。这更激怒了他，他跳了起来，跪在她的肚子上，牙关紧咬着，疯狂地不停地打她。她竭力地挣扎着，一下子把他掀到了一边，坐起身子，沙哑着嗓音说：

“我以前有过一个孩子，我能生的，是我与那个雅克、你说过的雅克生的。他曾经许诺要跟我结婚，但最终还是逃跑了。”

他吃了一惊，待在原地，他气得与她一样激动，低声嘟囔着：

“什么，你再说一遍！”

她的泪水止不住地流了下来，吞吞吐吐地说：

“正是这个原因，当初我不同意跟你结婚，这就是原因。当初我不敢告诉你真相，怕你会把我们娘俩饿死。你又没有孩子，你哪里会明白这种感觉！”

他显得更加吃惊了，不由自主地一遍遍地问道：

“你生过一个孩子？你生过一个孩子？”

她抽泣着说：

“是你逼我的。你可能也明白，我就没同意过跟你结婚。”

他从床上下来，点亮了蜡烛，背着两只手，不停地在地上走来走去。她则躺在床上，不住地流泪。突然，他停在了她身边。“如此说来，没有孩子的责任在我了！”他说道。她没有说话。他又不停地徘徊着。后来，他又止住脚步，问她：“那个孩子多大了？”

“不到七岁。”她轻轻地说。

“你为什么要瞒着我？”他又问。

她长叹一声，说：

“你让我怎么说呢？”

他站在那里一动不动。

“好了，你起来吧。”他对她说。

她艰难地从床上撑起身，刚靠着墙站稳，就见他像平时开心时一样哈哈大笑起来。看见了她疑惑不解的表情，他这才解释说：

“既然我不可能再有孩子了，那就把那个孩子接回来吧。”

她慌乱不已，要不是现在浑身无力，她一定会夺路而逃。然而，只见主人两只手来回地搓着，小声地说：

“好久以来我就想领养一个孩子，现在好了，不用再找了。我曾让本堂神父留意给我领养一个孤儿。”

然后他又笑嘻嘻地吻了吻呆立在那里、泪痕未干的妻子。为了让她清清楚楚地听见，他抬高嗓门说道：

“走，孩子他妈，去找一找是不是还有汤，我真想吃一大锅。”

她穿上了衣服，同他一同下了楼，就在她跪在锅前重新点燃火的时候，他还是那样开心地笑着，并大步地在厨房里踱来踱去，一遍又一遍地说：

“我打心眼里高兴，真的；不是光动嘴皮子，我的心里早就乐开花了。”

在一个春天晚上

让娜与表哥雅克马上就要成亲了。他们从小一起长大，他们之间的爱情比起那些上流社会来，显得更加真实纯朴。他们一起长大的时候，并不明白什么是爱情。少女有时喜爱故作矜持，来逗男孩子玩。况且在她眼中，他长得又帅，脾气又好，每次见面，她都诚心诚意地拥吻他，然而却从未感受到一种震撼，那是一种让人浑身起鸡皮疙瘩的感觉。

在他眼中，他只觉得这个小表妹真可爱。他的想法只是平常男人看见长相好看的女孩时那种很普通的感想。他并没有想入非非。

之后，让娜在一天偶尔听见母亲在跟阿姨（即阿尔贝特姨，因为她尚未嫁人，是个老处女）说："我向你保证，这两个孩子很快就会坠入爱河的；这是很明显的。雅克就是我最满意的女婿候选人。"

几乎是同时，让娜爱上了表哥雅克。打那以后，她一见他就不好意思，他一握住她的手，她就会觉得手在发抖；遇到他的目光，她会赶忙避开。她用了各种办法，挑逗他来吻自己。后来他也知道了所有的事。他心里清楚事情的经过，但由于虚荣心的驱使，同时也由于爱情的感召，他会激动地把她拥入怀中，对着她的耳朵轻轻地说："我爱你！我爱你！"

从此生活中充满了窃窃私语、互相讨好等多种多样的相爱的人才会有的举动，因为以前就亲密无间，所以他们觉得很自在，也从不觉得不好意思。甚至在客厅中，当着雅克的母亲、让娜的母亲和莉松姨这三位同胞姐妹的面，雅克也会抱着让娜吻个够。每一天，他俩都走过那野花遍地的湿草坪，在小河边的树林中散步。他们心平气和地等待着大喜的日子的到来，沉溺在妙不可言的甜蜜的情义之中，甚至一个小小的爱抚的动作、紧握双手深情的注视，都使他们感到无比的幸福；他们会久久地凝视着对方，仿佛这一刻心灵合二为一了。想紧拥对方入怀的念头才刚刚闪现，就已经使他们受到了煎熬；两人的唇仿佛在召唤着对方，在急切不安中期待着什么，承诺着什么。

有时，到了晚上，他们会从这种柏拉图式的热切而又抑制的爱情中体会到一种奇怪的疲惫；他们会长长地叹一口气，但并不明白这是由于等待得漫长导致的。

三个老姐妹非常高兴，满心欢喜地看着这两个年轻人的感情的升华。尤其是莉松姨，显得特别动情。

她矮矮的个头，不爱说话，不吃饭就不大露面，吃完饭又回到楼上自己的屋里，把自己反锁在里面。她面善，多愁善感，并不是家中的关键人物。

她那两个已经当了寡妇的姐姐曾是上流社会的体面人物，对她并不很重视。她们装作非常热情地接待她，其中隐隐露出对她这个老处女瞧不起的那种关切。她名叫莉丝，出生在人们狂热崇拜贝朗瑞[①]的那个年代。最后别人见她并未嫁人，而且认定她这一辈子都会独身了，就把莉丝改称莉松。现在她已经当了“莉松姨”了，她态度谦恭，衣着整洁，即使在家人面前，她也觉得害羞、胆怯，亲人们用他们那种夹杂着向来如此的同情怜悯而又好心肠的感情来爱护着她。

除了女佣之外，孩子们是不进她的屋子去拥抱她的。要是有人找她有事，就让女佣去请她出来。她冷冷清清的一辈子就在这间不为人知的小屋里度过了。她很省地方。在她不在的场合、时候，没

---

① 贝朗瑞：法国诗人。他写的许多歌谣曾被谱成曲，流行于当时。莉丝是他的歌谣中常用的妇女名字。

有人会想到她，更不会有人提起她。她属于那样一种人，即容易被人忽略，包括亲人，与亲人的关系形同陌路，甚至死后也不会有人觉察，觉得少了什么似的。她还是这样的一种典型：即与身边人的生活、习惯等格格不入。

她老是用不发出任何声响的、急急忙忙的小碎步走路，不会撞到任何一样东西，好像凡是有她在的场合，所有的事物都失去了声响。她拿放东西又轻又慢，好像长了一双棉花制的手。

“莉松姨”这几个字不会在任何人心里引起特别的注意，这个名词几乎等同于“咖啡壶”或者“糖果盘”。

就连那条被唤作卢特的母狗也显得比她有地位。它可以获得主人不时地爱抚与亲切的呼唤：“亲爱的卢特，漂亮的卢特，我的小宝贝。”要是它死掉了，他们一定会悲悲切切地念叨起它。

让娜和雅克的婚礼定于五月底举行。这对小情人的眼睛、手、思想和心灵都是紧密相连的。春天来得特别晚，夜晚还有霜冻，清晨会看见大雾，一直不见踪影的春天仿佛冷得躲了起来，然而几乎是一下子，它又降临人间了。

接下来的几天非常暖和，天气有些许的阴沉，大地开始解冻了，树叶抽出了嫩芽，空气中弥漫着清新的花草香味。

一天下午，太阳终于拨开了乌云，露出了笑脸，把它的光芒洒向茫茫大地。田野上的各种生物，包括人，都被这好天气感染了，欢乐无处不在。鸟儿们一对对地喳喳叫着，飞翔在空中。一对新人被幸福的喜悦包围了，然而他们见人却更加不好意思起来，因为在这怡人的春色中，他们体内的骚动让他们感到隐隐不安。每天，他们都肩并肩地坐在城堡门前的那条凳子上，再不敢像以前那样单独去散步，他们望着水中嬉戏的天鹅，愣愣地发呆。

到了晚上，他们才觉得心情比较安定，也不再不安了。晚饭结束后，他们会来到客厅敞开的窗子前，说起悄悄话来。各自的母亲则在灯前玩着皮克[①]，莉松姨在给本地的穷人编织着袜子。

---

① 皮克：两人对玩的一种纸牌戏。

池塘对面的乔树林向远处延伸着。在高大的树木的嫩叶中间，月亮忽然一下子冒了出来。它徐徐地向上升，映衬着黑乎乎的枝条的影子；它升上了天空，所有的星星便失去了光彩。它把皎洁而又如梦的清凉洒向大地，这种情景是爱幻想的人、诗人和情人所钟情的。

这对情人起初遥望着月亮，到后来，他们被那温柔的月光感染了，陶醉在那笼罩了树林和草地的朦胧的光辉之中，便慢慢地走出房间，穿过银白的大草地，来到了波光闪闪的池塘边。

两位母亲已经玩了四盘皮克了，困得眼皮直打架，她们想去休息了。

“应当让他们回来了。”一位说道。

另一位看了看外面灰白色的夜景，只见两人在慢慢地走动。

“由他们去吧，”她说，“外面的世界多么美好呀！让莉松等着他俩吧，行吗，莉松？”

老处女抬起头，不解地看着两个姐姐，然后怯怯地说：

“当然，我当然会等他们回来。”

说着她也站起身，把手里的毛线和织针放在沙发上。她走到窗子前边，望着外面美丽的景色。

这对年轻人在池塘与台阶之间不停地走动着。他们牵着手，沉默不语，仿佛自身已经不复存在，而只是成了这美丽的夜景的一个组成部分。忽然，让娜看见了明亮的窗前莉松姨的身影。

“快看，莉松姨在望着我们呢。”她说。

“不错，是她在望着我们。”他附和道。

他们又接着散步，想象着他们的未来，他们的爱情。

夜深了，草上结了露珠。他们感到了丝丝凉意，身子也冷得有些发抖。

“我们回去吧。”她主张。

他同意，于是俩人回到了屋子。

他们走到客厅里，发现莉松姨在织袜子。她低垂着头，瘦瘦的手指似乎累了，不住地颤抖。

让娜走到她旁边，说：

“姨，我们去休息了。”

莉松姨抬起眼睛，她的眼睛红红的，仿佛刚刚哭完。但是这对年轻人却丝毫没有发现。这时，雅克注意到让娜那小巧玲珑的鞋面上沾满了水，于是关切地问道：

“你那亲爱的小脚冷不冷？”

突然，莉松姨的手剧烈地抖动起来，毛线也滚到了远远的一边。她用手蒙住脸，止不住地抽泣起来。

两个年轻人跑过去，让娜跪在她身旁，伸出两只胳膊，急切地询问道：

“您怎么了，莉松姨？您这是怎么了？……”

可怜的莉松姨伤心地抽泣着，断断续续地说：“我听见他问你：‘……你……你那亲爱的小脚……冷不冷？’但是……没有一个人……这样问过我！……没有！……没有！……”

泰利埃公馆

一

每个夜晚的十一点光景，他们就像去咖啡屋一样随便地去那个地方。

来这个地方的共有七八个人，而且自始至终一直是他们几个人。他们并不是追求享乐的轻浮之徒，都是些令人尊重的人、买卖人、还有家住城里的青年。他们常常是喝着查尔特勒酒[①]，并与女孩子们开着玩笑，或是与那些受人尊敬的“夫人”谈论一些严肃的话题。

到了十二点，他们一般就回家去休息了。有时那些年轻人会留下来。

这座屋子位于圣艾蒂安教堂后面的一条街角上，是一处住宅，里面不大，外面被漆成了黄色。站在窗前，可以望见被称为“水库”的一大片盐碱滩，这里是一处停船卸货的码头，还看得见码头后面的童贞女海岸及上面一座古老的灰色的教堂。

这里的女主人是厄尔省一户富足的农民家的女儿，这种挣钱方法在她眼中就如同开了一家帽子店或内衣店。虽然卖淫在城市里遭人唾弃、看不起，但这里是诺曼底的农村，不像城市那样传统。农民们甚至赞叹：“这个职业可真好”，他们支持自己的女儿进妓

① 查尔特勒酒：查尔特勒修会道士所酿制的一种入药酒。

院，这在他们看来，就像去女子寄宿学校读书一样平常。

这个公馆原先的主人是一位年老的舅舅。现在的男女主人原来在依佛多一带开了一家旅馆，但听别人说费康这个地方好做生意，便把旅馆转让了出去，在一个上午来到了费康，把这个少了主人而濒临瘫痪的公馆接了过来。

他们待人真诚，不久便被公馆上下的人和邻居们所称道。

过了两年，男主人患了中风死去了。他所从事的这项新职业养成了他好吃懒做的习惯，他比以前胖了好多，导致他死去的直接原因就是这个。

先生死后，公馆里的常客都对女主人费尽心思，大献殷勤，但听说她安守本分，从未让别人抓住过什么把柄。

她长得又高又胖，惹人喜爱。但由于长期的闭门不出，所以脸色白得像张纸，像涂了一道清漆一般发光。她额前用假发做了一层卷卷的、薄薄的刘海，显得很年轻，这与她那丰韵十足的体态不太谐调。她常常笑容满面，乐观开朗，常常跟别人开玩笑，但却很得当，在这个新职业中，她还能够做到这一点。她对下流的话非常憎恶；要是有哪个小青年直截了当地用她真正的身份来称呼她，她马上就沉下脸生气了。总之，她是那种温文尔雅的人，虽然她并不歧视手下的那帮女孩，但她还是不时地声明：她们与她不能相提并论。

除过周末，她偶尔也会叫一辆出租马车，带一些女孩子出去玩，她们常去瓦尔蒙森林尽头的那条绿草青青的河边游戏。她们如同一帮逃学去郊游的女生一样，疯狂地向前跑，做着小孩子的游戏，就像被关在家里闷坏了而突然感受到大自然的清新时那样开心。她们坐在草地上，吃着冷肉，喝着苹果酒，一直玩到夜幕降临，才带着满身的疲惫和满腔的愉悦动身回家。在回家的马车上，她们就像女儿对待善良和蔼的母亲那样，充满感激之情地吻着女主人。

这座屋子可以从两个地方进入。屋子的一角是一个低档的咖啡屋，晚上光临的客人全是些水手和平民。这里有两个女孩子张罗着。还有一个名叫弗雷德里克的茶房，他个头不高，长着金色的头发，没长胡须，身体壮得像头牛。在他的帮助下，她们把大大小小的葡萄酒瓶放到那些摇摇晃晃的大理石面的桌子上，然后坐在客人的大腿上，搂着他们的脖子劝酒。

还有三个女孩子（总共五个人）就像上流社会一样，她们的任务是服侍二楼的客人，只有在楼上没有客而楼下又有人点名要她们时才下来。

本地的中产阶级人物都汇集在朱庇特[①]沙龙里面，糊着蓝色墙纸的墙上有一幅巨大的画，画面上是一只天鹅和躺在它身下的勒达[②]。来这里必须经过一段旋转楼梯，楼梯的下边是一个看上去破破烂烂的屋子。在顶上，有一个带栅栏的小洞，那里点着一盏小灯，整夜地亮着，小灯的样子就和当今某些城市镶在墙壁里的圣母像脚下的灯一样。

陈旧的屋子里潮气很重，有点发霉的气味。偶尔，会飘来一股科隆香水味，或者传来楼下虚掩的门里那些喝酒的汉子们高声的、粗鲁的叫喊，震得整座房子嗡嗡作响，引起楼上先生们的不安和憎恶之情。

女主人对待客人像老朋友一样亲切，她一直待在沙龙里，饶有兴趣地听他们讲着城里发生的事情。她那正儿八经的谈话常常让客人们抛开了三个女孩那乌七八糟的调笑，使这些肥头肥脑的人暂时停止放肆的调戏；他们并不制止自己适时地放纵，只要大体上过得去，让女孩子们陪着喝口酒又有什么大不了的。

楼上的三个女孩是：费尔南德、拉斐埃尔和令人讨厌的萝萨。

就在这仅有的几个人中，女主人极力要塑造一个个典型，使她们分别代表一种类型的女人，以便使口味不同的客人们都能找到自己喜欢的类型，最起码也要差不多。

费尔南德是“金发女郎”的典型，她高大肥胖，但是身体并不

---

① 朱庇特：罗马神话中最高的神，即希腊神话中的宙斯。

② 勒达：希腊神话中的仙女。主神宙斯曾化为天鹅和她亲近，她因此怀孕，生美人海伦。

结实，她也是农家出身，长了一脸去不掉的雀斑，浅黄色的头发被剪短了，那种接近无色的淡黄色就像大麻一样披在脑门上。

拉斐埃尔是个马赛人，曾在很多港口当过妓女，被人称为“犹太美人”。她很瘦，突出的颧骨上抹了厚厚的一层胭脂。她在黑色的头发上抹了牛骨髓，刘海卷成弯曲的。要不是右眼上的白翳，她的双眼应当是迷人的。宽阔的下颌上面长着一个鹰钩鼻，她的两颗上门牙是刚安上去的，而下门牙却随着年龄的增长变得像陈旧的木料一样深黄，与上门牙形成了鲜明的对照。

萝萨是个泼妇，她的小短腿上支撑着一个大肚子，人像个肉球似的。她整天张着嘴巴，用沙哑的声音唱个不停，有的歌很轻浮，也有的很沉闷；她热衷于讲故事，而那些故事又臭又长；她的嘴只有在吃东西时才会歇一会儿，一吃完就又开始啰唆了。她不甘寂寞，老是动来动去，别看她又矮又胖，但行动却相当敏捷。她常常莫名其妙地大笑，听上去非常刺耳，而且她会在各种场合：卧室、顶楼、咖啡屋以及任何一个地方突然大笑起来。

楼下的两个女孩子，是一个外号母鸡的路易丝和另一个因跛脚而被人称为跷跷板的弗洛拉。前者经常扎着一条三色的宽条的腰带，把自己装扮成“自由女神”的样子；而后者将自己包装得像个西班牙女郎，她走起路来一跛一跛的，使得红色头发中的铜质西昆[①]也随着她一颠一颠的。看到她俩，就会使人想起狂欢节时的厨娘。她们与生活在社会底层的女人们一样，算不上漂亮，但也不难看，是地地道道的女佣的样子，她们有一个外号，叫唧筒，是海港上的那帮人给起的。

五个女人之间表面上和和气气，暗地里却相互争风吃醋，幸亏乐观开朗的女主人不断地从中周旋，才使这种和气得以维持。

这个公馆在小城中独一无二，所以上门的人特别多。女主人有一种使公馆看起来冠冕堂皇的本领，她对所有人都关心爱护，亲切随和；远近的人都知道她为人善良，所以对她格外尊重。那些常客

① 西昆：古代威尼斯金币。此处指用铜质的西昆来做头饰。

对她殷勤备至，要是受到她额外的一点关照，便会沾沾自喜，得意扬扬。白天他们为了生意上的事打交道时，他们会对对方说："晚上老地方见"，平常得就像说："晚饭后去喝杯咖啡"一样。

反正，泰利埃公馆是个难得的好去处，没有谁不愿意去那里。

在五月底的一个夜晚，前任市长、木商普兰先生来到了这里。他看到门是关着的，栅栏后那盏小灯也黑乎乎的，没有光亮。屋子里静悄悄的，听不见一点响动。他开始轻轻地敲门，没人应声，到后来他又使劲地敲，但还是没什么反应。他只好顺着原路缓缓地往回走，在市场里，他碰到了船主迪韦尔先生，他正好也要去那里，于是两人又一起来到那扇门前，怎么敲门，也听不见反应。奇怪的是有一阵吵闹声从不远处传来，他们围着房子四处寻找，总算发现了那个咖啡屋，门没有开，一大帮英国的、法国的水手正在挥舞着拳头敲打门板。

两个中产阶级各自夺路而逃，就怕被人发现。黑暗中，他们听到一声轻叹，转身一看，是制作咸鱼的图尔纳沃先生，他看见了他俩，于是把他们给叫住了。他们向他描述了看到的一切，他十分生气，因为他是个有家室的人，有了孩子，不方便出来，只有礼拜六还可以，他的口头禅是"为保险起见"①，这暗指一项卫生方面的整顿手段，朋友博尔德大夫每隔一段时间就将检查结果告知他，而今天晚上正巧轮到他了，但这样一来，他就必须忍耐整整一个礼拜了。

三人绕道而行，来到了码头，路上碰见了年轻的菲利普先生，泰利埃公馆的常客，他的父亲是一个银行家；还有潘佩斯先生，一位税收官。他们又一同从犹太人街返回，探听虚实。此时此刻，大发雷霆的水手们正朝屋子里扔石块，高声叫喊着拍着门；五个人急忙再次逃走，在大街上胡乱地走着。

路上，又碰见了迪皮伊先生和瓦斯先生，一个是保险代理人，一个是商事法庭的法官。他们开始了漫长的散步，一行人先走到了

① "为保险起见"原文为拉丁文。

防波堤上，在花岗岩的护墙上坐了下来，望着波涛汹涌的海面出神。浪花带着一抹亮光涌向岸边，在夜色中若隐若现。海岸边海水击石的声音哗哗地响个不停，并传向远方。这群面带愁容的人们坐了一会儿之后，图尔纳沃先生说："这里真没意思。""可不是吗！"潘佩斯先生附和道。于是，人群又缓缓地移动了。

他们走在山坡下的一条街上，这街名叫"林荫街"，他们穿过水库的小木桥，又往回走，路过铁道之后，又回到了市场里。突然，税收官潘佩斯先生和制造咸鱼的图尔纳沃先生吵了起来，起因是一种食用菌子，其中一个人坚持说附近有这种菌子。

因为心烦，两人都怒气冲冲，要不是其他人出面劝解，他们很可能拳脚相加。税收官气得转身走开了。随后，前任市长普兰先生和保险代理迪皮伊先生又吵了起来，导火索是税收官的薪水和各种来钱的渠道。两个人你一言我一语地互相谩骂，谁也不示弱。突然，他们的声音被震耳欲聋的怒吼声淹没了，原来是那帮在公馆前闹事的水手，他们在那里失去了耐心，又两个两个地挽着手臂，排成一支长长的队伍来到了市场上，每个人都疯了一样大声地叫骂着。这群中产阶级的先生们吓坏了，躲进了门洞里面，瞪大眼睛看着这伙人大叫着冲向了修道院方向。过了好长时间，还有嘈杂声隐隐传来，只不过像远去的暴风雨一样。街上又变得十分安静。

前任市长和保险代理人怒气未消，他们连招呼都不打，就径自离去了。

现在就剩四个人了，他们下意识地向泰利埃公馆走去。门依然关得紧紧的，一片寂静，进不去。一个醉鬼轻手轻脚地走过来，轻轻地、不停地敲着门，后来又不敲了，低声地叫着茶房弗雷德里克的名字。见无人理睬，就一屁股坐到了门前的台阶上，静观事态的变化。几个人正要转身离去，突然又响起了一阵吵闹声，原来是那帮水手又回来了。高唱《马赛曲》的是法国水手，而英国水手则唱着《统治吧，大不列颠》这首歌。狂怒的人群在房子四周冲击着围墙，然后又涌向了码头，在那里，两部分人大打出手。在战斗中，一个英国水手的胳膊断了，而一名法国水手的鼻子破了。

坐在台阶上的醉鬼却哭了起来，那样子就像平常喝醉了酒的人一样，又像个受了委屈的孩子一般。

终于，几个中产阶级的先生各自回家去了。浮躁不安的城市又渐渐安静下来。不时也会传来一两声人说话的声音，但随之又很快地消失了。

这个时候，制作咸鱼的老板图尔纳沃先生还独自徘徊在大街上。他非常气愤的是又得等上一个星期了。他期待着奇迹的降临，心中充满了疑惑，他对警察局对自己管理监督下的公益单位的停止营业不闻不问而气愤异常。

他回到了房子前面，对着墙细细地查找，想发现什么通知之类的。后来，窗户上的一张纸映入了他的眼帘。他急忙点燃蜡绳，照出了一行歪斜的大字："由于首次领圣体暂停营业。"

他知道再耗下去只是白费，只能怏怏地走开了。

台阶上的醉鬼已经进入了梦乡，他横着身子，直直地挡在门口。

次日，每一个公馆的常客都千方百计地走过这条街，还装腔作势地夹着公文包。所有的人都悄悄地瞥一眼那张告示："由于首次领圣体暂停营业。"

二

女主人有一个当木匠的弟弟，在老家厄尔省的维维尔。当她还在依佛多开旅馆时，曾在小侄女受洗时做过教母，并给孩子起名康斯坦丝，全名就是康斯坦丝·里维。她弟弟知道她的家境富裕，所以老是与她保持着密切的联系，而不顾两家住得很远，两人又都很忙，很少见面的事实。小侄女快十二岁了，到了领圣体的时候了，弟弟借此机会赶紧套近乎，写信希望姐姐能来参加这个仪式。他们的双亲已先后去世了，她无法拒绝自己的教女，便答应了。弟弟名叫约瑟夫，对她关怀备至，目的是看是否以后她会给他的女儿一份遗产，因为她再没有什么亲人了。

姐姐所做的事他一点也不反感，而且家乡的人对此一无所知。

在提及她时，他们只是说：“泰利埃夫人住在费康城”，意思是指她有年金度日。费康距离维维尔大约二十法里，而这些路程在农村人的眼中，比城里的人远渡重洋还不容易。住在维维尔的居民到过的最远的地方就是鲁昂，自然也不会有什么吸引人的地方，也不能把费康城里的人吸引到这不足五百人口的小村子。小村位于平原中部，已归别的省管辖了。反正，外人对此不为所知。

随着领圣体的时间的慢慢逼近，女主人觉得事情不太好办。没人来帮她，即使她的生意暂停一天，她也不舒服。楼上楼下的女孩子一定会借机大闹一通。弗雷德里克肯定又去喝得醉醺醺的，而且他有个酒醉了就爱打架的坏毛病。终于，她下定了决心，给茶房放两天假，而其余的人都随她一同前往。

她告诉了弟弟她的想法，他十分赞同，并帮她们安排好了一个晚上的住宿。到了星期六，女主人同随行的人一起坐了一趟八点钟的快车离开了公馆。她们所乘坐的是二等车厢。

一直到伯思维尔的时候，车厢里还没有别的人，只有她们在那里兴奋地说个没完。车一到站，上来一对夫妇。丈夫是一个年老的农夫，穿着一件领子打裥的蓝色罩衫，袖子很肥，袖口紧束，上面还缀着一个白色的小十字花。他头戴一顶旧式的大礼帽，已经褪了色的红色绒毛根根冲上，像刺猬一样。他一手抓着一把绿色的大伞，另一只手提着一只大大的篮子，里面露出了三个惊慌失措的鸭子脑袋。妻子的装束是典型的乡村妇女形象，身子硬邦邦的。她的长相极像一只鸡，脸像母鸡，鼻子像鸡嘴。她坐在了丈夫的对面，一抬头看见四周的人个个又好看又华贵，很是惊奇，并且动都不敢动。

事实是，车厢里面色彩缤纷，让人应接不暇。女主人穿了一套蓝色的绸缎衣服，肩上披着一条红得刺眼的法国开司米披肩，还发出点点光芒。费尔南德穿了一件苏格兰花呢的连衣裙，是带方格的那种，她被憋得直喘粗气，因为别人狠劲地把连衣裙的上身束得紧紧的，连耷拉着的两个乳房都被紧紧地束成了两个圆球，随着车子晃个不停，就像两包用布盛住的水。

拉斐埃尔戴着一顶高高的帽子。上面插满了羽毛，仿佛那里是一个停满了鸟的鸟巢似的；她一袭淡紫的衣服，上面还有金光闪闪的饰品，很有东方特征，这与她酷似犹太人的长相倒很相配。萝萨穿了一条粉红色的裙子，带着宽宽的绿色荷叶花边，样子就像一个过早发胖的小孩，又像是得了肥胖症的小矮子。这对唧筒是用旧的窗帘制作了身上的这套衣裙，而这种窗帘的花色还是复辟时流行的那种。

车厢里上了陌生人之后，她们便正襟危坐，谈起了一些严肃的事情，这只是为了给别人留下较好的印象。车到了博尔贝克，上来一位男士，他留着金黄的胡子，手指上戴着不止一个戒指，还戴了一条金表链。他看起来亲切和蔼，爱打趣。他把几个漆布的包袱放到了车厢里的行李架上，便行了个礼，笑着随口说道：“女士们是要调换防地吗？”她们被问得羞愧难当，十分尴尬。还是女主人先镇定下来，她要夺回她们的名誉，于是用冰冷的语气说道：“你不懂得什么叫礼貌吗？”他连忙赔礼道歉：“对不起，我的意思是指修道院。”女主人没说什么，也许她对他的道歉还算满意，就见她严肃地回了个礼，双唇紧闭着。

这位乘客坐在了萝萨和老农之间，向着篮子里伸在外面的鸭子脑袋直挤眼睛，在他认为别人的注意力都被吸引过来了之后，就伸手去摸鸭子的嘴巴下面，同时哗众取宠地对着它们说：“你们从池塘里出来——嘎！嘎！是为了与烤肉的铁钎相依相伴——嘎！嘎！”可怜的小家伙拼命地来回扭动着脑袋，想躲避他的手，并极力想爬出用柳条编成的囚笼。突然，三只鸭子同时叫起来：“嘎！嘎！嘎！嘎！”听起来很悲切。妇女们大笑起来。她们弯下了腰，头挤在一起，凑上去仔细观察那几只鸭子；一时间她们显得兴致勃勃。那个男士更加得意，加紧表现自己。

萝萨趴在身旁这位先生的腿上，朝三只鸭子的鼻子亲了亲。马上，其余的女人都有了这个念头，她们坐到了那个男人的腿上，任他摇晃，任他捏拧。立刻，他改用“你”来称呼她们。

那对老农夫妇显得比三三只鸭子更加慌乱，四只眼珠紧张地转来转去，却不敢动一下。苍老的、布满皱纹的脸绷得紧紧的，连抖动一下也未曾有过。

这个男人是一名专门在旅途中推销商品的人，他笑着问她们要不要背带。他从行李架上拿下一个包袱，当众解开。原来里面包的是袜带，而所谓的背带只是跟她们闹着玩的。

袜带五颜六色，有蓝色的、粉色的、鲜红的、深紫的、浅紫的和深红的；两个镀金的小爱神相互拥抱着，构成了袜带扣。女孩子们欢呼起来，接下来认真地翻看着样品，不苟言笑，这是每一个女人在挑选衣服饰物时所习惯表现出来的神态。她们相互使眼色，或者悄悄地说一两个字来征求别人的看法。女主人对一副橘红色的袜带爱不释手，这一副比其他的都要宽，也更有气派，简直就是为她这种身份的女人定做的。

那个男人在一边等着，又想出了一个鬼点子。他说："好吧，宝贝们，来试一试看看。"话音刚落，她们便惊呼起来，同时双腿死死地夹住裙子，仿佛对方是个老色鬼似的。他镇静地等待着。他说："要是各位小姐不肯要，我只好把它们收起来了。"紧接着又狡诈地说："谁要愿意，我就让她自己挑一副，白送她。"然而她们都严肃地挺直了腰，表示不合作。只有那对唧筒显出可怜巴巴的样子，于是他又对她们重复了一遍。跷跷板弗洛拉被说得有些心动了，迟疑不决。他趁热打铁："试一试吧，我的宝贝，拿出勇气来，你看，这副浅紫色的是多么的适合你呀！"终于，她狠了狠心，拉起裙子，一条粗壮的女人的腿露了出来，还有一只松松垮垮的肥大的粗布袜子。那个男的俯下身去，把袜带戴在她的小腿上，然后把它拉过膝盖，继续往上拉；他的动作使弗洛拉觉得痒酥酥的，忍不住直发抖，并低低地叫着。试完之后，他守信地将那副浅紫色的袜带送给了她，又接着问："谁还想来？"女人们异口同声地叫道："我！我！"先是萝萨，她的腿又肥又圆，都看不见脚踝骨，用拉斐埃尔的话来说，是名副其实的"猪血灌肠"。他看到了费尔南德那双强壮的圆滚滚的大腿，不禁惊喜地称赞个不停。与之相比，犹太美人那两条瘦腿就不太适合。老母鸡路易斯恶作剧地把

那位男士捂在了她的裙子下面，使得女主人只好出面阻止，结束这个有点过分的闹剧。后来，她也露出了一条腿，那是真正的诺曼底美人的腿，匀称而又富有弹性。这使得那个袜带推销商惊喜不已，照着法国骑士的样子，向这少有的美腿脱帽行礼。

农民夫妇惊得瞠目结舌，偷偷地用眼角瞅着这些人。那样子，像极了两只小鸡，那个金色胡子的人站起来，向着他们大叫："喔喔喔——"这个玩笑又博得了一片开心的大笑。

车到了莫特维尔，老夫妻带着他们的篮子以及里面的鸭子，还有大绿伞下了车。每个人都听见了那个老妇人边走边对老农说的话："这帮骚货！她们是要去巴黎那个鬼地方。"

那个爱开玩笑的袜带推销商在鲁昂下了车。临走之前，他的一些动作太过于轻佻，女主人只好严厉地对他说，请他自重一些。她还把这件事当作教训，对她们说："通过今天的事我们认识到：不能与陌生人太随便。"

到了瓦赛尔，她们下了车，约瑟夫·里维已经等候在那里了，他驾着一辆大马车，套车的是一匹小白马，车厢里很宽敞，摆了好几把椅子。

木匠客气地分别拥抱了一下各位女士，接着把她们扶上了车子。女主人和她的弟弟，还有拉斐埃尔坐在前排的三把椅子上，另外三个人坐在后排的椅子上，就剩下萝萨没椅子可坐了，便随便地坐到了结实的费尔南德的大腿上。然后马车出发了。驾车的小白马一路小跑着，步子歪歪斜斜的，刚刚出发，车子就剧烈地摇晃起来，椅子也不停地跳动着，把她们前后左右地乱摇，甚至抛起来，她们像个木偶似的做着各种动作，脸上布满了慌乱不安，惊恐地高叫着，但是还没喊完的时候，就又被抛了起来。她们死死地抓住车沿，帽子也滑到了脸上、肩上或者背上。马一刻不停地向前疾驰，昂着脑袋，直挺挺、光秃秃的尾巴不住地拍着后臀。木匠一条腿盘起来，另一条腿放在车辕上，两臂高高地抬着，紧握缰绳，他不时地发出一种咕咕的叫声，使得马竖起了耳朵，更加快速地向前跑。

翠绿的山野夹带着金黄的油菜花向两边快速退却，空气中传来一阵浓浓的、甜甜的气味，而且到处弥漫着。在高大的黑麦地中，点缀着蓝色的矢车菊，如果里维先生愿意停下车来的话，她们就要去摘它们了。在有的地方，鲜红的虞美人淹没了整块田野。小白马驰骋在野花点点、色彩缤纷的田野上，而它身后的车子上仿佛是另外一束更为艳丽的花朵，在乡间的大树之间忽隐忽现，时而又出现在红、黄、绿、蓝相互映衬的田野中，沐浴在灿烂的阳光下。

一点钟的时候，车子正好停在了里维家门口。

她们已经筋疲力尽，并且饿得没精打采，从早上上车到现在，她们滴水未沾。木匠妻子跑出来，把她们一个个地扶下车，还没等她们站稳，又迫不及待地与她们拥抱。她一遍又一遍地吻着姐姐，在她身边忙个不停。大家在作坊里吃的午饭，里面的家什都搬走了，以便次日作为摆酒席的地方。

先吃的是煎蛋卷，味道好极了，紧接着是烤杂碎灌肠，大家边说边喝着美味的苹果酒。心情也渐渐地好起来。木匠举着酒杯招呼着客人，妻子在一旁服侍，烧菜、端菜、撤盘子，都是她干的活儿，她还走到每位女士旁边轻轻地问：“再来点吗”木板摞了一大摞，靠着墙搁着，墙角是一堆堆的刨花，散发出木头作坊里常有的木料的香味，那是香气逼人的树脂味。

她们急切地想见到那个小女孩，可是她去了教堂，不到天黑是回不来的。

于是，大家一起出去散步。

这个村子很小，中间是一条大路，路两旁是十几座房子，住在里面的全是本地做生意的人，这些人有开肉店的、办食品杂货店的、做细木匠的、开咖啡馆的、修理的和卖面包的。街道尽头是居于公墓中间的教堂，前面是四棵巨大的椴树，向教堂投下浓密的树荫。这座教堂是用方燧石砌成的，无所谓什么建筑风格，顶部是一个钟楼，上面盖着石板瓦。在教堂后面，又是一望无际的田野，其中星罗棋布地点缀着好些大树，在树丛中，隐隐约约看得见农庄的影子。

木匠尽管没有换掉工作服，但他还是礼貌地允许姐姐挽着他，

趾高气扬地陪她散步。木匠妻子和费尔南德、拉斐埃尔走在一起，并入神地盯着拉斐埃尔那件金光闪闪的衣裙。老母鸡路易丝和又矮又胖、气喘吁吁的萝萨，还有走起路来一颠一跛、疲惫不堪的跷跷板弗洛拉跟在后面。

村民们站在门前，儿童停下了正玩的游戏；窗帘后面露出了一个印花棉布软帽；一个几乎是盲人的、拄着拐棍的老太婆在胸前画着十字，好像走在街上的是宗教仪仗队。大家的视线都跟着这些漂亮的城里女人，知道她们是从远处专程赶来参加约瑟夫·里维的小女儿的第一次领圣体的仪式的。木匠在他们眼中顿时高大了起来，变得十分可敬。

路过教堂时，传来孩子们的歌声。稚嫩的声音唱着一首感谢天主的歌。女主人不允许她们进去，因为她不愿意打扰这些小小的天使。

在散步的过程中，约瑟夫·里维向她们说起了本地的几个大户人家，说他们有多少土地，有多少畜禽，一年能收入多少，等等。最后她们在他的带领下回到了家里，准备休息。

家里的空间比较紧张，她们只好两个人一起住。

里维在作坊里的刨花堆上凑合一晚上，他的妻子和姐姐挤一张床；隔壁睡的是费尔南德和拉斐埃尔。厨房中是路易丝和弗洛拉，她们打地铺。剩下萝萨，她独自睡在楼梯上面的一小间黑屋子中，小屋旁边是一间狭小的阁楼，里边将要住的就是领圣体的小女孩。

小女孩回来了，每个人都疯狂地亲吻她，并想对她进行爱抚，这是她们的职业病，是她们特有的宣泄感情的方式，正因为如此，她们才会在火车上争先恐后地去吻鸭子。她们轮流把她抱过来放在自己的大腿上，轻轻地用手理着她那一头金发，在阵阵猛烈的感情驱使下，不由得紧紧地抱住她。小女孩很听话，她对天主忠心不二，在这些人的冲动下，她倒显得很镇静，对眼前的一切泰然处之。

累了一天，大家都困了，吃完晚饭，大家早早地就去休息。整个乡村沉入了无边无际、无处不在的静谧和黑暗之中，世界好像静止了，安静而平和。这对已经习惯了喧喧嚷嚷的夜间生活的女孩们来说，是压抑而又无聊的。她们浑身一个激灵，倒不是由于天气冷，而是由于来自内心深处的那种令人恐怖的寂寞导致的。

她们两人一起睡，一上床，两个人就牢牢地抱作一团，仿佛在与沉寂的夜色和疲惫的大脑作抵抗。只有萝萨独自一人躺在黑乎乎的小屋中，没有谁可以抱，觉得非常难熬。她辗转反侧，就是睡不着，忽然间，她听见贴近枕头一边的隔壁房间传来低低的哭泣声，听声音像个小孩。她被吓坏了，急忙低声叫了几下，一个孩子的声音时断时续地答应着。原来是这家的小女儿，她以前一直和母亲睡在一起，而现在却一个人孤孤单单地睡在狭小黑暗的小阁楼上，她怕得睡不着，就哭了起来。

萝萨兴奋异常，她爬起身，轻手轻脚地来到小阁楼上，把小女孩带回了自己那张温暖的大床上，然后紧紧地把她抱住，又是吻又是哄的，她用了各种方法来让她感受到自己的爱。她总算安静了下来，最后终于睡熟了。整个晚上，这名第一次领圣体的小女孩就在这个妓女的怀中沉沉地睡着。

清晨五点的时候，教堂的“三钟”被那口小钟重重地敲响了，洪亮的钟声把这些女士从睡梦中吵醒。在往常，她们都是前半天睡觉，以弥补夜间工作的疲劳。村子里的人早就起床了，村妇们挨家挨户地走着，大声地说着话，显得十分繁忙，她们的手里拿着的不是浆得硬邦邦的细布做的短连衣裙，就是长长的、中间扎着金色绸缎，并且有专供手握的齿形凹痕的蜡烛。碧蓝的天空中，升起了一轮光彩夺目的朝阳，天的尽头残留着一丝早霞的红色。一群群的鸡在门前散步。经常会有一只身上油亮的黑羽毛的公鸡昂起红红的鸡冠，拍拍翅膀，发出洪亮的啼叫声，惹得附近一带的公鸡也此起彼落地大叫起来。

从周围一带的村子里，驶出了几辆马车，在有些人家的门口停了下来，走下车的是一些高高大大的诺曼底女人，她们的衣裳颜色很深，胸前戴着方块的丝巾，丝巾扣是样式很久远的银质扣针。男子们则穿着新的礼服，或是有些旧的绿呢燕尾服，外面还套着蓝色

的罩衫，下面露出了两条长长的燕尾。

马被带入了马厩，街道两边停着各式各样的农村的交通工具，大车、篷车、轻便车、长凳客车，应有尽有，都代表着不同的年代，只是乱糟糟的，有些是车头搭在地上，有些则车尾着地，车辕冲天放着。

里维的家中忙得开了锅。几个女宾只穿着短短的上衣和衬裙，头发稀稀落落地散在肩上，看上去如同一件东西用得太久了而掉色稀少了一般。她们正手忙脚乱地给小女孩穿衣服。

小女孩站在桌子上，温顺地垂着双手；泰利埃夫人调动了她所有的手下人。洗脸、梳头、穿衣、戴帽，都由她们亲手完成；为了把连衣裙的裙褶整理好，把过于肥大的地方收紧，她们用了不知多少的别针；她们为了把她装扮得漂亮一点费尽了心思。穿戴完毕之后，这个听话的小女孩被叮嘱静静地坐下，别乱动。紧接着，这几位女士又急急忙忙地去为自己梳洗打扮了。

教堂的钟声又响起来了。这次的钟声又细又小，就像一个生命垂危的人，被无边的空间吞没了。

领圣体的孩子们走出了各自的家门，一齐向村子尽头的房子走去，那是两个学校和村委会所在地；在村子的另一个尽头，有一个“天主之家”。

孩子们的父母穿着过节时的衣服，弯腰弓背、别别扭扭地走在孩子的身后。小女孩们都穿着纯白的、薄薄的轻纱。而男孩子们都油头粉面的，打扮得像咖啡馆里的侍者一样，为了防止把黑色的裤子弄脏，他们一个个两腿分得很开地走路。

有远方的亲友来陪同前往，这是一家人的荣耀，所以里维非常自豪。小女孩康斯坦丝的身后，跟着泰利埃太太和她的别动队。木匠和姐姐并排走着，并让她挽住了自己的胳膊，妻子和拉斐埃尔一排，费尔南德与萝萨并肩而行，还有那一对唧筒，一行人浩浩荡荡，表情严肃得像军队里的参谋部官员。

这一举动引起了村民们极度的羡慕和无比的崇敬。

来到学校，女孩子们由一位修女照看着排起了队，而召集男孩子的则是一名风流倜傥的英俊的男教师；整好队，孩子们唱着感恩歌走出了校门。

男孩子们两人一排地走在前面，穿过停放着各种车辆的大街，女孩子们也排着同样的队伍，走在后面；村民们充满崇敬地退在一边，让这些来自城市的女士们走在前面，于是她们跟在了小姑娘的队伍后面，左边三人，右边三人，这使得一排两个人的队伍显得更加冗长。她们的装扮在队伍中非常惹人注意。

当她们进入教堂的时候，里面立刻像沸腾了的水一样。人们都转过身来看着他们，并且挤来挤去，乱哄哄的。一些女信徒竟然大声地叫嚷着，因为她们非常吃惊地看到：这些女人穿戴得比唱经班的教士们还要惹眼。就连村长都把圣坛右边的第一条凳子让了出来，泰利埃夫人、木匠的妻子、费尔南德还有拉斐埃尔坐在了这条凳子上。萝萨、那对唧筒还有木匠，坐在了后面的一条凳子上。

孩子们一个挨着一个跪在圣坛里，一边是男孩子，另一边是女孩子，每个人的手中都握着像长矛一样歪歪斜斜的长长的蜡烛。

有三个人站到了经台前，声音洪亮地唱着经文。拉丁文中的一些音节被他们拖得长长的，特别是“阿门”[①]中的“阿——”唱得简直让人等不到结尾，与此同时，从塞本特[②]这种铜管乐器中，发出了枯燥的、像牛叫似的伴奏声。还有一个男孩子，用他那稚嫩的童音答唱着。一位戴着方形的教士帽的神父坐在祷告席上，过一段时间，他就站起来，不知所云地念一阵子，然后就又坐了下去。三个唱经人又开始了他们的工作，三人的眼睛都盯着面前一本厚厚的无伴奏合唱本，打开着的合唱本放在一只木雕的老鹰的翅膀上，而这只老鹰正由一根放在地上的立柱支撑着。

突然，场内一下子安静了。所有的人都跪倒在地，就在这时，主祭神父出现了，他头发斑白，德高望重；他的身子朝左手上的圣餐杯稍微地倾斜着。两个身着红袍的助祭在他面前走过，在他身

① “阿门”：基督教祈祷或圣歌的结束语，意思是“诚心所愿”。

② 塞本特：一种蛇形吹奏乐器。

后，圣坛的两旁，站立着一群脚穿大皮鞋的唱经班的人。

宁静之中，一只小铃铛响了起来，这意味着祭礼的开始。在金圣体龛的前面，主祭神父来回地走着，并不停地跪下去祭拜，用浑浊不清、发颤的声音念着预备经。等他的声音刚一停止，塞本特伴随着唱经班的人一下子吹唱起来。几个男信徒根据自己的身份轻轻地、谦恭地跟着唱了起来。

忽然，从所有人的口中直至心中发出了一声响彻云霄的呼喊："主啊，可怜我们！"[①]这响声冲击着陈旧的屋顶，人们甚至可以听见尘土和木屑落下的唰唰声。石板瓦顶被阳光烤热了，教堂里面显得又闷又热。再加上人们兴奋的心情，等待的热切，还有对那个即将到来的神秘的仪式的不安，所有这一切都使孩子们觉得十分紧张，而他们的母亲也觉得压抑得难受。

主祭神父休息了一下，又登上了祭坛，这次他没有戴帽子，一头的白发非常显眼，他的手不停地抖动着，开始了自己神圣的使命。

突然，他一转身，伸出双臂，向着人群大喊："开始祷告吧，朋友。"人们同时开始祈祷。从主祭神父的口中，冒出了一连串神圣的话语。小铃开始不停地响着，信徒们跪在地上，对天主进行召唤。孩子们被这压抑的气氛吓得晕了过去。

罗萨用双手撑着头，一时间，母亲、故乡的教堂，还有自己第一次领圣体时的情景一一浮现在眼前。她竟然产生了一种幻觉，觉得自己又变小了，小得连那件雪白的连衣裙都撑不起来。她一下子流下了眼泪，一颗颗巨大的泪珠不断地从她的眼眶里掉下来。越往下回忆越甜美，她也越激动，她的肩头剧烈地抖动着，嗓子眼火辣辣的，终于，她无声地哭泣起来。她连忙拿出了手帕，擦去了泪水，并用手帕捂住了嘴和鼻子，怕被别人听见，然而一切都是徒劳的。她哽咽着，同时听到了两声无可奈何的长长的叹息。这是和她跪在一起的路易丝和弗洛拉发出的，她们也被勾起了伤心的往事，

① 原文拉丁文。

忍不住涕泪纵横。

哭声是可以传染的，不一会儿，泰利埃太太的眼眶也湿润了。她转身看看身旁的木匠的妻子，只见她连同凳子上坐的其他所有人都热泪盈眶。

神父拿来一块面包，用它来做圣体。孩子们趴在地上，头脑中除了惊恐之外已是一片空白了。人群中经常会有一两个女信徒，或许是做了母亲的，也可能是孩子的姐姐，因为看到那些城里来的美丽的女士们竟然也动情地哭起来，一下子被深深地打动了，也禁不住哭了起来，印花的格子手帕被浸得湿漉漉的，而另一只手则紧紧地捂住狂跳不止的心脏。

正如同星星之火形成了燎原之势一样，这些城里太太们的泪水一瞬间就带动了所有的人。人们无论男女老少，全都哭了起来；在这些人群的上空，仿佛存在着一种神奇的魔力，它是无所不能，而且无处不在的。

在这些乱哄哄的啜泣声中，传来轻轻的梆的一声，这是那个修女敲了一下书，提醒人们该领圣体了；在高度紧张的气氛中，孩子们浑身战栗着来到圣餐台前。

他们跪了下去，整整一排。本堂神父颤巍巍地从排前走过，手里捧着镀金的银圣爵，他用两个手指夹起用面包做的圣主基督样子的圣体饼，把它交给他们。孩子们神情紧张地张着嘴，双眼紧闭，脸白得像张纸。圣餐台上的长长的台布被风吹到他们的下巴底下，像波浪一样向前推进。

忽然，教堂里的人群沸腾起来，他们高叫着、呜咽着，如同一阵风暴扫过了教堂，又像狂风横行在树林中一样。神父直挺挺地立在那里，手里捧着一块圣饼，他激动得全身发麻，自言自语道：“天主就在我们身边；他应我之邀，在这些向他跪拜着的弟子们中间现身了。”他仰面朝天，被极度的狂热冲昏了头脑，语无伦次地祈祷着，这种祈祷是真诚的、虔敬的。

他在无限崇敬的心情之下发完了圣体饼，由于过分激动，他四肢发软，站立不稳；他自己也留了一块圣体饼，并向天主开始了真

心诚意的感恩祈祷。

人群逐渐安静下来；身披白色祭披的唱经人站起身，表情严肃地唱起了经文，尽管他们还泪水涟涟，尽管他们的发音不够标准，塞本特奏出了嘶哑的伴奏，好像它也刚刚哭完。

神父伸出两只手，做了个“安静”的手势，然后穿过了两边被幸福烘托得魂不守舍的孩子，来到圣坛旁边的栅栏前。

下面是一片搬动椅子的声音，人们坐了下去，并且开始擤鼻子。神父一到，一切嘈杂全停止了。接下来，神父用他那低沉而嘶哑的声音费力地开始了他的讲话：“亲爱的各位兄弟姐妹，我衷心地向你们表示感谢，由于你们，我度过了人生中最幸福的一天。我能感觉到，在我的祈祷中，天主来到了我们中间。他来到了这里，我们所在的这个地方；由于他的到来，你们激动万分，热泪盈眶。在这个教区里，我是年纪最大的一个教士，而今天，我又成为最快乐的一个教士。一个名副其实的、无比高尚的、最不寻常的奇迹出现在我们中间。圣洁的天主第一次走进孩子们的身心的时候，你们会感觉到圣灵、天国的鸟，还有天主的呼吸，而正是这些，掌握着你们的命运，让你们像风中的芦苇一样俯首听命。”

随后，他又面向木匠家的宾客们，提高声音说：“尤其值得一提的是你们这些远方来的姐妹们，你们的到来，你们强烈的信仰，还有那忠心不二的真诚，为我们所有的人树立了榜样。你们使我的教区受到了教育，任何人都感受得到你们的热情；是你们，给这个不同寻常的日子增添了一种神圣的色彩。只要是出色的羊，哪怕一只，也可以引导天主来到羊群。”

他兴奋得不知说什么好。最后他说：“我衷心祝你们得到天主的恩赐。”便上了台阶，来到祭坛，宣布祭礼结束。

人们都急不可待了。孩子们也不再那样安静了，因为他们紧绷的神经已经彻底疲惫了。而且他们早就饿了，父母亲也来不及等到最终的福音仪式，就纷纷回家做午饭去了。

教堂门口熙熙攘攘，乱作一团，人们操着浓重的诺曼底口音说话。父母们排成了两行等待着自家的孩子，他们一出来，马上就被家人团团围住了。

木匠的妻子和她家的女宾们把康斯坦丝围在中间，争着吻她。尤其是萝萨，紧紧地抱着她不放手，后来她拉着她的一只手，另一只手则被她的姑母拉着；拉斐埃尔和费尔南德走在后面，把她的裙子高高托起，怕被尘埃弄脏了，木匠的妻子陪着路易丝和弗洛拉走在最后。小女孩一声不吭，若有所思，好像被她吞下去的那个圣体已经控制了她的思维。她被众星捧月般地送回了家。

酒席在作坊里摆开，桌子是放在凳子上的一张张木板搭起来的。

门外就是大街，可以方便地感受到村子里的祥和之气。各家都摆开了酒席。家家的窗口都闪现着穿着盛装的人影，他们高兴地坐在桌前，高声喊叫着。村民们脱下了节日的衣服，一杯接一杯地喝着纯正的苹果酒。在他们中间，总可以看到两个孩子，要么是两个女孩，要么是两个男孩，而其中有一个便是大摆酒宴的这家的孩子。

这时正是阳光最强烈的正午时分，不时有一匹老马拉着一辆大客车一路小跑着穿过村子，车夫穿着罩衫，眼馋地望着屋内满桌的美味佳肴。

木匠家的饭桌上，气氛快乐而又矜持，还有一丝没有退去的激动。木匠快活得要命，一劲地喝酒。他的姐姐则时而抬起手腕看看表，她可不想停业两天，她们一定要乘上三点五十五的那趟火车，这样天黑之前就可以到家了。

里维极力分散她的精力，想让她们待一天再说，但是泰利埃太太不为所动。她对生意上的事向来很认真。

刚一喝完咖啡，她就让她们去收拾行李；接着又扭头对木匠说："你马上去准备车子。"说完也去整理自己的行装。

等她再走下楼梯的时候，就见弟妹等在那里，要与她说说康斯坦丝的事情。长长的交谈并没有什么结果。尽管这个村妇装出感激涕零的样子，但孩子的姑母也只是把小女孩抱在腿上，说着一些空洞的没有实质性内容的话：以后会照顾小侄女的；时间有的是，见面的机会多的是。

但是她却等不到车子的到来，也不见小姐们下楼来。偶尔还从楼上传来大笑声、打闹声、叫嚷声，还夹杂着几声鼓掌。就在弟妹去马厩察看车子的准备情况的时候，她来到了楼上。

酒气熏天的木匠衣衫不整，手脚笨拙地拉扯着萝萨，萝萨则笑得直不起腰。那对唧筒由于上午的宗教仪式的影响，已经对这种事情不感兴趣了；她们在两边拽着他的两臂，要他安静。然而拉斐埃尔和费尔南德却极力鼓动他，她们用手捧着肚子，乐不可支；这个酒鬼一次次地宣告失败，她们的叫嚷一次比一次刺耳。他又气又急，红着脸，衣服零乱，使劲地想躲避那两个女人的拉扯，边使出了吃奶的劲去拉萝萨的衣裙，嘴里嘟囔着："贱货，你竟然也会拒绝我？"泰利埃太太冲了进去，气愤地抓住木匠的双肩，狠狠地把他推了出去，以至于让他都撞到了墙上。

很快，就听见了哗哗哗的水声，那是他在用水浇自己的脑袋，然后他若无其事地赶着车走出了院子。

像刚来时一样，她们依次坐到了车子上，踏上了返回车站的路。小白马又蹦又跳地跑在前面。

在吃午饭的时候还压抑住的快乐，现在展现在明媚的阳光下。甚至车子的左摇右晃也使她们觉得是一种乐趣，她们相互掀别人的座椅，开心地笑个不停；一想起木匠刚才笨手笨脚的模样，她们就觉得好笑。

原野沐浴在炎热的、白花花的太阳光中，车轮带起的浮尘在路上长时间地笼罩着。

费尔南德对音乐有着浓厚的兴趣，她突然要萝萨唱一曲，于是萝萨壮着胆子唱起了《默东的胖神父》，然而女主人马上制止了她，说这个时候不应该唱这类歌曲。她说："还是来一首贝朗瑞的歌吧。"萝萨想了片刻，便展开她那沙哑的破锣嗓，唱起了《老祖母》：

有一天晚上，老祖母过生日，
葡萄美酒喝了一杯又一杯：
她晃着头告诉我们：

我年轻时也有许多情人;
我是多么难忘,
我那圆润的双臂,
我那美丽的大腿,
还有我逝去的少女时代!

泰利埃太太带头，大家齐声高唱：

我是多么难忘,
我那圆润的双臂,
我那美丽的大腿,
还有我逝去的少女时代!

“精彩极了！”木匠叹道，歌声使他激动起来。萝萨马上继续唱道：

什么，祖母，以前的您不安分
不错，不安分！对我的风姿，
十五岁时我就已把它挖掘出来，
因为夜晚的我从未睡过觉。

每一个人都亮起嗓门齐声唱着叠句。木匠放在车辕上的那只脚随着歌声的节奏踩踏着，执着马缰的手也跟着节奏打着拍子。而那匹小白马也像受到了感染一样，更加飞快地驰骋起来，女孩们被摇晃着，跌坐在车厢中，挤成了一团。

她们站起身，发了疯似的大笑不止。在开阔的原野上，在阳光灿烂的天幕下，在待收的庄稼之间，歌声随着小白马飞驰的马蹄飞舞着。每到合唱叠句的时候，木匠都要拽紧一下马缰，而更使这些女人们大为开心的是，这时马总要像百米冲刺似的向前狂奔。

经常地，会有一两个敲石子的人从地上站起来，在铁丝网面罩的后面望着这辆发了疯似的、喧闹着的马车疾驶在飞尘之中。

马车到了火车站之后，她们下了车，里维感慨地说：“太遗憾了，你们就要离开了，本来我们可以玩个痛快。”

女主人说的话很有道理："凡事总有个极限。做人哪能总想着享乐呀。"木匠话锋一转，说道："那好吧，我下个月去费康找你们。"他那双亮晶晶、色迷迷的眼睛偷偷地看着萝萨。"行了行了，够了。"女主人说，"你要来就来，但不许胡来。"

他没说什么。火车拉响了汽笛，他赶忙与她们吻别。当该与萝萨告别之时，他千方百计地捕捉她的双唇，而她则偷偷地笑着，把头扭向一边，让他扑个空。他搂着她，但总是不能如愿，因为手中的长鞭不作美，他刚一使劲的时候，它就在萝萨身后不住地摇晃。

一个列车员高叫着："去往鲁昂的火车就要开了，请抓紧时间上车。"她们急匆匆地上了车。

首先响起一阵尖细的哨声，接下来是一声强劲的汽笛声，一股蒸气弥漫开来，与此同时．车轮迟缓地、沉重地开始了转动。

木匠从月台上跑开，来到了栅栏旁边，目的是再看萝萨最后一眼。那节坐满了做着皮肉生意人的车厢从他面前驰过，他边高高地跳起，边使劲地甩着鞭子，同时声嘶力竭地高唱：

我是多么难忘，
我那圆润的双臂，
我那美丽的大腿，
还有我逝去的少女时代！

远处出现了一块渐渐远去的挥动着的白手帕。

三

一路上，她们都睡得很香，如同那些心安理得的人一样。待回到公馆的时候，她们个个精神抖擞，完全见不到了旅途的劳累，完成晚上的工作是没有问题的，女主人不禁说道："无论如何，我早就想回来了。"

她们草草地吃了晚饭，换上了日常的行头，恭候着那些常客的到来。圣母像前的那盏小灯又重新点燃了，这是在宣告：公馆又照常营业了。

顷刻之时，消息不胫而走，至于是哪个人物传的，以及传播的经过是怎样的，那就不得而知了。银行家的公子菲利普非常好心地让人将这一消息告知了闭门不出的图尔纳沃先生。

这位腌制成鱼的老板家里每逢周日都有客人光临共进晚餐，今天他正在喝咖啡，一个人走了进来，递给他一封信。图尔纳沃先生神情紧张地打开信一看，顿时脸上失去了血色。信纸上只有铅笔写的几个字：“那批装运的鳕鱼货已抵达港口，这对你来说可是笔大生意。请赶快前来。”

他摸遍了全身上下所有的兜，摸出了二十个生丁，作为给送信人的小费。他一时间脸红脖子粗地说：“我必须走一趟。”随后把那封简短而又让人难以理解的信给妻子看。他摇起铃铛，唤来了女佣，急促地说：“快点，快点，拿我的外套，还有帽子。”来到街上，他狂奔起来，并打着口哨，吹起了一首歌曲。他急不可待，感觉这段路是那么远，就像以往的两倍多。

泰利埃公馆里到处是欢歌笑语。楼下来自海港的水手们大声地叫嚷着，震得人耳朵都快聋了。路易丝和弗洛拉都忙得不知所措了。让她们陪着喝酒的人一个接一个。“唧筒”的外号只有在这时才和她们显得那么贴切。到处是喊她们名字的声音。她们已经应付不过来了，看来今天晚上她们闲不下来了。

才刚九点，楼上的主顾们都已聚齐了。商事法庭的法官瓦斯先生好久以前就表示了对女主人的好感，但也只是柏拉图式的。他俩在一旁低低地说着话，微笑挂在他们的脸上，好像两人即将就某件事达成妥协一样。萝萨坐在前任市长普兰先生的膝头，俩人面对面坐着，萝萨用她那双白胖的小手来回地抚摸着他的白胡子。他的黑呢长裤上是她的黄绸裙子，裙子下面露着她的一截白白的大腿。红色的袜子上系着一副蓝色袜带，是火车上那个推销员送的。

费尔南德悠闲地躺在沙发椅上，脚跟抵着税收官潘佩斯的大肚皮，上身斜倚着菲利普先生的后背，右手轻轻地摸着他的脖颈，一根香烟在她的左手指中轻轻地冒出一缕缕青烟。

拉斐埃尔在与保险代理人迪皮伊先生谈论着什么。最后她说：“没错，亲爱的，我今晚心甘情愿。”然后，她在客厅里跳起了快华尔兹，像个陀螺一样转向门口，边转边高声嚷着：“今晚随你的便。”

图尔纳沃突然出现在了门口。人群发出了一阵欢呼：“万岁，图尔纳沃！”正在旋转的拉斐埃尔一下子撞到了他身上，立即被他牢牢地抱在怀里，轻而易举地托了起来，一言不发地走到了客厅一头的门口，众人拍着手高叫着，眼看着他俩上了去卧室的楼梯。

萝萨则不停地吻着前任市长先生，双手扯着他的胡须，向两个相反的方向拽着，使他的头动弹不得。看到了拉斐埃尔的待遇，她也怂恿着他说：“咱们也像他们那样，好不好？”他站起身，整了整衣服，被她牵着走了，边走还边不停地摸着兜里的硬币。

客厅中只剩下了费尔南德、女主人，还有四位先生。菲利普大声叫着：“泰利埃夫人，让人拿三瓶香槟来，今晚我做东。”费尔南德则搂住他的脖子，向他撒娇道：“你来伴奏，我们跳一曲怎么样？”他站起身，走向了搁在屋子一角的陈旧的斯频耐琴[①]，他坐到琴凳上，开始弹奏起沙哑的、像呜咽般的华尔兹。费尔南德与税收官潘佩斯、女主人与瓦斯先生成双成对地步入舞池，边跳边吻。瓦斯先生有着漂亮的舞姿，这要归功于他以前在贵族舞会上的表演，女主人痴痴地看着他，这是对他极好的认可方式，比其他言语的表达都要令人心旌荡漾。

弗雷德里克端上了香槟酒。菲利普先生特地开了一瓶，又去开始弹奏四对舞的开场部分。

四个人学着贵族阶层的样子，舞步优雅而平稳，他们虚伪地鞠躬、行礼。

跳完之后，他们就去喝酒。这时，图尔纳沃先生脸上挂着满意的微笑下了楼，嘴里嚷嚷道：“今天晚上的拉斐埃尔真让人搞不懂，她真是个绝色美人。”旁边有人递过来一杯酒，他接过来一饮而尽，嘟囔着：“啊，好大方啊！”

---

① 斯频耐琴：一种古老的长方形羽管健琴。

一首更为活泼的波尔卡舞曲又从菲利普的手指间滑出。图尔纳沃抱着犹太美人翩翩起舞，她的身子在空中飞旋，双脚离地。潘佩斯先生和瓦斯先生也跟着跳起来。不时有一双舞伴在壁炉前停住，把一杯冒着泡沫的酒一饮而尽。看来，这个舞会是没有尽头了，忽然，门被轻轻地打开了，萝萨拿着一支蜡烛出现在门口。她的头发散乱，穿着睡衣，踩着拖鞋，脸红红的，兴奋地大叫着："我也要加入你们。"拉斐埃尔问她："你那位老先生呢"萝萨放肆地大笑着说："别提了，他不一会儿就睡过去了。"她拽起了在沙发中休息的迪皮伊，又跳起了波尔卡舞。

几瓶酒都已被消灭了。图尔纳沃先生高喊了一声："再来一瓶，我请客。"瓦斯先生表示："我也一样。"迪皮伊先生也不甘示弱："也算我一份。"众人们赞赏地拍起了手。

所有的事情都显得恰到好处，这是一个名副其实的舞会。就连路易丝和弗洛拉也忙里偷闲地跑上来，匆匆旋转一圈；直到底层的主顾等不及地大叫起来，才一步三回头地又跑下楼去。

已经是夜半三更了，舞会还没结束。经常地，在跳四对舞的时候会发觉少了一个女孩，而与此同时，男士中间也会缺了一位。

当潘佩斯和费尔南德一同走进客厅时，菲利普先生问道："你们刚才去哪里了？""去看普兰先生睡得怎么样。"潘佩斯先生答道。这句回答简直妙不可言，这下子，先生们纷纷带着某位女孩去楼上看普兰先生睡得怎么样。今天晚上的女孩子们脾气好得出奇。女主人对此视而不见，只在一旁与瓦斯先生不停地说话，那样子像是在敲定某件事情。

后来，已经是子夜一点了，图尔纳沃和潘佩斯两位已有家室的先生起身告辞，说不能再待下去了，让结一下账。而对方只按六法郎一瓶的价钱算了香槟酒的账，这在平常，可都得十法郎一瓶。他们惊异于女主人的大度，而她则笑容满面地说：

"今天难得开心，求之不得呀！"

巴蒂斯特太太

走进卢班车站的候车室，一看钟表，才发觉开往巴黎去的快车，两小时十分钟之后才开。

突然，我顿感非常疲惫，似乎刚走了很长的路；看看四周，似乎要在四面的墙上发掘消遣时光的目标似的。但我还是退出了候车室，走到了车站门口，心里总想着是否能找点事做。

街道两旁看起来像林荫道，细长的杨槐树夹在两排高高低低式样各异的房子中间。这种房子是小城市居民居住的，一直舒展到山间，最后端是森林，那儿应该有一个公园。

这条街上我没有看到任何人。只是偶尔有只猫快捷地从阴沟上越过，也时不时有几只小狗出来寻找残羹剩饭，急匆匆地在这棵树根闻闻，那棵树根嗅嗅。

死气沉沉的环境使我的心境很不好，打不起精神。干什么呢？干什么呢？面对一杯简直难以下咽的啤酒，一张无聊透顶的报纸，小咖啡馆里那种单调乏味的景象，我不知该怎样才好。这时，横街上插过来一队送殡的行列，到了这条街上。

灵车的出现，使我有点欣慰，这样可以至少打发十分钟了。

突然，我被这独特的情景吸引了。送葬的人群只有八位先生。其中一位哭着，那七个人自由轻松地谈着话。没有神父伴送。我想："这是一次很平常的葬礼了。"也许像卢班这样的城市应该住着几百个哲学家，或许他们想进行一次示威。送葬的队伍走得很匆忙，说明他们埋葬死者主张从简，那当然也省去了宗教礼仪。

我十分无聊，在好奇心的驱使下，做了各种各样毫无意义的猜测。丧车已经走到了我的跟前，我的大脑里忽然冒出一个怪异的主意，那即是和那八位送葬的先生一同走过去，这样至少可以打发一个小时，于是我神色肃穆并面带悲戚和同情，紧跟在他们的后面。

后面的两个人吃惊地看着我，然后依旧窃语着。他们也许怀疑我不是本地人，还向前面的人询问，他们也向后从头到脚打量了我一番，这使我有点不舒服，为了消除尴尬，我向靠近我的两个人施礼，并说："先生们，虽然我不认识这位去世的先生，但我发觉这是一次普通的葬礼，所以就跟上了你们。"一位先生对我说："死的是一位夫人，不是先生。"我十分惊讶，问道："不过，这确实是一次普通的葬礼，难道不是吗？"

另一位先生接过了话题，说："可以说是，也可以说不是。主要是教士们不让我们进教堂。"我这一次是被弄懵了，不由地"啊"了一声，简直是在云里雾中了。

旁边有位热心的人悄悄告诉我："这位年轻的太太是自杀死的。所以教士们不让她进教堂。您看，前边哭得很伤心的那位男子便是她的丈夫。"

我迟疑地说："您的话我很不明白，但同时我也很感兴趣，先生。倘若我请您将事情的经过说清楚是不是很不礼貌？如果您觉得我确实有点烦人的话，那你就只当我什么也没有说。"

这位先生热情地挽着我的胳膊，说："没有，哪有的事。这样吧，咱们稍微向队伍的后边一点。总之，这件事情很惨。瞧，看见远处的那些树了吗？那就是坟场，通往坟场的路很陡，还得一阵子，我还可以将事情的经过说完。"

他讲道：

这个年轻女子，名叫保尔·哈莫夫人，是这里一位有钱的先生丰塔内尔的女儿。当她十一岁的时候，发生了一件不幸的事情：一个奴仆奸污了她。经过蹂躏，小姑娘险些丧命；那个禽兽不如的家伙，被揭发了出来，受到诉讼，被判处终身服苦役。可怜的小姑娘

便成了那个卑鄙无耻家伙下流行为的牺牲品。

可怜的小姑娘带着羞耻生活着，她孤独地成长。大人们很少疼爱她，好像担心嘴唇挨到她的额头会玷污他们的嘴唇似的。

全城的人都把她当成一个妖女，人们常常私语："瞧，那就是小丰塔内尔！"当她在街上行走时，人们就好像避瘟疫一样躲避她。甚至雇不到女仆带她去玩，连其他女仆见了她也躲之不及的，好像这孩子身上有一种疾病，谁离得近就会传染。

孩子们每天都去林荫大道玩，这个可怜孩子的遭遇让人看了难过。她只能紧挨着她的女仆，眼巴巴地看着别的孩子。可怜的女孩太想与同伴一起玩耍，于是她蹑手蹑脚地向前挪动着身子，想混入其中。这时候，坐在周围的那些照看孩子的母亲、女仆、姨母都会疯也似的扑过来，拉起由她们照顾的女孩的手，像要是将她们从虎口拖出一样。最后，总是剩下小丰塔内尔一人。她一片茫然，不清楚原因，恐惧充斥了她的内心，随后跑向她的女仆，把脸藏在她的围裙里，呜呜地哭。

她成人了，情况变得更坏。年轻的姑娘见了她总是飞也似的躲开。试想一下，这个年轻女子，什么也用不着去做了，也没有必要去做了。因为她已经没有资格去戴那象征贞节的橙花了。她几乎在很小的时候就知道了仅在女儿新婚之夜才由母亲告她的那个可怕的秘密。

每次她的女家庭教师陪她上街的时候，总好像很担心，生怕再有什么事发生，必须对她严加守护。她被这种不明白的不贞压迫着，抬不起头来。也就失去了同龄少女那样特有的活泼。其他少女总是不怀好意地瞟她一眼，然后冷嘲热讽。她偶尔望望她们，她们就会很快扭头走开。

几乎没有人问候她。只有几个男人向她脱帽致敬。那些母亲们装作她并不存在似的。几个小地痞叫她"巴蒂斯特太太"。巴蒂斯特就是那个奸污了她，毁她一生的那个可憎的仆人。

谁也无法体味到她内心的苦楚。因为，她总是一声不吭，默默地承受着这一切。连她的父母，也不能十分地宽容她，见到她，如同见到了一个犯了无法弥补过失的有罪的孩子一样，甚至流露出憎恨的情绪。

一个本本分分的人是不会跟一个被释放的苦役犯言和的，哪怕是他们的亲生骨肉，丰塔内尔夫妇对待自己的亲生女儿就如同对待从苦牢里释放的儿子一样。

她身材窈窕，皮肤白嫩，气质高雅。如果假如没发生那件令人发指的事件，我想她会是个讨人喜爱的姑娘。

一年以前，来了一位专区区长，他的私人秘书也随他来到这，他是一个不拘世俗的年轻人。有人说，他在拉丁区住过一段日子。

遇到丰塔内尔小姐，他便坠入情网。有人告诉了他发生的事。他淡淡地答道："早发生总比晚发生好，这正是对未来的保险。和这样的女人生活在一起，可以放心了。"

他娶她，带了新娘到处拜访，似乎什么事情也不曾发生过。有人回访了，有人没有回访。最后，大家也许对此事忘了，她在社会上也逐渐恢复了应有的位置。

结婚后，她把她的丈夫当作神那样敬重。这也可以理解，是他恢复了她的一切，使她重新回到法律的庇护下。是他不顾众议，挡住了来自各方面的嘲讽。总而言之，他的英勇和魄力使他做了一件别人不敢做的事，挽救了她。所以她对他的爱情既热烈又充满敬畏。

她怀孕了。这个消息传开之后，连最爱计较的小市民也宽恕了她，好像怀孕这件事情说清了她的一切"罪过"。这看起来不可思议，然而现实就是这么回事……

一切向好的方向发展。有一次，我们庆祝保罗圣人的节日。区长和他的幕僚及一些官吏被簇拥着主持音乐比赛，他演讲完之后开始发奖，奖品由他的私人秘书保尔·哈莫来颁发。

人们总存在着眼红和比较，自私的结果总会使人做出过分的事情。

本城所有的太太都在看台上。

该莫尔米隆镇领奖了，他的乐队得了一个二等奖。一等奖只有

一个，总不能让大家都得是吧

秘书将奖牌给他们的乐队队长的时候，他竟把奖牌向他的脸上甩过去，大声吼道："这个奖你该颁发给巴蒂斯特。甚至还可以给他发一等奖牌。"

当时的百姓都哄笑了起来。在这样的场合，总有一些缺乏同情心的人会做事过分的。他们的目光注意着那不幸的太太。

啊！先生，你没有见过一个女人疯狂吗？肯定没见过，那我们看到的可就是了。她想逃开这一切，但又被这充满嘲弄的氛围囚禁着，不能挣脱。

从人群的某处传来一个声音，一句："喂！巴蒂斯特太太！"于是人群沸腾了，嬉笑怒骂声混成一片。

但见人海翻腾，喧闹声震天动地。所有的人头都在动。大家喊口号一样叫那一句话。大家都伸长脖子像被抓起的鸭脖子那样争相观看那不幸的太太；有的男子甚至举高了自己的老婆；还有人忙着在打听："是谁呀？穿蓝色衣服的那个吗？"儿童们打着呼哨，到处都吵吵嚷嚷地闹成一片。

她一动不动，如惊弓之鸟一样呆坐在华丽的高背椅中，好像放在柜子里的物品一样被人欣赏。她不能动，也不能转过脸去。只是眼睛很快地抖着，好像受到了强光刺射一样，嘴里呼哧呼哧喘着气。

看到这样的情景真让人心寒。

哈莫先生用手捏住那个粗野无比的肇事者的脖子，在闹哄哄的人群中，他们打成一团。

庆祝被停止了。

约莫一个钟头之后，哈莫夫妇回家去了，他的太太一言不发，是浑身像筛糠一样哆嗦着，突然纵身，她跨过了桥上的栏杆，跳进了河里，她的丈夫一时没反应过来。

河水很深。两个时辰之后，她的尸体才被打捞了上来。

说到此，讲故事的人停下了。过了好一会儿，他又说："就她而言，这样的结果也许是最好的，因为有些东西是抹不掉的。

“先生，您现在该知道为什么教士们不准进教堂了吧！按照宗教礼仪举行葬礼，全城人都会来的。不过，那种事加上自尽，使事情更糟，人们就不方便来了。在这个地方，参加没有神父送行的葬礼，人们很难逾越这个。”

这时，我们走进了坟场大门。我心情万分激动地看着棺木放进墓穴，来到那个伤心的年轻人身旁，用力地握住他的手。

他满眼热泪，惊异地望着我，然后郑重地说：“谢谢，先生。”我为我不经意参加了这样一次葬礼没有感到遗憾。

女疯子

“瞧那山鹬，”玛蒂尔德·昂多兰说，“它使我想起了发生在战争期间的一段惨痛经历。”

在普鲁士人打来的时候，我正好住在哥尔姆依镇的那幢房子里。

那个时候，我有一个女邻居，在命运的不幸折磨下，她变成了一个疯子。二十五岁那年，在一个月内她不幸地失去了可敬的父亲，深爱的丈夫，和刚生下来的骨肉。

死神就好像只熟悉她家，一闯进来，便接二连三的光顾他们家。

这位不幸的女人被失去亲人的伤心击倒之后，整整在病床上病了半个月，胡言乱语。后来，也许是疲倦了，激烈的发作没有了。她静静地躺着，不吃东西，只有不时转动的眼睛证明她还是个活人。别人想喊她起来，但一走到她跟前，她就好像突然遇到了持刀人，尖叫起来，无奈，只好让她躺着，只有在换衣服和床垫时才将她从被窝中拖出来。

一个老女佣人陪着她，时不时逼她喝东西，要么吃点冷牛肉。谁也不清楚在这个破碎的心灵中到底有什么？因为她再也没有说过话。她在想念她那些失去的亲人吗？她难道陷入抑郁的梦想而失去记忆了吗？还是她那大脑坏了，静静地，如同死水？

她就这样待在家里半死不活躺了十五年。

普法战争爆发了。十二月初，普鲁士人入侵了哥尔姆依镇。

这些事情就像发生在昨天一样，一切都历历在目。那时，天气很冷，连石头似乎都要被冻裂了。因为痛风病突然发作，我正躺在沙发上，忽然听到了普鲁士兵整齐而沉闷的脚步声。我从窗口看着他们走过去。

队伍浩浩荡荡，不见头尾。士兵们长得相同。他们那木偶似的中规中矩的动作成了他们的特性。普鲁士士兵被分配到居民家里。有十七个普鲁士士兵分到我家，我的那位邻居——女疯子家派了十二名，有一位还是指挥官，一个地道的流氓，既残忍又野蛮。

入住的前几天一切都很平静。有人告诉那位指挥官说那女主人有病，他也没有在意。可是，过了一些时日，这位军官仍没能与女主人打照面，这使他十分恼火。他问女主人的病，别人告诉说，女主人遭受了巨大的打击，疯了。她已卧病十五年了。那位军官却对这种回答表示怀疑，认为女主人是因为民族自尊，而不想见到普鲁士人也不想和他们说话和交往，才装作大病的样子的。

他要见见她。有人将他领到女主人的卧房，他粗鲁地喝道：

“太太，请你起来，到楼下去，让大家见见你。”

她转动着那呆滞无神的眼睛，一句话也没有说。

他又说：

“我无法忍受你的高傲。你如果不想起来，我会想法让你一个人单独出去散步。”

她没有任何反应，好像他根本不存在似的。她仍然躺着。

他终于恼羞成怒，他把这种宁静而冷漠的态度看作是对他的反抗。他又说：

“明天你如果不下楼，那……”

随后他就出去了。

到了次日，女佣人慌忙地想给女疯子穿好衣服。但是，她一见到这样，就边动边叫喊。那军官走上楼来。女佣人忙跪下，大声哀求说：

“她不愿意穿衣服，长官，请求你饶恕了她吧，她真是太可怜了。”

军官面带难色，虽然很恼火，还是没有叫手下人将她从床上硬拖起来。可是他突然莫名其妙地笑了起来，用德国话吩咐手下。

时隔不久，就见一队德国兵像抬伤员似的将那个床垫抬了出来。床上的铺盖没有一丝变动，女疯子如平常什么事也没有发生那样平静下来，不再说话，静静地躺着，也许是因为没人让她起床。一个士兵紧跟其后，拎着一堆女人用的衣服。

军官眉飞色舞地搓着双手，说：

“我看看你到底会不会自己穿起衣服散步。”

只见那一队士兵抬着那床垫和疯子朝着伊莫尔森林走去。

大约两个小时之后，士兵们回来了，他们空着手。

此后，我们再也没有见到那个女疯子的踪影。他们究竟将她怎样了？他们将她抬到了何方？没人清楚。

鹅毛般的大雪纷纷落下，平原和树林被严实地包裹起来，像冻结的泡沫织成的裹布包一样。这样的天气，野狼经常蹿到家门口嗷嗷地嚎叫。

那个下落不明的女疯子的影子时不时闯进我的心中。为了得到一些她的消息，我几次和普鲁士当局打交道，有几次险些被枪杀。

春天来了，普鲁士兵撤了，女邻居——那个疯子的房子一直关着，园里的小路上都长满了野草。

女佣人也在那个残酷的冬季去世了，没有一个人在意这事。只有我一个人还在时不时地想起。

那个女疯子究竟被怎样了？她穿过树林走了吗？是不是有好心的人将她收下并送到了医院，只是无法从她嘴里知道关于她的情况，我一直这样猜测着，百思不得其解。时间的流逝逐渐平息了我的忧伤。

又是一个秋天，山鹬飞来一批又一批，我的痛风病发作得并不很厉害，我可以拖着沉重的双腿走到那片森林里。我打死了四五只这种鸟，后来又打中一只，它落到一堆枯树枝里看不到了，原来那是一条沟。我只好下去捡，我突然发现它正好掉在一个死人的头骨旁边。我的脑袋为之一震，突然又想起了那个女疯子。在那个充满艰难的岁月，死在这个树林的人肯定不在少数。但不知为什么，我相信我碰见的那个头骨肯定是我的女邻居——那个可怜的疯子的。

我似乎全清楚了。他们把她连同床垫扔在了那个冰冷而荒凉的森林里，鹅毛大雪纷纷落下。而她呢，面对这一切，依旧平静地躺在她的小床上，好像是决意让自己长眠于这像鸭绒被一般又厚又轻的雪中。

也许后来是狼把她给吃了……

而那些鸟则撕破她的床垫，叼里边的羊毛去做它们的窝。

我一直将这可怜的遗骨精心地珍藏着。我希望我们子孙生活的年代不要再有战争。

一次政变

色当[①]失败的消息很快传遍了巴黎，共和国已宣布成立了。这次混乱一直持续到巴黎公社以后才渐渐停止。一开始，整个法国就像被团团秽气笼罩，全法国人都透不过气来。全国上下都热衷于上战场。

商人摇身一变，成了发号施令的上校；热爱和平的贵族束上了红腰带，神气万分地别着手枪挎着军刀；小市民们也成了士兵，指挥着志愿兵成群地叫喊，为了显气派，像粗俗的车夫那样脏话连篇。

这些商人以前短斤少两，进而舞弄起了枪、杆，兴奋得不得了；而且刹那间魔术般变成了使人害怕的所谓军人。或许为了说明他们会杀人，这些病态的人常常随意地会处决一些无罪的人；甚至在巡逻的方便时候，连野狗、鸡、咀嚼的母牛、在草地里吃草的病马也不放过。

每个人都自以为是地认为自己是一个了不起的人物。就连表面上看起来有点像营房或更像军医院的小村镇里的咖啡馆里都塞满了被叫作军人的穿军制服的商人。

卡纳维这个小镇还没有得到政府和敌对党派发生了武装冲突这个令人振奋的消息，一个月来，这个小镇一直在动乱。

镇长德·瓦尔涅托托子爵原是一个正统派。他瘦小、年老，

① 色当：在巴黎东北，一八七〇年普鲁士军队大败法军于此，并俘虏了路易·波拿巴（即拿破仑第三）。

因为野心，前不久归顺了帝国。他突然发现那个血气很旺的胖医生——玛萨雷尔是他的冤家。玛萨雷尔是本区的共和派领导，共济会分会会长，农业协会会长，救火会董事长，为了保护家园的农民，他还发起组织了农民保乡团。

短短十五天的工夫，他居然说服了六十三名农民和商人出来保护家园。这些人有老婆和儿女，非常保守。每天清晨，他就在镇政府前的广场上训练这批志愿兵。

每当镇长偶然走到镇政府来的时候，指挥官玛萨雷尔总要高傲地走在队伍前面，让这些士兵高喊："祖国万岁。"而他本人，则腰间掖枪，手举指挥刀，威风凛凛，神气十足。有人注意到这叫声使矮小的镇长感到不安，对他来讲，这是一种威吓，一种挑战。使他不由地想到了大革命时代。

九月五日的一大早，医生身着军装，桌上放着他那心爱的手枪。正在为一对上了年纪的乡下人看病，男的七年前患了静脉曲张症。现在老婆也得了这种病，不得已，才一起来看医生。正在这时邮差送来了当天的报纸。

玛萨雷尔匆忙地打开报纸，脸色大变，蹭地站了起来，高举双手激动万分地扯开了嗓门高喊：

"共和国万岁！共和国万岁！共和国万岁！"

然后他也激动地倒在了靠背椅里，险些昏厥过去。那个乡下人还在诉说他的病情："刚一开始的时候，好像有许多蚂蚁顺着大腿爬动。"

玛萨雷尔叫嚷道：

"别打搅我，我哪有空来看这些无聊的事。共和国成立了，皇帝被抓了，法国得救了。共和国万岁。"他一边奔向门口一边嚷："快来，塞勒斯特！快来，塞勒斯特！"

那女仆听到叫声，不知发生了什么事，急忙赶来。他激动不已，以至于口齿不清，结结巴巴地说：

"长筒靴，指挥刀，子弹带，夜壶箱上的西班牙匕首，拿来，

快拿来。”

那个乡下人有点死心眼，仍在门口抓住医生，继续讲他的病情：

“……后来就像变成了一只只小袋子，一走路就痛。”

医生气急败坏了，大声吼道：

“别给我瞎缠！勤洗脚就不会得这种病了！”

他一把抓住那人的领子，冲着他嚷道：

“糊涂虫，难道不知道我们已经是共和国了吗？”

也许是还有点职业道德，他平静了下来，将这对早已不知所措的夫妇推到门外，嘴里不停地说：

“明天再来，明天再来，明天再来。朋友，今天没空。”

他将自己从头到脚武装了一下，吩咐女仆道：

“快到皮卡尔中尉和波梅尔少尉那儿一趟，告诉他们立刻到我这儿。哦，对了，也去叫一下托尔什博夫，顺便叫他带上铜鼓，快，快！”

女仆走了之后，他静了静，开始考虑如何克服目前的难关做准备。

不一会儿，那三个人来了，身穿工作服。医生满以为他们会穿军装的，像从靠背椅上弹起来似的吃惊地站了起来。

“活见鬼，你们一点也不知道？共和国成立了，皇帝被抓了，我们必须动手，我的地位是重要而又险要。”

面对他们那一张张惊慌万分的脸，他略加思忖，又说：

“立刻动手，不能拖延；在这个节骨眼上，分秒必争。一切将取决于是否反应迅速。”他又命令道：

“你，皮卡尔，去见神父，命令他召集市民，我要对他们讲话。你，托尔什博夫，去打集合鼓，马里奥、萨马尔这样的小村也要跑到，把民兵集合到广场。你，波梅尔，立刻换军装，有外套和军帽就行了，陪我去镇政府，逼镇长德·瓦尔涅托托将政权交给我。听懂了吗？”

“懂了。”

“执行，即刻行动。波梅尔，到你家去。换上军服咱们一道去镇政府。”

约莫有五分钟，玛萨雷尔和他的士兵全副武装列队出现在镇政府广场。正在这时，矮小的德·瓦尔涅托托像是要去打猎，套着套腿、肩扛枪从另一条街快步走了过来，身后紧跟着军装打扮、全副武装的两个猎场看守人。

医生倒吸一口冷气，停下脚步的当儿，那些人进了镇政府，大门紧接着便关上了。

“晚了”，医生嘟囔着，“暂时什么事也做不了了，还是等后备军吧！”

这时，皮卡尔也回来了。报告说：

“神父不肯，他们甚至将大门关上了。”

在广场的另一端，与镇政府正相对的有一个特别显眼的铁皮大门紧闭着，那便是令人肃穆的黑色教堂。

居民们感到很好奇，有的将头从窗户伸出来，有的从门里走出来。这时突然鼓声响了，托尔什博夫打着急速集合鼓，三下一停地敲打，迈着正步穿过政府广场，在医生的视野中渐渐地隐入田野的方向。

医生拔出了指挥刀，独自一人冲到广场的中央，挥舞着指挥刀，扯起嗓子吼道：

“共和国万岁！处死反动派！”

喊完后，他立即撤回到自己的军队前。

肉铺老板、面包房老板、药房老板有点担心会发生什么，纷纷放下窗板，关了店门。食品杂货店还开着。

这时民兵来广场集合了，服饰各式各样，只有头顶上一律的黑色军帽，证明了他们还是一支部队。他们的武器是挂在厨房的壁炉上足有三十年的生锈的老枪，不像军队，倒像护林警民。

医生的身边很快有了足足三十来号人。他就简单地用几句话将情况通报给了他们；然后转身对参谋部说：“开始行动吧！”

居民们围拢了过来，议论着，像看耍猴一样看着这帮军人。

医生很快拿出了自己的作战计划。

“皮卡尔中尉，到镇政府的窗下去！以共和国的名义命令德·瓦尔涅托托将政权交给我。”

这个原来的瓦匠师傅，现在的中尉，拒绝了指挥官的命令：

“你真机灵。让我去白白送死，谢谢你的关照。敌人的枪法都很好，这你又不是不知道，这差事还是留给你自己去办吧！”

医生的脸红了。

“我命令你去。”

中尉继续反驳道：

“白白送命，傻瓜才去干呢！”

同聚在医生身旁的那堆绅士们嘻嘻哈哈起来，其中一个喊道：

“说得对，皮卡尔，傻瓜才那样干。”

医生于是嘟囔了几句：

“胆小鬼！”

他将军刀和手枪给了身边的一个士兵。然后小心翼翼地朝前走去，眼睛怯生生地望着镇政府的窗口，神经高度紧张，生怕有支枪筒从窗口突然伸出来打他。

已距离对面房子不几步了，突然从房子的两头潮水般涌出了一大堆小孩，一边是男孩，另一边是女孩。原来这个通道通往小学的大门，孩子们出来到空旷地上来玩了，他们围拢着医生，叽叽喳喳，好像一群小鹅。医生的说话声也不可能有人能听见了。

等学生全出来了，那两扇门便关上了。

不一会儿，孩子们全都散开了，医生才高声喊道：

“德·瓦尔涅托托子爵？”

二层楼的一扇窗开了，探出了德·瓦尔涅托托子爵先生的头。

医生接着喊：

“子爵先生，近期政府改头换面了，这样大的事件，想必先生您已经知道了。您的政府已消失了。我代表的政府上台了。这一现实让你接受是很难过的。现在，我以共和国的名义，要求您将政权交给我。”

德·瓦尔涅托托子爵回答道：

“医生先生，我是镇长，正式任命的镇长，在没有上级命令我交出职权之前，我仍是卡纳维镇的镇长。镇政府就是我的家，我一定得留在这儿。叫我出去，没那么容易。”

说完，他就合上了窗。

医生见此便转身回到了他的队伍跟前。没有向大家说明刚才发生的一切，他先将皮卡尔中尉从上到下傲慢地打量了一下，说：

“你真有种，有魄力。呸，简直是军队的耻辱，我撤你的职。”

中尉答道：

“我无所谓，怎么啦！”

说完，就过去和那些正在低声交谈的居民站在了一处。

医生感到很为难。下进攻命令吧，部下肯卖命吗？再者，他有理由去接这个政权吗？

略一沉思，计上心来。他连忙奔到广场另一边的电报局，接连发出了三份电报：

一份致巴黎共和国政府；

一份致里昂，共和国新委派的塞纳省省长；

一份致共和国约厄普专区区长。

电文中，他汇报了这儿的情况，并指出这个镇仍处在君主主义的控制中，很危险。他表态自己愿意为新共和国尽忠尽力，唯上级命令是从。最后，他将所有的头衔都加在了自己名字的后面。

然后朝着他的队伍走回来，从衣带里摸出十个法郎说：“拿去吧，朋友，先去喝上一杯，再吃点东西。这儿留十几个人就够了，注意别放走镇政府的任何一个人。”

中尉皮卡尔正和钟表匠谈话，听见了。他冷笑着说：“呸，他们出来倒好了，那你们还有机会进去，否则，想进去是白日做梦的。”

医生没有理会皮卡尔，吃午餐了。

下午，他在小镇上布满岗哨，如临大敌似的。

好几次，他路过镇政府和教堂门口，没有发现任何可疑的地方，那两幢房子就好像空无一人似的矗立在那儿。

肉店老板、面包房的老板、药房老板，也许认为不会有什么危险，又开张了。

在每户人家，议论纷纷，如果皇帝真被抓了，那一定是有叛贼出卖了他。大家也不知道是哪个共和国又回来了。

天渐渐地暗了下来。

约莫有九点钟，医生相信敌人已经睡去了，独自鬼鬼祟祟地来到镇政府门口，正准备用带来的十字镐砸开锁，忽然听到一个卫兵响亮的喊声：

“谁？”

玛萨雷尔撒开腿，头也不回地跑了回来。

天亮了，依旧是老样子。

医生的民兵守卫着广场，闲散的居民聚集在这支队伍的周围，等候着结局的出现。附近的村子里也有好多村民赶来看热闹。

医生似乎意识到自己是在拿自己的声誉开玩笑，他决定要了结这件事。正在想解决的办法，最好是立竿见影。这时邮电局的门开了，女局长年轻漂亮的仆人手里拿着两张纸出现了。

她走到医生面前，交给他一份电报，然后在众人目光的关注下，心发慌，垂着头，迈着细小轻盈的步子穿过空无一人的广场，走到紧闭的政府大门口，轻敲了几下门。她似乎根本不知道政府的门后有一支全副武装的埋伏似的。

门只开了一条缝，有一只手将电报接了进去，那小姑娘往回走，被居民从头打量到脚，也许还夹杂着议论，她的脸涨得很红，快要哭出来似的。

医生这时扯着嗓子喊道：

“安静，请大家安静。”

人群果然顿时鸦雀无声。他有点洋洋自得，说道：

“这是政府给我的电报。”

他举着电报宣读着电文：

解除原镇长职务。请依事轻重缓急应办各

事。训令即发出。

专区区长
参议员萨班代签

他成功了，他激动的心快要跳出胸膛。手也抖起来，这时他的老部下皮卡尔站在一群人中间冲着他喊：

“不错；那些人如果不出来，就凭着那张纸有什么用。”

医生面色难堪，心中思忖，如果那些人不出来，就得一直干下去了，这是他的权利和义务。

他心事重重地望了望镇政府，希望大门会自动地打开，他的敌人会自动地走开。

门还是依旧关着，怎么办呢？居民争着来看热闹，围在民兵的周围，人越来越多，且大家都嘻嘻哈哈。

一想到进攻，医生就感到很难过。因为如果发动攻击，他必须冲到队伍的最前边；只要他被打死，一切都完了。因为德·瓦尔涅托托先生会命令他的三个猎手只瞄准他一个人。他们都是神枪手，皮卡尔刚才还提过。他又灵机一动，有了主意，转身吩咐波梅尔：

“让药房老板准备一块白布巾，一根棍子。”

少尉急忙领命去了。

医生想做一面谈判用的旗子，做面白旗，白颜色也许会招致正统的镇长的欢喜①。

波梅尔拿来了白布巾和笤帚柄，用细绳系成一面旗子，玛萨雷尔双手举着又向镇政府走去，到了门口，他又叫道：“德·瓦尔涅托托先生。”话音刚落，大门开了，德·瓦尔涅托托和他的三个卫兵出现在了门口。

医生本能地向后退了一点，然后客气地向对方行礼，紧张得连嗓音都变了，他说：“先生，我是来向您传达我接到的训令的。”

那个贵族并不客气，只是冷冷地答道：“我正准备离开这儿，

① 白色的百合花徽是法国波旁王朝的国徽。白色是该王朝尊崇的喜爱的颜色。

先生，但不是因为害怕，也不是为了那个丑恶的篡权夺政的政府。”然后他又庄严地声明：“我不愿意让人们看到我在为所谓的共和国效劳，我的话完了。”

医生很尴尬，没作声。德·瓦尔涅托飞快地走了，带着他的卫队隐入了广场的一个角落。

医生顿感自豪，甚至头脑有点犯晕，走向人群。到了人们可以听见他说话的地方，他停了下来喊着：“乌拉！乌拉！共和国胜利了！”

人群中依旧无动于衷，没有任何激动的表现。

他又喊道：“人民自由了，你们自由了。你们应该为此感到振奋。”

他为这种麻木的神情感到生气，瞪大眼睛看着他们，心里盘算着如何说、如何做才能震动他们，唤醒他们心中的激情，完成先行者的使命。

又有了主意，转身吩咐波梅尔：“少尉，快去搬议会里的前皇帝半身像，将椅子也带着。”

一会儿，波梅尔用肩扛着石膏制的波拿巴，左手拿把草垫椅子回来了。

医生迎上去接过椅子，将白色的半身像放在了上面，后退几步，对着半身像说了起来：

“暴君，你这个暴君，终于灭亡了，死在泥坑里，死在臭水沟里。国家曾在你的长靴下被摧残。为祖国复仇的命运之神用溃败和耻辱终于使你惨败了。你成了普鲁士人的俘虏，你的帝国完了。年轻的伟大的共和国成立了，担负起了拯救国家的重任……”

说到此，他有意停了停，等候人们鼓掌。居民们又惊又怕，没有谁敢吭声。那石膏像仍一动不动地在那儿，头发油光，两撇尖胡子向右弯曲直到脸颊以外，脸上似乎有一种轻蔑的微笑，似乎盯着医生在嘲笑他那滑稽的举动。

他和石膏像相对着，波拿巴似乎坐在椅子上，医生站在地下，相距三尺，如臣子朝拜皇帝一般。医生勃然大怒。可他能怎么办呢？他怎样才能激活这帮人麻木的思想，取得舆论上的胜利呢？

他无意中将手垂到了自己的大肚皮上，触到了红腰带下面的手枪。

他现在也没有什么高招了，当然也没有话可说了，于是抽出枪，向前迈两步，枪口紧贴石膏像开了一枪。

子弹立刻在石膏像额头上开了个小洞，小得几乎看不出来，充其量是个小小的痕迹而已。没有出现预想的结果。接着开了第二枪，又出现第二个洞；开第三枪，然后将最后的子弹全一气打完，波拿巴的额头化作白灰散了，眼睛、鼻子、胡须等一点都没有受到损害。

医生气极了，一拳便将椅子打翻，脚顺势踩在了剩下的半截石膏像上，摆出了胜利者的姿态，转向目瞪口呆的居民喊道："让所有的反动者都这样灭亡。"

居民们全惊呆了，没有任何热情的表示。他只好向自己的民兵喝道："你们可以各自回自己的家了。"然后他也迈开大步回到自己的家中。

刚一进门，女仆就告诉他有病人等他诊病，足足等了有三个钟头了。他进去一看，仍旧是原来患静脉曲张症的那对乡下夫妇，他们很有耐性，天亮就来了。

那位男的就立刻讲起他的病情来："一开始的时候，好像有很多蚂蚁沿着大腿爬动……"

骑　马

一对夫妇仅靠着丈夫微薄的薪水生活，非常穷困艰辛，接连生了两个孩子，使原本拮据的生活更是雪上加霜。自卑、羞惭、虚假如幽灵一样包围了这个在表面上看来还是贵族生活的家庭。为了面子，可怜的夫妇忍受着体面生活方式中包容破落贵族生活所带来的异常痛苦。

埃克托尔·德·格里勃兰出生在外省，生活在父亲的庄园里。父亲雇用了一位教会中年长的人做他的家庭教师，对他进行教育。他的家庭已经没钱了，但还可以维持现在的生活水平。

当他二十一岁的时候，父亲帮他找了一个差事。他进入了海军部，年薪仅一千五百法郎。和其他许多人一样，在这块礁石上他被搁浅了，不能进一步。对他来说，这是必然的。因为，他幼年没有受过困苦生活斗争的磨炼，从而没有养成具备坚强意志的品格，从来没有接触过任何武器甚至是工具。

海军部的最初三年是很难熬的。

不久，他巧遇了几位世交，他们都是一些年纪很大的保守者，情况也并不好。他们住在圣日耳曼区那些凄凉的贵族街上。这使他或多或少摆脱了被搁浅的境遇，因为总算有几个可以交往的朋友了。

像这些没落的贵族，他们对现代生活知之甚少，但却非常骄傲，同时又不免有些没落带来的自卑。他们于是龟缩在那静悄悄的楼房的上面几层。这些号称贵族的一群人，似乎没有几个钱，住满了二楼到七楼。

这些人都曾红得发紫，却因为不务正业而家道败落。他们充满着阶级观念，非常得意或者是怀念他们的贵族称号，处心积虑地维护他们的门第，以保卫名门家声。埃克托尔·德·格里勃兰在这样的环境下，遇到了一位和他境遇相同的年轻姑娘，他们相爱，并且结了婚。

四年后，他们有了两个可爱的孩子。

随后的四年，这对夫妇的生活日渐窘迫。周日他们到香榭丽舍大街走一走，冬天如果有同事送来优惠戏票，就到戏园看一两次戏。除了这些，他们便没有了别的娱乐消遣的机会。

开春的时候，感谢上帝的恩赐，科长委派他做了一桩额外的差事，他得到了三百法郎的报酬。

他把这笔钱拿回家，高兴地对妻子说：

“亲爱的亨丽埃特，我们可有机会享受一番了，我们带孩子们去玩玩吧。”

他们花了很长时间来商议这次特别的旅行，最后决定去乡下，并且在那儿住宿和吃饭……

“照实说”，埃克托尔道，“只此一次，以后没有了。我租一辆马车给你、孩子们和女仆，我可以去租匹马，这样将有益于我的健康，你说是吗？亲爱的。”

整整的一个星期，这一家人都很兴奋，谈话中没有哪一次不是与这次旅行有关的。

每晚，下班回家，埃克托尔总要抱起自己的大孩子，让他如骑马一样骑在自己的大腿上，然后使劲地颤动大腿，对他说：

“你看，宝贝，下星期天出去玩，爸爸就这样骑着马儿玩。”

小孩也整天骑着椅子，拖着在屋子里边玩边喊着：

“这是爸爸骑马呢？”

可是女仆，一听到主人将骑着马护送他们旅行，就瞪大双眼，充满惊奇地看着主人。特别是在侍候主人吃饭的时候，她特别留意主人大谈自己的马术，和他动人心弦的骑马战绩。哦！他是得到过

高人指点的，只要骑上马，什么问题也没有，真正的英勇无比。

他兴高采烈地搓着手，三番五次地对妻子说：

“如果我能遇到一匹健壮勇猛的烈马，那我就太高兴了。你就可以领略一下我的马术了。如果你真的愿意，在其他人都从布洛涅森林回家的时候，我们可以绕道香榭丽舍大街回来。那时候你就会知道我们是多么的神气。最好是，能够碰到海军部里的一两个人，那就更妥当了。仅凭这一手，我保准会得到长官的重视的。”

这一个星期天很快就到了，一大早，马和车同时来到了门口。他立刻跑下楼，去审视他的那匹马。为了显示他的精湛马术，他已经叫家人备好了为这次旅行专用于扣紧裤脚的带子，并且买了一根精致的马鞭。

走到马前，他一一看了马腿，并摸摸马的脖子、两肋和关节；并且用手指戳了戳马的腰，最后掰开马嘴，看了看牙齿，如同行家里手一样，即刻说出了马的岁数。正在这时，他的家人才从楼上纷纷下来，于是又兴致勃勃地就马演讲了一番。滔滔不绝，口若悬河，说到眼前这匹马，他胸有成竹地说这是一匹好马。

等到家人都上车之后，仔细检查了一下马的肚带是否勒紧，然后斜踏马蹬，轻轻一跃，翻身上马。马立刻蹦跳起来，险些把他摔了下来。

埃克托尔于是手忙脚乱，紧勒马缰，想使马立刻平静下来。

“喂！别慌，朋友，别慌张呀。”

后来，马平静了下来，他也骑稳了，于是问道：

“大家都准备好了吗？”

家人齐声回答：

“准备好了。”

他于是发号施令：

“出发！”

这样大家浩浩荡荡动身了。

他的妻子和儿子都非常关切地盯住看。他有意显示一下自己的本领，仿照美国人骑马的姿势小跑着。屁股刚一挨马鞍，他立刻就像要飞起来似的向上立起，突然又像要落入万丈深渊直扑向马颈，经过这番颠簸，他显然十分紧张，面目紧绷，两眼直勾勾地盯着前方，脸上没有一丝血色。

妻子和仆人抱着孩子，看到这情形，不住地对孩子说：

“看你爸爸，看你爸爸！”

两个小孩被车上下颠簸着，显得非常快乐，呼吸着新鲜的空气，高兴得扯着嗓子尖叫。也许是孩子的尖叫声惹怒了马儿，马猛跑起来。他拼命地想使马平静下来，手忙脚乱中帽子滚到了地上。马夫只好跳下座来替他捡帽子，等到埃克托尔接过帽子，他急忙对妻子说：

“让孩子们别喊叫了，不然我就架不住我的马了。”

走到了维西内树林，他们停下来吃些随身带的各种盒装食品，用了午餐。

尽管这三匹马有马夫照管，但埃克托尔还是不时地要去关心一下他骑的那匹马是否缺东西吃。他时不时地走近马，抚摸马的脖子，兴致勃勃地给他喂面包、点心和糖果。

他说：

“这匹马不太好驯服。刚骑上的时候，我真有点坐不稳；你们可看见了，很快它就被驯服了。它现在温顺多了，再也不会胡乱捣蛋了。”

回来时，他们果然按照预先计划的那样绕道香榭丽舍大街回来。

香榭丽舍大街非常宽阔，街道两旁林荫郁郁，挤满了各式的马车，路两边游人摩肩接踵，这番车水马龙的景象真有点像凯旋门到协和广场那绷着两条黑色长缎带的情景。明媚的阳光直射下来，车上、马具上、车门上都闪闪放出光彩。

或许涌动着渴望活动的狂热，这一群人甚至连马都陶醉在这令人神往的生活之中，并受其鼓舞。那边，金黄色的烟雾中静静地矗立着一座或隐或现、时远时近的方向碑。

埃克托尔的坐骑一过凯旋门，好像受到一股神秘的力量驱使，

狂奔起来。他努力地使出浑身解数想使它恢复平静，但是这匹马却更加肆虐起来，穿过来来往往的马车，飞也似的驰向它的马房。

他们的马车被远远地抛在身后了。等到了实业部大厦的对面，见前面并不那么拥挤，埃克托尔的马向右一拐，就疯了似的更加疯狂地跑了起来。

正在这时，一个身着筒裙的老妇人慢慢悠悠地从马路上穿过，她正好挡住了埃克托尔的去路，而埃克托尔的马飞也似的跑着，他已无法使其停住，只好扯开了嗓子大喊：

“喂，小心！喂，闪开！”

她也许是耳朵太背，仍若无其事地向前走着。这匹如呼啸着的火车一样的马正好用前胸和她撞了个正着，她好像触了弹簧似的被抛向十步之外，腿脚朝天翻了至少有三个跟头。

许多行人很快围笼过来，并且喊着：

“拦住他！”

埃克托尔被这突来的情形吓呆了，本能地用两手紧抓马鬃，声音异常地叫喊：

“救人哪！”

马似乎被这错乱的场面给惊了，蹬起前蹄，长嘶一声，后腿一蹬。这一剧烈的震荡将埃克托尔如球一般抛了出去，正好落在了赶来截他的警察怀中。

转眼间，边上围了很多人，他们气愤不已，指手画脚地喊着、骂着。特别是一位留着两大撇大白胡须的老先生，他胸前佩戴一圆形大勋章，显得尤为气愤。他愤愤地说：

“真是活见鬼，一个人如果笨到这样的地步，就应该本本分分地待在家里，出来做什么！不会骑马就不该上街来害人。”

这时，有四个人抬着那妇人来了。那老妇人似乎是死了，面色蜡黄，软帽早已歪在一边，满身全是灰土。

“把这女人抬到医院去”，那位老先生发号施令，“咱们去警察局。”

埃克托尔被两个警察带走了，另有一个警察牵着他的马。后面跟了一大堆人；这时忽然那辆四轮马车出现了。他的妻子立刻奔了过来，女仆被吓得不知如何是好，孩子们更是惊慌乱叫。他告诉了家人事情的经过，说事情并不严重，撞倒了一位妇人，很快就会回家的。他的家人这才忐忑不安地走开了。

在警察局里，没用多大会儿就把事情弄明白了。他填报了姓名、身份之后，然后就静等伤者的消息。不一会儿，打听消息的警察回来了，说那老妇人已经醒了，就是肚子里边非常痛。这位妇人今年六十五岁，名叫西蒙太太，做替人家收拾屋子的活计。

埃克托尔听说那老妇人没有生命危险，心中的一块石头落地了，他承诺负担那老妇人的医疗诊治费，随后马上去了医院。

一大堆人聚集在医院门口。那老妇人正斜靠在一张靠背椅里，嘴里不停地呻吟，两手动也不动，脸上呆滞，没有一丝血色。两位大夫正在为她检查伤情。胳膊、腿没有骨折，或许是内伤了。

埃克托尔对她说：

“您伤处很痛吗？”

“嗯！”

“哪儿痛？”

“肚子，里边好像有团火在烧。”

一位医生过来了。

“先生，您是这次事件的肇事者吗？”

“是的，大夫。”

“最好是将她送到疗养院去。我熟悉一家疗养院，每天六法郎就可以收留她。我能帮你忙吗？”

埃克托尔非常高兴，谢过大夫，如释重负，回家去了。

他的妻子正在哭泣地等着他。看到妻子，他安慰她，并叫她放心，并说：

“没什么要紧，西蒙太太伤势很轻，再过两三天，就会完全好的。我已经把她送到一家疗养院里。”

第二天下班，他就去打听西蒙太太的病情。当他见到她时，她正在细细地喝着油腻肉汤。

“好点了吧？”他问。

她说：

“哎哟！还是老样子。我想我是没有希望了，还没有好转。”

医生建议她应该再观察一段时间，因为伤情有可能突然变化。

过了三天，他又来看她。那位老妇人的面色分明好多了，眼睛也有神了，但一见他又立即呻吟起来。

“我不能动弹，也许要像这样一直到死。可怜的先生，我可该怎么办啊？”

埃克托尔有点害怕。他找到医生，医生无可奈何地说：

“先生，我也没有办法。我也感到奇怪，为什么只要扶她起来，她就哭喊嚎叫。甚至不能动一下她的椅子，否则她就会凄厉地叫出声来。我应该相信她告诉我她的感觉。因为，先生，你明白，我不能钻到她肚里去看。只要我没发现她下地走动，我就没有理由认为她是在说谎。”

那个妇人静静地听着，眼里透出狡诈的目光。

又过了八天、十五天、一个月。西蒙太太还是没有离开她的靠背椅。从早到晚嘴不停地在吃，渐渐地胖了起来。她很快和其他病人开始谈天说地，好像非常安于这种只吃不动的生活。她分明是将这种生活看作是五十年来上下楼梯、拍打褥垫、上楼送煤那种生活之后应该拥有的休息了。

埃克托尔真是百般无奈，每次来看她，都发现她那么安安静静、心安理得，并且哭诉：

“我不能动了，可怜的先生，我不能动了。”

每天晚上，妻子总是担心地问埃克托尔：

“那老妇人怎么样了？”

每次，埃克托尔总是非常沮丧地回答：

“老样子，还是老样子。”

他们迫于生活压力，不得不辞退了女仆。就这样，他们还得加紧节省，最后连那笔额外的酬劳也搭进去了。

埃克托尔最后请了四位有名的医生来对这老妇人进行会诊。

他们检查、摸、按，那老妇人则用那双刁钻狡猾的眼睛偷偷看着他们。

其中一位医生说：

“叫她起来走走吧。”

她立刻尖叫起来：

“我的好先生啊，我不能动，我确实走不了呀。”

医生们于是挽起她向前拖了几步，可是略一松手，她还是从她们手中滑了下来，如烂泥一样倒在地板上，发出可怕而又凄惨的叫声，他们只好又将她小心翼翼地抬回背靠椅上。

医生们还是慎之又慎地签署了诊断意见，断定她已无法工作。

埃克托尔将这个消息告诉了他的妻子，她身不由己地倒在一张椅子上，口里喃喃地说：

“早知这样，还不如将她弄到家里来养呢，那样也可以少花一些钱。”

埃克托尔跳了起来：“上咱们家来，那怎么行呢？”

他的妻子已经决定忍受这不幸，眼中饱含泪水说：

“有什么办法呢？亲爱的，这是我的错吗……”

在海上

近期的报纸上登了这样的新闻：

> 滨海布洛涅一月二十二日讯：近两年来沿海渔民饱受折磨，最近又发生一起灾难，致使人心不稳。雅维尔驾驶的渔船在进入港口时，被海浪冲击撞到防波堤的岩石上，船被撞碎。
>
> 经过救生艇营救，还是有四个大人和一名少年见习水手不幸遇难。
>
> 天气仍然未见转晴，人们依旧担心不幸会再发生。

这个雅维尔船长是谁呢？他是不是那个独臂人的哥哥呢？

十八年以前，曾经有一个人亲眼看到过一幅惨相，像海上发生的骇人听闻的惨剧一样，既可怕而又简单。如今这个被海浪卷走，或许已经被海浪拍入水底的可怜人，会不会就是他呢？

大雅维尔当时是一条拖网渔船的船主。

拖网渔船形体坚固，几乎可以应付所有的坏天气；这种船是圆的，它一年之中几乎全在航海，像软木塞一样不断地在海中漂泊着，很能抵挡英吉利海峡盐味烈风的攻击。又似乎不知累，扬帆破浪，拖着一面大网，大网甚至可以擦着大西洋的海底，沉睡在岩石间的小动物、躲在沙土上的鱼、张牙舞爪的大螃蟹、长着胡须的螯，全都被捞了起来。

风平浪静之时，拖网船开始捕鱼。渔网被牢牢系在一根包有铁皮的长杆上，船的头尾各有一个钩子，随着轮子的滑动，长杆被放进水去。借助风势和水流，用这种渔具开始了对海底折磨和抢劫。

雅维尔的船上有他的弟弟、几个成年人和一个青年见习水手。有一天，天气很好，他们离开布洛涅出海了。

出海不一会儿，狂风顿起，拖网渔船不得不避开，到了英国海岸，但是海浪依旧很大，它肆虐地袭击着礁石。海水一波又一波，直接冲向陆地，好像要吞噬它。拖网渔船根本不可能驶入港口。小船无奈，只得离开，又驶回法国海岸。暴风雨依旧继续，防波堤无法通过，这些以往避难的地点都被包围在浪头的危险之中。

拖网渔船又启程了。尽管浪高风大，肆虐的浪头一个接一个打来，它还是在浪峰上飞驰着、摇晃着、颠簸着。它仍旧雄风不减当初。它或许是习惯了这种恶劣的天气，有时情况更糟，它不能在任何一个国家靠岸，只好连续五六天在两个国家往返。

当风平浪静后，如果人们正好在大海面，虽然浪头还很高，船主还是让人们撒网捕鱼。

拖网从船边被四个人抬出去，然后再启动轮子放巨大拖网的绳索。拖网一下子就直铺向海底，这时一个更高的浪头打来，船身被震动，正在船头指挥下网的小雅维尔，打了个趔趄，他的胳膊不幸被夹在因晃动而松开的绳子和木头之间。他用尽气力想用另一只手把绳子拉起，使它松动一些，但拖网已沉入海底，再用力，还是不动。

他叫喊着、战栗着。船上所有的人都过来了，大雅维尔也放下了手中的舵柄。扑向绳子，尽力拉住被绳子勒住的弟弟的手，但是没用。“只有砍断。”一个水手说。说着从口袋里拿出一把刀子，这样只要两下就可以把小雅维尔的胳膊救出。

问题是，砍断绳子，预示着丢弃这个拖网。这个拖网就值一千五百法郎，它是大雅维尔的，他对自己的东西珍惜到了近于视作生命的地步。

他叫了起来：“别砍，别砍，等一下，我来试试顺风向引

驶。”他又扑向前，用力将舵柄压住。

拖网船根本不听操纵。因为被渔网拖住，它已经失效；又有偏流和风力。

小雅维尔咬紧牙关，跪在地上，神色惊慌，一句话也说不出来。大雅维尔担心水手会用刀砍，又回来说，“稍等，别砍，抛锚下去。”

放着光的锚被抛下去了，开动卷锚机，拖网的绳终于松弛了；在其他人的帮助下，小雅维尔将他那只已经毫无知觉的胳膊抽了出来。

小雅维尔好像已吓呆了。他们替他脱了上衣，真是惨不忍睹，肉已经被绳子扯烂，血直顺着血管往外喷。他望着好像已经不属于自己的胳膊，喃喃地低语：“这下完了。”

血流了很多，很快在脚下的甲板上汇积成一个小块。一个水手叫了起来：“快扎起他的血管，血要流完了。”

于是有人拿过一根黑色的涂过沥青的绳子，在他伤口以上的地方把胳膊捆紧，血终于止住了。

小雅维尔站起来，用另一只手抓住挂在他身边的胳膊，将它举起来，转一转，又摇一摇。骨头都碎了，整个断开了，没有肌肉将它连成一个整体。他呆呆地望着它，好像陷入了沉思。最后，静静地坐在了折好的帆篷上，同伴们建议他用清水好好洗洗，不然就会发生叫作败血症的病。

有人拎来一桶清水，放在他的身边。他从桶里舀一杯水去洗他那吓人的伤口。

“下边也许会好一点，你下去吧。”他哥哥对他说。他下去了，但一个钟头以后他又上来了，因为他忍受不了下面的孤独和凝固而沉闷的空气，这些都使他不舒服。再说，他喜欢清新的空气。他回到了那堆帆篷旁，往胳膊上浇水。

捕鱼战果辉煌。他边看着那些白肚子的大鱼翻腾，跳跃地死去，边给他那可怜的胳膊上机械地浇着水。

船要回布洛涅了。又是一阵飓风。小船又疯了似的航行、颠动、翻动着，摆弄着这个不幸的受伤者。

夜幕降临直到太阳升起，天气一直不好，直到第二天他们又看见了英国，海浪似乎也平静多了，他们顺风航行，驶回法国。

黄昏时小雅维尔叫他的伙伴们看他胳膊上出现的黑斑，这已经不属于他身体一部分的胳膊出现了腐烂的迹象。

水手们边看边说。

“这可能是个不好的征兆。”其中一个说。

“也许可以用盐水冲洗。”另一个说道。

有人弄盐水来给他洗伤口。小雅维尔铁青着脸，他牙齿紧咬，抽搐着身子，但是没有出声。

钻心的疼痛平缓之后，他对哥哥说，“给我把刀子。”哥哥把刀递给他。

“帮我把胳膊拉平，使点劲。”

大雅维尔按照他的吩咐做了。

他要亲自割断他的胳膊。他仔细地思考着，慢慢地用锋利的刀子小心地割断了连接胳膊的肌肉。很快胳膊只剩下了一个残肢。他深深地吸了口气，说：“也只能如此，否则我就没命了。”

他似乎轻松了许多，使劲地呼吸着船上新鲜的空气。他又开始用盐水洗那剩下的一段胳膊了。

这时天气仍旧不好，船还是不能回去。

天刚破晓，小雅维尔拎起割下的那段已经不是他身体一部分的胳膊，仔细地看着，发现它已经开始腐烂。伙伴们也围过来看，传来传去，翻来翻去，甚至用鼻子去闻。

大雅维尔说：“将它扔到海里去吧!"

小雅维尔显然生气了。“不行，不行。我不答应，这是我的，是我的胳膊。”

他抓起来，赶忙夹在了自己的两腿中间。

“迟早它是要烂掉的。”哥哥说。小雅维尔有了一个主意。在海上时间长了，他们常常将鱼用盐腌起来保存。

他问大雅维尔：“是不是可以用盐腌起来?”

“当然可以。”其他人说。

他们将装满桶的鱼都倒了出来，然后将小雅维尔的那段已经开始发黑腐烂的胳膊放在了桶底，厚厚的在上边洒了一层盐，再将鱼一条一条地放了进去。

有个海员说笑道：“希望别把它和鱼一块卖了。”

除了雅维尔兄弟，别的人都笑了起来。

风仍未停歇。朝着布洛涅的方向，一直到次日十点，伤员仍不停地往伤口上浇水。

他时而站立，时而在船前后走动。

他哥哥把舵，看着他直摇头。

医生检查后说没事，帮他包好，吩咐他休息一阵。但小雅维尔却不想休息，除非他拿回那手臂，他匆忙地回到港口，把那只他作过十字标记的桶找到。

人们在他面前把桶翻转，他拿起那只手臂，因为放在盐里，所以没有坏，比较新鲜，但有些皱了。他用特别带来的布将它包好带回家里去。

他的老婆和孩子都认真地看着这段手臂，他们抚摸手指，将指甲缝中的盐弄掉，又让一个木匠做了一个小棺材。

次日，拖网渔船的人都来参加葬礼——这手臂的葬礼，兄弟俩在送殡队伍的前面。当地教堂管理圣器的执事把尸体挟在腋下。

小雅维尔不再远航。他在港口谋得一个下等职位。在以后谈到他的悲惨遭遇时，总是低声说：“要是我哥哥那时候把渔网砍断，我的手臂肯定可以保存。不过，他太重视自己的财物了。”

珂珂特小姐

当我们正打算从疯人院里向外走的时候，在院子的一角，我发现一个身材很高、样子清瘦的男人，站在那里一直哀叫着，样子仿佛在和一条并不存在的狗玩。他的声音亲切而温柔：“珂珂特，我的小宝贝儿，快过来，珂珂特，到我这里来，我的小心肝儿。”一边叫还一边用手拍着自己的腿，像人们平时逗狗时一样。我忙问身边的医生：“角落里的人，是怎么变成这样子的？”医生说：“噢！他是个小人物，原来是个赶车的，名叫费朗索瓦，自从他把自己养的一条狗淹死后，就变成了这个样子。”

我再三地向医生恳求：“请您把费朗索瓦发疯的经过告诉我。也许这看似不起眼的小事，更让我们感动呢。”

以下就是费朗索瓦的不幸。一切都是一个曾经和他在一起的养马人说出来的。

在离巴黎很近的一个乡村里，居住着一家有钱的中产阶级。他们家的房子是一座有大花园的别墅，位于塞纳河畔。费朗索瓦就是他们家的车夫，是个年轻的乡下人，他做事有些不利落，但心肠很好，有时还呆头呆脑的，经常被人骗。

一天夜晚他在朝主人家的路上走着，在他的身后跟着一条狗。开始时他并没有在意，可是后来发现那条狗一直跟在他后面，费朗索瓦马上转身向后瞧瞧狗是不是自己熟悉的。但他并不认识，是一条陌生的狗。

那是一条瘦骨嶙峋的母狗，松弛的乳房垂在肚皮上面。它一直

在费朗索瓦身后小跑着，耳朵、尾巴都耷拉着，好像很久没有吃东西似的。弗朗索瓦不走，狗也不走；弗朗索瓦向前，狗也向前。

看着这骨瘦如柴的东西，费朗索瓦就想把它撵走，于是大喊一声：“走开，离我远一点，去！去！”狗吓得跑开了，蹲在不远处看着。等他刚一抬腿，就又跑了过来。

弗朗索瓦又弯下腰装着捡东西，狗吓得跑了起来，肥大的乳房随着跑动一晃一晃的。跑出了几步，它见弗朗索瓦转过身去，就又跑在了后面。

所以车夫弗朗索瓦觉得狗很可怜，他抬起手喊着它。母狗走过来时样子十分小心，脊背向上高高的拱起，肋骨一条条地在体外显露着。弗朗索瓦抚摸着这只瘦得只剩下骨头架子的狗，内心被它可怜的模样深深地打动了。他对狗说：“行了，跟我走吧！”可怜的家伙知道它已经被留下了，马上翘起了尾巴兴奋地摇晃着，并且一刻也没有停留在新主人身旁，就去前边带路了。

弗朗索瓦把狗安排在马棚里的一个草垛上之后，就飞快地从厨房拿来面包，让它吃饱了，狗吃完不一会儿，就弯曲着身子躺在草垛上，怎么也推不醒了。

过了一天，他把领回一条狗的事情告诉了别墅里的人们，主人同意他收留那条狗。那是一条十分可爱的狗，不但热情忠诚而且还机灵温顺。

可是没过多少天，它的一个致命弱点就被人们觉察到了。那就是它一年四季都沉浸在感情的海洋里。在三五天的时间里，村子里所有的公狗它都结识了。公狗们没白天没黑夜地聚集在它的周围。它有着浪荡女人不择良莠的态度，对每一条公狗都一样，好像它们每一个都迎合它的心。它非常高傲地走在由各种各样的狗组成的队伍的最前面，队伍中有的狗很小，小得像人的拳头，有的狗又很大，大得像一头驴。就这样，它像示威一样领着部队在大路上走来走去。当它走累了在草坪上休息的时候，公狗们又把它围在中间，吐着舌头，看着它。

村子里的人都把它看成一个不同寻常的东西。因为人们从来没有见过哪一条狗是像它这样的。就连专门给动物们看病的医生也弄不明白为什么会这样。

天黑以后它离开那群公狗回到马棚里，别墅就成了它们攻击的对象。公狗们穿过花园四周的篱笆来到花园里，在花圃上跑来跑去，拱落了鲜花，踩烂了草地，还在花池里刨出一个又一个大坑，种花的人看到这一切生气极了。公狗们来到马棚周围，彻夜守在那里叫着。人们用尽了办法也没有把它们轰走。

天亮以后它们居然跑到屋子里面。在屋里东钻西蹿，到处入侵，到处惹祸，每一个地方都搞得乱七八糟像经受一场灾难。在楼梯上，甚至在睡觉的房间里，主人们都随时见到各种各样的狗，有漂亮的翘着尾巴的小黄毛狗、猎狗、獒狗、浑身是泥的野狗，还有让孩子们害怕的纽芬兰狗。

村子里还出现了一些谁也没见过的狗，那些狗像凭空冒出来一样，待了几天，又都突然消失了。

弗朗索瓦仍然十分宠爱珂珂特。他给它起名叫珂珂特①，并不是要讽刺它。但这个名字和它太匹配了。他一遍又一遍地说："这条狗呀！就像个人，只是不能张口讲话。"

他为珂珂特在外面定做了一条美丽的项圈，上面还挂着一枚铜牌，牌子上写着："珂珂特小姐，属于车夫弗朗索瓦。"

珂珂特的模样和以前比发生了巨大的变化。从原来瘦得可怕，到现在又肥得可怕。胖乎乎的肚子下面还是垂着肥大的乳房。因为它一下子就发福了，所以走起来很慢，迈步的时候像大胖子那样把腿叉开，张着嘴，呼呼地喘粗气。

另外，它的繁殖力非常的强，常常是一窝小狗刚生下来没几天，就又怀上了，一年下来要生四窝小狗，而且品种都不一样。弗朗索瓦留下一只好的小狗给珂珂特"消奶"用，剩下的就都一点也不心疼地淹死了。

---

① "珂珂特"：在法语中原意为"母鸡"，但也有"轻佻的女人、妓女"等意思。

又过了一段时间，厨娘也和花匠一样有怨言了。她在烧火的炉子里、放碗的柜子里、楼梯下放煤的贮藏室里都看到过狗，那些家伙找到什么拿什么。

主人被惹烦了，告诉弗朗索瓦把珂珂特处理掉。车夫十分伤心，他不想让珂珂特没有家，就打算重新给它寻找主人，可没有一个人收留它。于是弗朗索瓦决定把珂珂特丢到一个自己见不到它的地方，他把它托给一个马车夫，请他把狗丢到巴黎另一侧的儒安维尔—勒蓬周围的庄稼地里。

当天夜里珂珂特就又在别墅里出现了。

一定要让它不能再找回来，弗朗索瓦用五法郎把珂珂特送上了前往勒阿弗尔的火车上，请列车长到站后把它丢在那里。

过了三天珂珂特又跑回来了，它浑身疲惫伤痕累累地跑到马棚里就趴下了。

看到狗这个样子，主人也不忍心赶它走了。

但是那些讨厌的公狗马上又找上了门，这一次来的公狗更多而且样子更可怕。有一次家里举行大规模的晚宴，一条狗在厨娘面前把一只又肥又大的烧鸡抢走了，那是一条凶恶的看门狗，厨娘被它吓坏了，不敢和它抢。

这一回主人确实气极了，他找来了弗朗索瓦，气势汹汹地说："限你明天天亮之前把这个畜生淹死，不然我就把你一起轰走，知道了吗？"

弗朗索瓦吓傻了，他回到楼上自己的房间收拾东西，他宁愿失去这份工作，可又仔细一想离开这儿，带着那个不让人喜欢的家伙去哪儿，别人也不会雇用他。况且他现在是在一个好人家里，工钱多，条件好。因为一条狗丢掉这金饭碗值得吗？还是为自己多想想吧，然后他下定决心天亮之前把珂珂特处理掉。

一晚上他都没休息好，天刚亮就起来了，找了一条牢固的绳子，来到马棚里，珂珂特慢吞吞地站起来，晃晃身体，踢了踢腿，来到他面前。

弗朗索瓦一下子就泄气了，他亲热地拍着它，摸着它的大耳朵，亲着它的鼻子，用自己了解的所有爱称不住口地叫着它。

这时旁边传来教堂的钟声，已经六点了，他不能再动摇了。他推开门说：“走。”珂珂特摇摇尾巴，明白他们要出去了。

弗朗索带着狗来到陡峭的河边，他找了一处水看起来很深的地方，他又找了一块大石头用绳子拴好系到了珂珂特的项圈上。然后他抱着它像吻别家人似的，拼命地亲它。他使劲地抱着它摇晃着并嘴里喊着：“珂珂特，美丽的家伙，我的小宝贝儿。”珂珂特兴奋地跳跃着，让他随意摆布。

他一次又一次地想把它扔到河里，又一次次舍不得。

犹豫了很久，才终于决定了，他用尽所有的力气把它尽量扔得远一点。最初珂珂特像平时洗澡时那样向前游，过了一会儿它的头被石头坠着往下沉。它一边向弗朗索瓦发出像人一样惊慌的目光，一边像落水的人那样反抗着。又过了一会儿，它的前半身浸在了水里，但后腿仍然露在水面疯狂地踢着，踢着踢着全身都沉下去了。

珂珂特挣扎了五分多钟，河水被绞得像开了锅一样。弗朗索瓦怕极了，心怦怦地跳着，他好像看到了狗在淤泥里滚动的样子。他不怎么聪明，幼稚地自言自语：“珂珂特，这时候会恨我吗？”

弗朗索瓦为此几乎变瘦了，病了有一个多月，天天晚上都梦见珂珂特，觉得狗还在他的手上舔着，在他的身边叫着。没有办法，他只好请来了医生。后来他慢慢康复了，六月下旬主人们把他带到了离鲁昂很近的比埃萨尔，那里有他们很多土地。

到了那里，弗朗索瓦住的地方仍然离塞纳河很近。他开始去游泳，每天早上和一个养马的人一起下河，两个人还经常游到河对岸。

可是有一次两个人在河里打水仗的时候，弗朗索瓦猛然向马夫喊道：

“看那个被水冲过来的东西，我把它做炸排骨让你吃。”

漂过来的是一个光秃秃的四肢向上腐蚀了的动物遗体。

弗朗索瓦展开双臂很快游到那个东西旁边，还说着他的笑话：

“倒霉！都有味了。身体不小！真不错，还挺肥。”

他保持一个间隔，绕着发臭的动物遗体游来游去。

接下来他突然不说话了，全神贯注，特别认真地看着那具尸体。然后他向前游近了一点，也许是想摸摸它。他发现尸体的脖子上有个项圈，就聚精会神地看着，看了一会儿又抓住尸体的脖子把它调了个个儿，拉到面前，生锈的铜牌还挂在褪色的项圈上，他读着铜牌上的字："珂珂特小姐，属于车夫弗朗索瓦。"

珂珂特死后，在离家六十法里的比埃塞尔找到了它的主人。

弗朗索瓦惊恐地大叫着，使出浑身力气向岸边游去，一边游，还一边发狂地叫着。到了岸上，他没有去穿衣服，却玩命地在田地里跑，从那以后他就疯了。

两个朋友

巴黎被围困了，在饥荒中奄奄一息。房屋上很难再看得见鸟雀，臭水沟里也几乎看不到老鼠，而人们呢，见到什么东西都吃。

莫里索先生，一位钟表匠，现在暂且做了一名家居兵①。在正月的一个清晨，天空万里无云，他托着瘪瘪的肚子，两只手插进军装的裤兜里，表情阴郁，慢慢地在林荫大路上行走。突然，他停在了一个人面前，这人同他一样身着军装。这个人是他以前在河边结交的一个朋友，叫索瓦热。

开战前，一到星期日，莫里索就会在黎明时分出发，手里拿着钓鱼竿，背上背着马口铁罐。一般的，他会乘坐开往阿尔让特伊的火车，在哥隆布下车，接着就徒步走到玛朗特岛。一到那个地方，这是个他永远都不会忘记的地方，他就马上开始钓鱼，一直到太阳下山。

每次在那儿钓鱼，他都会碰到索瓦热先生。他是一位商人，在洛莱特圣母街上卖服饰用品。他个子矮小，身体肥胖，性格温和快乐，同样，他也热爱钓鱼。他们经常一块儿坐在河边，手中拿着钓鱼竿，脚伸在河面上，一坐就是大半天。这样，友情就在他们之间慢慢滋长了。

很多时候，他们整整一天都不互相说一句话，而也有时候，他们会互相说上几句；然而，他们知道，就是他们彼此不说话，他们

① 普法战争时，不执行任务，在家中的自卫军。

也能够了解对方，这是由于他们有同样的爱好，同样的感觉。

春天，大概在上午十点钟，太阳重新获得了新春的活力，在它照耀下的河面上，飘浮着一层随流水移动的薄雾，和煦的阳光让这个热衷于钓鱼的人也感觉到了太阳的温暖。莫里索在这时候就会对身旁的人说："哦，多么惬意啊！"索瓦热先生就会回应道："再也找不着比这更惬意的事情了。"对于他们来说，这些就能够使他们了解对方，尊重彼此了。

秋天，当白天就要结束时，如血的夕阳把天空映得通红，整条河都被桃红色的云彩映染成了紫色。天的尽头似乎烈焰在烤烧，而这两个人就在烈焰中坐着钓鱼。在秋风中颤抖着的枯竭变黄的树木也在阳光的照耀下发着金光。此时，索瓦热先生就会面带微笑地看着莫里索，说："多么美丽的景色！"莫里索呢，就会一边一个劲儿瞧着他的浮子，一边又满心欢悦地说："不知比那些林荫大路强了多少，不是吗？"

在他们彼此看出对方是谁之后，激动地握住了手，谁也没有料到他们会在如此不同以往的境况中邂逅。都非常兴奋。索瓦热一边叹气一边咕哝着说："如此大的变化呀！"莫里索更是感叹道："哎呀，多么晴朗的天呀！这是今年以来头一次如此明净的天气呢。"

天空的确万里无云，阳光充足。

他们一块儿走着，都各自满心惆怅，心情郁闷。这时，莫里索又接着说道："还记得我们的钓鱼吗？想想那时的生活是那么的快乐。"

索瓦热先生问道："哪天可以再去呢？"

在一家小咖啡店里，他们一人要了一杯苦艾酒，喝完酒后，他们又出来接着在大街上散步。

突然，莫里索停下了脚步，向索瓦热说道：

"再来一杯，好吗？"索瓦热先生赞成道："好啊。"于是，他们又踏进了一家酒吧。

直到喝得头晕目眩他们才从酒吧里走出来。仿佛饿着肚子喝酒似的，脑子里迷迷糊糊，一片模糊。外面阳光和暖，柔风扑面。

被轻风吹拂着的索瓦热先生真的醉了。突然，他站住不动了，对莫里索说道："你我应该再去。"

"去干什么呀？"

"自然是去钓鱼。"

"到什么地方钓呀？"

"就是以前那个岛上呀。我与杜穆兰上校结识，只要我去跟他一说，他一定能让我们通过法军的前哨阵地的。"

莫里索听他这样一说，简直急不可待，马上就说："好，那就这样说定了。"马上，他们分别去取渔具了。

一个小时后，他们会合了，一块儿向杜穆兰上校家走去。见到上校后，索瓦热提出了自己的请求。上校虽然觉得他们奇怪的想法有些可笑，可仍然答应了他的请求。这样，他们就拿上了通行证，朝那个岛走去。

一路上他们经过了法军前哨阵地与荒芜凄凉的哥隆布，来到目的地，并没有用多长时间。在这个地方的边上有一片葡萄地，面积并不大，地处斜坡，在这个坡的下面便是塞纳河。他们到达这儿大概是在十一点钟。

河那边便是阿尔让特伊村，安静无哗，整个村子毫无活力。从奥热蒙与萨努瓦两个山冈上可以清楚地看到这里的一切。从这里到南泰尔，一片宽广的平原。一眼望去，只有光秃无叶的樱桃树与贫瘠荒凉的耕地，再没有别的。

索瓦热先生用手指着山岗子，轻声地对莫里索先生说："在那上面，有普鲁士人。"两人不由得四处看了起来，周围凄凉荒芜，没有一个人影。他们突然感到一阵恐惧，吓得全身发软。

普鲁士人！虽然他们没有亲眼见过，然而他们清楚地知道，这些日子来，普鲁士人在巴黎的附近干了些什么。他们杀人，抢劫，任意践踏法国，使整个法国处于饥荒之中。尽管无法看见普鲁士的凶残力量，可他们却清楚地明白这一点。对这群胜利的德国人，他们既仇恨，又不由得感到害怕。

莫里索先生哆哆嗦嗦地说："呀！如果遇见普鲁士人可怎么办？"

索瓦热开玩笑地说道："那么我们就煎鱼给他们吃。"这是种无论遇到什么情况，巴黎人都永远保持的幽默。

然而周围是如此的悄无声息，这使他们非常害怕，不能贸然进入草原里。

犹豫很久，索瓦热先生最终做出了决定："走！但是要十分注意。"他们趴了下来，用葡萄藤遮住自己，仔细地看着，小心地听着，慢慢地从葡萄藤下穿了过去。

然而，他们必须通过一条长长的空旷地面才能到河边，而这片土地上没有任何遮掩物。他们飞快地跑了起来，跑到河岸边的芦苇丛里就立刻钻了进去，躲了起来。

莫里索趴到地上，把耳朵放在地面上，想要知道是否有人在周围行走。没有，没有一丝声音，肯定不会有人的。

于是他们开始安心钓鱼。

荒芜的玛朗特岛恰好把他们遮住了，山岗子上的人无法发现他们。在那个岛上有家小饭店，门和窗都关着，好像已有很多年没有人住了。

不一会，索瓦热先生就钓到一条鱼，接着莫里索也钓到了一条。不停地有鱼咬钩，他们也就不停地抬起鱼竿，看着在鱼钩上闪烁的小鱼，他们一阵高兴。真是一个大丰收。

在他们旁边放着一个有细小网孔的网兜，网兜的一半泡在水里面。他们把钓到的每一条鱼都放入这个网兜里。他们的爱好这么久，今天再次获得，这使他们感到一种幸福的喜悦。

在温暖的阳光中，他们的背部感到温暖舒服；除了钓鱼，世上所有其他事情，他们现在既不去听，也不去想。

突然一声山崩地裂般的声音把他们吓了一跳。又开炮了，大炮把山震得一颤一颤的。

莫里索转头向左看去，越过河岸，雄壮高大的莱利昂山清晰可见。山的顶部围绕着一团浓浓的白雾，这是大炮轰炸后冒出的硝烟。

第一团白雾还没有消失，第二团白雾又接着升起，然后，轰隆的声音才响起来。

轰隆轰隆的声音一声接着一声，响个不停，浓厚的烟雾也不断地从山顶喷出，仿佛看到死亡。白雾慢慢向上升起，聚集成一朵云，盘旋在山峰顶上。

索瓦热先生无可奈何地说："战争又开始了。"

莫利索钓鱼正到了关键时刻，因为他的浮子正使劲下沉，一听这话，这个平时温和善良的人突然发火，那些正在作战的人令他非常恼火，他生气地说："只有笨蛋才会打仗。"

索瓦热先生接道："畜生都比他们强。"

莫里索一边取下才钓到的一条欧鲌鱼，一边说："你看吧，除非世上不存在政府，否则这样的事情就会一直继续下去。"

索瓦热先生应道："但是，假如是共和国，就没有战争……"

没等索瓦热说完，莫里索就说："如果是国王体制，就会发生国与国的战争，如果是共和国体制，就会发生内部战争。"

这场研讨是在一片平和的气氛中进行的。他们都是本性忠厚朴实，而没有太大学问的人，利用他们现有的健康的头脑对当时局势进行解剖；最终，他们达成了统一的观点，即无论以后怎样人都无法获得自由。大炮不断地轰炸着瓦莱利昂山，法国人的房子，法国人的生活，法国人的生命以及那许多的理想和快乐的期盼及幸福的愿望，都在大炮声中烟消云散了，这给很多的妻子、女儿和母亲的内心留下了无法痊愈的伤口。

"生活就是如此。"索瓦热先生说。

"要我说应该是它带给人类的只有死。"莫里索嘴角含笑地说道。

然而，他们突然感到了一种恐惧，以至于打了一个冷战，因为他们清楚地意识到背后有人；于是，他们扭头向后看去，发现了四个人，他们全都体格壮硕，留着大胡子，戴着平顶的军帽，带有齐备的武器装束，装扮得好像一个穿有号衣的随从。这四个人早已靠

着他们站着，拿步枪指着他们。

他们吓了一大跳，手中的鱼竿掉入水中，被河水冲走了。

只是一眨眼工夫，这些人就把他俩给逮住了，并绑了起来，丢进了一艘船里，然后，把他们运到了河对岸。

他们被带到那所曾被他们认为无人居住的屋子背后，在那儿，还有二十多个德国兵。

其中一个身体高大的骑坐在一把椅子上，全身长着长毛，并且手里还拿着一个特大的瓷烟斗。他讲着标准的法语问道："嗨，两位先生，收获不小吧？"

听了这话，抓住他们的四个人中的一个小兵把足足一满网兜鱼放到上司的脚边，当然，他们是不会忘记拿那些鱼的。这个德军军官得意地笑着："瞧，我没有说错吧，收获的确不小，但是，现在我们最好说一下另外一件事。听着，无须害怕。"

"我看你俩很可能是被指派来偷窥我们的奸细。既然你们两个被抓住了，就应该杀了你俩。还想利用钓鱼来遮掩你们的意图。可是很不幸，你俩被我抓获了；要知道，打仗就是这样。"

"但是你们通过前哨阵地，那么你们就应该能够说出前哨阵地的口令。把口令说出来，我就放你们走，否则，尽杀无赦。"

这两个人就那样站着，吓得脸发白，浑身颤抖，双腿发软，可是，他们却没有说任何话。

德国军官盯着他们，接着说道："只要你们说出口令，你们就可以平安地回家，没有人会知道这件事，也不会有人记住这件事，但是假如你们不说出口令，那么，你们只有被即刻枪决。怎么样，选择吧。"

他们仍然不动，也不说话。

普鲁士人沉稳地看着他们，然后指着河流慢慢说道："五分钟后，你俩仔细地、静静地想一想，五分钟后，你们就会被扔到河里，被河水淹没。难道你们不顾念你们的妻女吗"

大炮仍在对瓦莱利昂山不断地轰炸着，爆炸一声接着一声。

德国军官见这两人仍然不语，于是对其下属用德语说了几句话，接着，他移开了椅子，有十二个德国兵走到了离这两人二十步以外的地方站住了，把枪放在脚边。

德国军官再次对他们说道："一分钟，让你们再考虑一分钟，不能再拖延了。"

接着，他腾地一下立了起来，走到两人面前，扯着莫里索，把他揪到了一边，远离索瓦热，轻声说道："你告诉我吧，我们不会让那个人认为是你说的。我会装着是同情你们才放你们走的。"

莫里索闭口不语。

德国军官如法炮制，对索瓦热也说了同样的话。

索瓦热先生同样闭口不语。

他们又被放在了一块。

德国军官下了准备指示，十二个士兵把枪举了起来。

莫里索却把眼睛投向了他们的那个装鱼的网兜上，它就放在不远的草地上。

看着在阳光下闪闪发亮的鱼儿，莫里索禁不住泪涌双眼。

他抖动着双唇，缓缓地，慢慢地说道："永别了，索瓦热先生。"

索瓦热先生道："永别了，莫里索先生。"

互相握了一下手，他们禁不住一阵颤抖。

军官气急败坏地叫道："开火！"

枪响了。

索瓦热马上就栽倒在地上，脸碰地。而莫里索却支撑几秒钟，一转身，脸朝上倒在了朋友的身上，鲜红的血从枪眼里流了出来。

德国军官接着作了指示。

士兵们分别去做事了。他们找了绳子与石块，把石块与死人捆在一起，抬到了岸边。

大炮继续轰炸着，瓦莱利昂山顶上硝烟弥漫，似一座山压在它的顶上。

莫里索被两个德国兵分别抬着两头，还有两个德国兵以相同的方法抬着索瓦热。他们把尸体荡了两下，然后一抡，死尸画了一个

曲线，掉进河里，沉了下去。

河水在尸体的拍击下，溅出了许多水花，一会儿过后，荡出了一圈一圈的波纹，向四周延伸，慢慢地，波纹越变越大，最后，逐渐恢复了平静。

慢慢地，河面上冒出了一丝鲜血。

一直保持平静的那个军官又轻声说道："这下我们该处理它了。"

猛然看见那些鱼，他乐了，把它拿了起来，仔细瞧了瞧，抬头喊道："威廉！"

一个小士兵赶紧跑了过来，他的腰间扎着一个白围裙。军官把鱼递了过去，嘱咐道："把这些活鱼宰了，做一锅新鲜的鱼汤，肯定好吃。快点，趁它们还活着。"

话一说完，他就又拿起他的那个烟斗吸起烟来。

珠　宝

在副科长家举行的一次舞会上，朗丹先生认识了一位年轻姑娘，从此他就迷恋上了她。

姑娘的父亲在外省出任收税官，故世已有几年了。随后她的母亲带她来到了巴黎，母亲想让她早点结婚，所以老去邻近几家中产阶级人家串门。姑娘家虽说不富裕，但是个本分人家，待人可亲。这位年轻的姑娘作为一个循规蹈矩的典型女人可以说是无可挑剔的了。每一位聪明的青年人都有一个美好的向往：要是能与这样的女人共度一生该有多好啊！姑娘的美丽虽然朴实，但是却有天使般的吸引力：嘴边时刻挂着一丝微笑，如同灵魂的光芒。

她得到每个人的赞美，只要是与她相识的人都会一再地称赞道："她嫁给谁，那就是谁的福分，她是无与伦比的。"

当时朗丹先生是内政部里的一位主任科员，年薪三千五百法郎。他向姑娘表达了爱意，姑娘答应了他。

与她一起生活，他的快乐是用文字描述不出来的。因为她持家有方，所以他们的生活似乎过得很宽裕。她对丈夫温柔、爱护，再加上她自己又有那么大的魅力，所以尽管他们在六年前就已经认识了，但他爱她胜似往昔。

她只有两个癖好惹他不高兴了：爱看戏，爱假珠宝。

她的朋友们（她结识的几个小官吏的妻子）总是能弄到包厢给她，约她去欣赏当时风靡的戏，有的还是第一次演出的新剧，她不顾她丈夫乐不乐意，老是让他陪着她一起去；其实工作了一整天，

这种娱乐只能使他更加困倦。所以，他祈求她放过他，让她请一位她的朋友跟她一块去，只要能陪她一起回来就可以了。可她觉得这个建议不太好，所以不管怎么说也不同意他的建议，为了不让他生气，到最后她才勉为其难地同意了；他对她却是感激不尽。

但是，由于她这么爱看戏，没多久她就开始喜欢打扮了。虽然她的穿着还是像过去那样朴素，一般而又有韵味；况且她的温柔，还有她那迷人的、纯洁的、可人的美，好像在她那风雅的装扮中体现得淋漓尽致，但慢慢地，她形成了一种喜欢戴两颗替代钻石的大莱茵石耳钉的习惯。不只这个，她还喜欢戴珍珠项链、赛金手镯和镶嵌着各种颜色的宝石的梳子，只不过珍珠、赛金都不是真的，宝石是用玻璃钻冒充的罢了。

她这么喜欢假珠宝，使她丈夫有些不高兴，他总是说，“亲爱的，对一个不能拥有真珠宝的人而言，落落大方和漂亮迷人便是她的财富，而且是世界上最珍贵的珠宝。”

可每每这时，她都会妩媚动人地微笑着说：“这也是没有法子的事啊，我喜欢这样。这点我不好。我也明白你讲得有道理，但秉性难改啊，倘若要有真的珠宝那自然是再好不过了。”

她拿手捻着珍珠项链，或者使宝石的切面发出绚丽耀眼的光泽的同时，还在不断地说着：“你看呀，做得多精致，几乎与真的没什么两样。”

朗丹先生轻轻一笑，说：“你的兴趣怎么跟吉卜赛人的一样啊？！”

间或有时，到晚上，仅有他们夫妻俩在火炉边取暖时，她就会把摩洛哥皮盒子（装着她丈夫所说的“廉价货”）拿到茶几上，开始仔细地、满怀热情地欣赏那些假珠宝。这时她会觉得那里边有一种无尽的、神秘的趣味。她还非要给她丈夫的脖子上戴一串项链，只为了看他戴上的模样，能够肆无忌惮地大笑一场，随后大声说：“看看你有多么可笑！”然后就冲进他的怀抱，发狂似的亲吻他。

有一个冬天的晚上，她又去剧院看戏，回来后冻得浑身上下直发抖，第二天就一个劲地咳嗽，一周后她就死于肺炎。

朗丹几乎就要随她去了，他是如此痛苦，没过一个月就满头白发了。他一整天都哭个不停，那无法承受得起的痛苦撕裂着他的心；他的脑海里时刻浮现着她的音容笑貌，美好的回忆以及她身上散发的各种吸引力。

时光流逝，却不足以使他摆脱悲痛。去工作时，当同事们谈论当天的报道时，总会是猛然发现他嘴唇一咧，眉头一皱，满眼的泪水；他一副痛苦的样子，总是禁不住就开始哭了。

他不允许别人动他死去的妻子的卧室里的东西，还是让它维持着原来的样子。每天他都要待在那卧室里开始怀念她；卧室里的一切摆设，甚至还有她的衣服，都还是她死去那天的样子。

然而他的日子却是过得愈发艰苦了。当初他妻子掌管他的薪水时，家里的所有花销都够用了，可现在只有他单身一个，钱却不够他花的。他搞不懂她怎么会有那么大的能耐，竟然能让他每天都享受到美酒佳肴，现在他的薪水那么少，是再也不能享受到了。

他几乎是穷困潦倒了。已经欠了好几笔钱了，还在想方设法地借钱。最后还有足足一个礼拜才到月底的一天清晨，他已经是身无分文了。因此他准备卖家里的东西了。他当即想到的是他妻子喜欢的那些“廉价货”，因为他对这些以往惹他不高兴的“假冒货”还心存气愤。他觉得每天只要一见到它们，就会破坏他对妻子的甜蜜的回忆。

他的妻子总是往回买假珠宝，一直到临死的前几天还在买，几乎每天晚上都能买回来一件新珠宝，所以他在她那些假珠宝中翻来覆去地找了老半天。最后他找出了似乎是她生前十分喜欢的一串大项链。因为那串大项链尽管不是真的，但加工精致，应该值个七八法郎没问题。

他把项链带上，沿着一条条大街，向部里方向走去，他想在路边找一家信誉好的珠宝店。

最后他找到了一家，进去了。不过他一想到要装出一副穷兮兮的样子，而且变卖的是这样一件拿不出手的项链，就觉得有些难为情。

他对珠宝商说："先生，您看看这串项链能值多少钱。"

珠宝商把项链拿过去颠来倒去地看了好一会儿，又用手掂了掂，然后拿起一个放大镜，又叫他的助手过去，低低地说了几句什么，随后把项链放在柜台上，看看从远处看是什么样子的。

朗丹先生对这种装腔作势的做法感到十分的不舒服，他正打算说："哦，我明白它是假货。"珠宝商却先跟他说："先生，这串项链价值一万五千法郎，只是您要先告诉我它是从哪儿来的，否则我也不敢收回。"

朗丹先生一副目瞪口呆的样子。站在原地，一动不动，脑子也不转了。最后，他吃力地说："什么……是我听错了吗……还是您看错了？"珠宝商以为他嫌价钱低，就板着脸对他说："您去其他珠宝店看看，看谁能出的比这个价钱还要高。要我说，它充其量值一万五千法郎。要是您碰不到能出更高价钱的地方，再回头来找我也无妨。"

朗丹先生整个呆了，他要一个人冷静地想一想，就拿着项链愣愣地走了出去。

然而一来到大街上，他却禁不住笑了。心想："我怎么这么傻呀！我干吗不卖给他呢？真是没想到还有这样分不出真伪的首饰商人！"

他来到和平街口的另一家珠宝店。老板一见到这串项链，就大声喊起来：

"哎呀，怎么这么巧，这不是从我们店卖出去的那串项链吗？"

朗丹先生觉得特别惊奇，当即问道：

"那它能卖多少钱？"

"先生，当初我们卖出去时是两万五千法郎，现在，我打算用一万八千法郎把它买回来，但是依法律规定，您先得让我知道它来自于哪儿。"

朗丹先生这次诧异得连站都站不住了，瘫坐在地上，结结巴巴地说："可是……可是，先生，您再仔细瞧瞧……我觉得它是……

冒牌的。”

老板又问他：“先生，您方便告诉我您贵姓吗？”

“当然，我姓朗丹，是内政部的一位主任科员，住在殉道者街十六号。”

老板拿出账本，翻了翻，对他说：“朗丹先生，您看，一八七六年七月二十日，这串项链确实是送到了朗丹太太的住址，也就是殉道者街十六号。”

朗丹与老板互相看着。朗丹诧异万分，而老板却怀疑他是个小偷。

珠宝商紧接着又说：“先生，您是否愿意让这串项链留在我店里一天？我可以开张票给您。”

朗丹先生有些迟钝地说：“当然……当然愿意。”他就把那张票收起来，然后来到大街上。

他来到街对面，呆呆地、机械地往前走着，过了一会儿，他猛然站住了，因为他意识到走的路不对，便回转身往回返，他经过埃依勒里宫，过了塞纳河，没走几步又发现不对了，于是又返回到香榭丽舍大街，这时他脑子混乱得很，一点谱儿也没有。他要冷静地想一想，搞清楚这件事的前因后果。他的妻子是肯定买不起如此昂贵的珠宝的。那这只能是别人送她的礼品了！礼品！那会是谁呢干吗？要送给她呢

他突然不走了，愣愣地站在大街上。他的脑海中浮现出一个可怕的念头。难道她那其余的珠宝也都是别人送的了！顿时，他眼前一片模糊，脑袋嗡嗡作响，以为大地在晃动，眼前的一棵树要向他砸下来。出于本能，他伸出双手想要扶住它，结果他却扑倒在地上，晕了过去。

他一睁开眼，才知道自己正躺在一家药店里。原来是过路人发现了他，送他来的。他请人把他送回去后，就待在屋子里不再出来。

他觉得特别难过，想哭又怕哭出声来。就往嘴里塞了一块手帕，这样一直到傍晚。最后他浑身无力，又难过，就扑在床上迷迷

糊糊地和衣而睡了。

第二天早上，太阳都射进屋子里了，他才醒来。懒懒散散地起来后收拾了一下，就打算去上班。可一般遭到如此大的刺激后，要再上班怕是很难。他想了想，觉得可以给科长写封信，希望他不要见怪。随后，他认为应该再到珠宝店去看一下，可一想起这，他的脸就直发烫，不过他再三考虑，觉得不管怎么样，也得把那串项链拿回来；这样想着就穿上衣服出去了。

晴空万里，灿烂的阳光沐浴着这座一进去就觉得受到热烈欢迎的城市。几个游手好闲的人手插口袋，慢悠悠地在大街上溜达。

朗丹先生看着他们从身边经过，自言自语道："有钱真好！一个有钱人，恐怕连烦恼是什么滋味都不知道，他可以随心所欲，逍遥自在。啊！要是我也能过这种生活该有多好！"

从前天晚上一直到现在，他都滴水未进。所以现在他腹中空空如也，可他囊中羞涩，分文没有，自然，他就想起了那串假项链。一万八千法郎，这可是很大一笔钱哪！

他来到和平街，开始徘徊在珠宝店对面的人行道上。"一万八千法郎！一万八千法郎啊！"嘴里不停地念叨着，脚有好多次都差点迈进珠宝店，但每次都觉得很惭愧，而退了回来。

但是，他特别饿，身上半个子儿也没有，于是他不给自己留一点点思考的余地，便突然穿过大街，跑进珠宝店。

老板一看见他，就满脸堆笑地前来跟他打招呼，非常有礼貌地给他一把椅子坐。助手们也都眼睛里含着笑，嘴角挂着笑，凑了过来，不住地瞄向朗丹。

珠宝商对他说："先生，如果您同意的话，我马上付给您一万八千法郎。"

科员结结巴巴地说："当然……当然同意。

珠宝商从木匣子里拿出一沓钞票，数了十八张给朗丹。朗丹在一张发票上签字后，用两只直发抖的手把钱接过来，小心翼翼地放进口袋里。

就在他正准备出去时，突然又想起了什么，便回过头来，谦恭地对一直面带笑容的老板说："我……我从同一个人那儿……那儿还得到了一些……一些其他的珠宝，您想要全部收购吗？"

老板弯了弯腰，充满敬意地说："当然想要，先生。"

其中一个助手一直憋着不让自己笑出来，这时再也忍不住，便跑出去笑了。另外一个助手也在不断地捏鼻子而抑制着自己。

而脸直发烧的朗丹却像没事人一样，一本正经地说："那我回去给您拿。"

他到街上叫了辆马车，回家拿那些珠宝。

两个小时后，他带来了全部珠宝，到现在他还空着肚子，但他现在也顾不了那么多了。他与珠宝商开始对这些珠宝一件件地进行鉴别，一件件地定价。这些珠宝差不多都是从这家珠宝店买去的。

现在，朗丹也不要面子了，开始与老板讨价还价，还对人发火，说他要看账本；他的叫喊声随着价钱的升高也越来越高。

最后定板的价钱如下：胸针、戒指和链坠儿一万六千法郎；镯子三万五千法郎；大粒的钻石耳坠两万法郎；一件用祖母绿和蓝宝石镶成的珠宝一万四千法郎；一条当项链用的金链还有吊着的独粒钻石一起值四万法郎；总数合计十九万六千法郎。

老板开玩笑似的说：

"这些珠宝的主人用她全部的钱买了珠宝了。"

朗丹却很严肃地说："这没什么奇怪的，怎么说也相当于是存了钱了吧！"他还与老板商量好说是第二天要请珠宝专家再来进行定夺，说完之后就出来了。

来到大街上，他看到旺多姆纪念柱[①]，就想像爬夺彩竿[①]那样爬上去。

现在他与一个多小时以前简直是判若两人了。他全身都放松了，觉得自己可以像燕子那样飞上天去，与柱顶上高高的皇帝雕像做游戏。

---

① 旺多姆纪念柱：在巴黎旺多姆广场，高四十四米，柱顶上有拿破仑的像。

② 爬夺彩竿的竿顶挂有奖品，能爬上取下者，即得此奖品。

这下朗丹可有钱了，到瓦赞饭店去吃午饭，还喝了一瓶二十法郎的酒。

饭后，他心情很好，便坐上一辆马车，去布洛涅树林游玩。他用几分瞧不起人的神情瞄着身边穿梭的马车，恨不得让所有的过路人都听见他的叫喊："我有二十万法郎！二十万法郎啊！我也成有钱人了！"

这时他想起了内政部，立刻让马车往那个方向走去。到那儿之后，他大摇大摆地，带着十足的神气走进科长办公室，说：

"先生，以后我不会再来上班了。因为我拥有一份三十万法郎的遗产。今天我来跟您说一声。"之后他又出去与他的老同事们道别，跟他们说说他以后准备如何过日子，出来之后就去英国咖啡馆吃晚饭。

他的旁边坐着一位绅士，这位绅士似乎是很有地位的人，朗丹就觉得心里不平衡，想要这位绅十面前吹嘘一番，便跟他说，他刚刚继承了一笔四十万法郎的遗产。

那晚，他还去看了戏，这是他活到现在，第一次觉得看戏蛮有趣的，他甚至去妓院过了一夜。

半年之后，他娶了第二个妻子，她尽管是个很守规矩的女人，但性格古怪，让他觉得很痛苦。

米隆老爹

近来一个月，广阔的田野一直被太阳吐出的火舌无情地肆虐着。沐浴在这火雨中，生命之花怒放着，生气勃勃。无边无际的大地一片碧绿。没有丝毫云彩的天空湛蓝而幽远。原野上分布着诺曼底人的村庄，细高的山毛榉围在它们四周，从远处眺望，就像一片稀疏的小林子。来到栅栏前，推开被虫蛀的门，看到一些又老又瘦的苹果树都开了花，让人误认为是进了一座大花园一般。那些老树的树干黑漆漆的，东扭西歪，在院子里有序地排成行，面对着碧空舒展它们围成伞状的枝干，白的、红的，绚丽多彩。苹果花的甜香，大开着的牲口棚里弥漫着的刺鼻味道，和发酵的厩肥堆里蒸发出的热气混杂在一起。厩肥堆里挤满了休息的母鸡。

正午，在门前的那棵梨树下，有一家人：父母亲、四个孩子、两个女佣以及三个男佣正在吃午饭。他们之间基本上不交谈，喝完浓汤之后，又把装了满满一盆的肥肉烧土豆的盆子打开。

有一个女佣偶尔起身，提着罐子到地窖里去倒苹果酒。

四十岁出头的男主人，个子较高，他注视着一棵长在屋边还没吐出叶子的葡萄。百叶窗下爬满了弯弯曲曲蛇一般的葡萄藤，并一直曲折延伸下去。

他后来说：“今年爹爹这棵发芽较早的葡萄树，没准要结果了。”

女主人这时也扭过头来瞧了瞧，但是一句话都没说。

巧的是，老爹被杀害的地点恰好是现在这棵葡萄生长的位置。

那是在一八七〇年的战役中发生的事件。所有地区都被普鲁士人攻克。北方的部队还在费德尔布将军的带领下顽强地抵挡着。

此时在这个庄院里就安置着普军的参谋部。农院的主人是一个年过半百，叫皮埃尔的农民，他就是米隆老爹。他不仅热情地招待他们，而且竭尽全力地将他们安顿妥当。

德军的先遣队伍近来一个月总是停留在村子里打探情况。隔着十法里外的法国部队没有丝毫反应。只是，总有普鲁士骑兵一到夜里就销声匿迹了。

如果安排侦察兵两三人为一队外出完成巡视命令，总是一去就无音讯，有去无回。

天亮后，他们的尸体就暴露在田间、院子旁甚至河沟里。就连他们骑的马匹的喉咙也被人挑断，在大道上躺着。

所有被杀案件从作案手断上看似乎是出自于相同的人之手，可是凶手依然逃之夭夭，就是无法抓到他。

于是，普鲁士人疯狂的复仇行动在此地展开，只凭借一些毫无根据的举报就把很多农民给枪毙了；还关押了很多女人。甚至他们还威胁孩子，企图能从他们那里发现点什么。可终究仍然一无所获。

没料到一天清晨，米隆老爹在马厩里休息，他脸上的一道伤疤被人看见了。

有两个被杀死的骑兵在距离农院三公里外的位置被发现，有人已把他们的肚子给扎烂了。从中间一个人手里还抓着带血的武器来看，他们临死前有过一番厮杀，想保住自己的性命。

即刻，在农院门前的一片开阔地里，军事法庭当场开庭了。他们把老爹给押了出来。

当时老爹六十八岁，人很矮小并且还有些驼背，长着一双螃蟹般的大手。柔软得近似于小鸭绒毛的头发，黯淡无光且十分疏松，连头皮都遮盖不住。褐色的脖子上，全都是树皮般的褶皱，一道道青筋在上面暴露着；那些青筋在颚骨处消失，却又从两鬓处凸显了出来。他的斤斤计较和不好对付是当地人所公认的。

他们从厨房里抬出一张桌子，然后命令他站在桌子跟前，身边还有四个士兵看守着他，与他面对面坐着的是五位军官和上校。

一个操着法语的上校盘问道：

“米隆老爹，我们在这儿待的这段时间里，你的所作所为我们感到十分满意。一直以来你将我们照顾得很周到，以至于达到无微不至的程度。然而，如今有一件事关重要的案子听说与你有关，所以，我们不得不把你找来，核实一下情况。是谁把你的脸弄伤了？”

老农没有吭声。

上校继续盘问道：

“米隆老爹，不吱声就说明你心中有鬼。并且，你必须给我讲清楚，明白吗？今日清晨，有两个骑兵在十字架旁遇害了，告诉我，谁杀害了他们？”

老农脱口而出：

“那是我干的。”

上校难以置信，他上下打量着杀人犯，好久说不出话来。米隆老爹却始终神情自若，就好像正在同本堂神父交流一样，他的眼睛微微眯缝着，面部表情中透出农民那种独特的憨厚。但是，从他不住地猛咽口水这件事情上，我们明显能够感受到他的忐忑不安，那情形就好似他的喉咙被什么东西噎住了似的。

老农的家人：儿子让，儿媳妇和两个孙子，在他身后十步之遥的地方，诚惶诚恐地盯着他。

上校打破了这种僵持：

“最近一个月，我们部队天天都有士兵在荒郊中遇害，你清楚是谁干的吗？”

老头依然傻乎乎，表情僵硬地喃喃道：

“是我干的。”

“所有的人都是你杀的吗？”

“是的，都是我杀的。”

“你有同伙吗？”

“没有，就我自己干的。”

“那么你说说，你是如何作案的？”

顿时，他神情一下紧迫起来：显而易见，忽然间让他说了这么多的话，确实有点难为他。他支支吾吾地说：

“我怎么说得清楚呢？反正遇上就动手了。”

上校接着说：

“我警告你，我一定要你说出作案的细节。因此你还是尽快考虑清楚为好。你是如何开始有这些举动的？”

老头神情不定地看了看他的家人，而此时他的家人正站在他身后全神贯注地听着。他犹豫了片刻，忽然拿定了主意。

“大概是你们到这的第二天，我晚上十点左右正往家里走。我那些价值五十多埃居的饲料和一头母牛、两只绵羊，都被你、包括你手下的士兵给抢走了。当时我就暗自想：‘哼，你们就抢吧，到时我让你们还回来。’此外我内心还有其他的想法，我过一会儿再跟你说。从那天夜里说起，我发现我粮仓背后的沟坎上有你的一位士兵正在抽烟。我赶紧取来我的镰刀，轻手轻脚地溜到他身后。他居然什么也没感觉到。我一镰刀，仅仅一镰刀，他的头就像被割的麦子似的，掉了下来。他根本都没时间叫喊。你但凡去池塘里找找，就能找到一个煤口袋，我把他和一块顶栅栏门用的石头装在那只口袋里了。

“我有自己的想法。他所有的衣物，包括靴子、便帽全都被我扒了个精光。我的后院，就是马丹家那片树林里的石灰窑，正是我藏这些东西的地方。”

老爹停止了说话。军官们震惊地对视着。接下来，新的一轮审讯又拉开了序幕；下面就是他们审讯的结果。

自从他亲手把那个士兵杀死后，就再也无法把这件事从脑海里抹去，脑子里总有杀普鲁士人的念头。他十分憎恨这些普鲁士人，这是一个既吝啬又有些爱国的乡下人才具有的这么一种深刻而狠毒的仇恨。如同他本人表述的一样，他有自己的决定。

对待胜利者他总是十分毕恭毕敬，显得唯唯诺诺和非常温驯，因此他的行动不受约束，他们允许他行动自如，自由出入。一到晚上只要传令兵一行动，他都能看得见。他在与官兵们交往的过程中，学会了一些德语的日常用语。某天晚上，骑兵们即将要赶往的目的地的具体位置被他听到后，他就开始往外走。

他从院子出来，一头钻进树林里，到达石灰窑前面后，就迅速地爬进了这个窑洞里。他在地上翻出了藏在这的死人衣服，套在了自己身上。

之后，他来来回回地在田野上打转，时而爬行，时而顺着陡坡遮遮掩掩地走着，凡是稍微有点响动都能引起他的警惕，那种惊慌失措的神情就如同违法盗猎的人一般。

当他感到时机成熟时，就躲在大路边的灌木丛里，接着等待。午夜十二点左右，一阵清脆的马蹄声从坚硬的路面那边传了过来。他把耳朵紧紧地靠在路面上，从马蹄声中判断出只有一个骑兵朝这边走，就立即准备妥当。

这个骑兵骑着马飞奔过来，他身上带有重要文件。他一路上小心谨慎，恨不得眼观六路，耳听八方，生怕有什么闪失。当他跑到距离米隆老爹十步之遥的位置时，米隆老爹赶紧滚到路中间，高声呼喊："救命！救命！"骑兵立即拽住马缰绳，定睛一看是一个从马上摔下来的德国人，认为他身负重伤，就毫不防备地下马向他走来。就在他向这生人弯下腰时，一把锋利的马刀从他肚子扎了进去。他身子一歪，跌倒下来，只挣扎几下就咽气了。

然后，老头缓缓站了起来，一种只有诺曼底农民才具备的不愿流露的快感在他心中油然而生。为了发泄，他在把死人扔到沟里之前，又将他的喉管割断了。

马在一旁安静地站着。米隆老爹翻身跳上马背，向平原飞驰而去。

过了一个小时，他又碰见两个一起向营房走去的骑兵。他一边径直向他们奔去，一边大喊："救命！救命！"骑兵看见他身穿军装，根本没有怀疑过他，就叫他过来。老头拿着马刀和手枪箭一般从他们之间飞过，如同飞过一枚炸弹，顿时这两个应声倒下。

同时那两匹马也被他给杀死了，这是由于这马也是德国人的！接着他偷偷返回石灰窑，在那个黑乎乎的窑洞里把一匹马藏了起来。他把军服脱下，又把自己的烂衣服穿好，溜回床上，倒头便睡到了天明。

他连续四天都待在家里，想等到调查完毕。可到第五天后，他按捺不住又出了门，结果是又有两个骑兵被他用相同的手法杀死。从这之后他就越发不可收拾，再也收不住手了。一到晚上，寂静荒芜的原野里，就会有一个神出鬼没的骑兵出现，他就像是一个猎手，一个只以杀人为目标的猎手。他行踪不定，四处寻觅时机，一些普鲁士人时而在这儿被杀，时而在那儿被杀。事情办完之后，尸体就被老骑兵晾在马路上，马和军装又被他藏在石灰窑里。

正午时分，他提着饲料和水不慌不忙地去喂放在石灰窑里的马。他精心照顾着它，让它吃得壮壮的，因为它还能帮助他完成更多更重要的使命呢。

然而，在老农向士兵们施暴的前一个晚上，其中一个士兵闻惊起变，在那个老农的脸上划了一刀。

不幸的是，那两个士兵最终还是被老农给弄死了。老农虽受了伤，但他还是回到了石灰窑那儿，把马牵到僻静处，穿上那带有许多补丁的衣服，就急忙往家赶，不一会儿他觉得头重脚轻，一直坚持来到马厩，就再也坚持不下去了。

别人看到他时，他正好仰面朝天地倒在一堆干草上，就像一个血人一样……

他叙述到这儿时，猛然间仰起头，像英雄一样看着普鲁士军官。

上校捋了捋小胡子，向他讯问道：

“你还有没有交代的事情吗？”

“我说完了。都了结了，刚好，我杀了十六个士兵。”

“难道你不知道你已经犯下了不可饶恕的错误吗？”

“我不会向你们请求宽恕。”

“你服过兵役吗？”

“当然服过。我还上过前线。话又说回来，我的父亲还在拿破仑一世皇帝的军队服过役，在与你们交战中牺牲了。我的小儿子弗朗索氏前几个月又在埃夫勒那儿遭到了你们的毒手。现在你们与我算是两清了。我们是互不相欠。”

军官们无言以对。

老农继续道：

“其中八个人是为我父亲偿命的，另八个是为我儿子偿命。我们两清了。你们想想，我根本不是有意找你们的茬！我们本就互不相识呀！甚至连你们来自哪儿，我也毫不知情。但是，你们一来到我的家园，就毫无顾忌地倒行逆施，狐假虎威。从那些士兵身上，我已经讨回血债了。我死而无憾了。”

老农昂首挺胸，把双手叠放在前胸，如同英勇的战士一般。

普鲁士人窃窃私语了好一阵。其中一个上尉站了出来，替这个勇敢而又贫困的老人申辩，因为一个月前他的孩子也离他而去了。

最后上校起身来到米隆老爹面前，向他低语道：

“我跟你说，老头儿，可能你的性命还能保住，只是你要……”

但是老头仍然无动于衷。他稀疏的头发被一阵轻风抚摸着，双

目咄咄逼人地注视着军官，双眉紧锁，有着刀疤的消瘦的脸，完全扭曲了，面目可憎。之后他挺直身子，竭尽全力向普鲁士人脸上啐了一口唾沫。

上校气急败坏，就在他抬起手时，老头又向他脸上吐了一口。

军官们全体起立，并高声下达命令。

一分钟之内，那个镇定自若的老人就在墙脚处被杀害了。

他的儿子让、儿媳及两个孙子万分恐惧地看着这一切，而老人在被枪决前还面带微笑。

我的叔叔于勒

一个贫穷的老人，他胡子全白了，他伸手向我们乞讨。我的朋友约瑟夫·达夫朗什送给他一枚硬币，那个硬币的面值竟是五法郎。我觉得非常诧异。接着，他说：

这个穷老头儿唤醒了我记忆深处的一件事，这件事始终藏在我心里，使我永远不能忘记，就让我讲一讲吧。事情的经过是这样：

我的祖籍在勒阿弗尔，我的家里比较穷，只能糊口度日。我的父亲在外工作，经常是在很晚才下班，薪水却不高。我还有两个姐姐。

面对这种窘困的生活，我的母亲感到很难过，她经常将一些难听的话隐讳地泼向我的父亲，那些话听起来是那样的尖酸刺耳。每到这时，我那老实巴交的父亲只能摆一下手，擦擦自己的前额，似乎想擦去前额的汗珠，其实什么也没有。看到这些，我心里非常痛苦。其实，而且听到那些话时，他总是默不作声。我能感觉到他内心的痛苦，但他却没有办法。那时家里事事都要省钱；别人来请客吃饭，我们根本不敢去，因为我们怕回请花钱；家里的日用品都是减价的日用品或是商店里库房的底货。两位姐姐的衣服都是自己做的，所买的布料都是十五个铜子一米的，而且还要花半天时间来讨价还价。通常我们喝的是肉汤还有各种样式的牛肉。听说这种饮食既干净又营养丰富；但是如果有选择，我还是愿意吃些别的。

如果我的扣子丢了或是裤子被弄破了，我就会被臭骂一顿。

但是到了星期日，我们就会穿戴好到防波堤上去游玩。我的母亲穿得绚丽多彩，如同是在节日里挂着万国旗的船。她挽着父亲的胳膊，父亲则穿着干净的礼服，头戴着礼帽，手上还戴有一副手套。两位姐姐每次都早早收拾完毕，等着我们一起出发，但是每当要出门时，都会在父亲的礼服上发现一块没有擦干净的污迹，于是马上动手用抹布蘸上汽油来将污迹擦去。

我的父亲仍然戴着礼帽，穿着马甲，还让两只衬衫袖管露在外面，直到把礼服上的油污擦掉；到这时，我的母亲将她的近视眼镜架在鼻梁上，将手套脱下来怕弄脏了，整个过程忙得稀里糊涂。

我们全家开始上路了，显得很庄重。两位姐姐手挽着手在最前面走。她们俩都该出嫁了，于是经常带她们出来让城里的人看看。我跟在母亲的左边，父亲在她的右边。直到现在我还能够记得我那可怜的父母在星期天散步的神气，那时，他们是那样举止文雅，那样神色凝重，那样的严肃。他们身体笔直，走起路来显得那样的沉稳，就好像他们的举止行为和一桩特别重要的大事有关似的。

在星期天，每每看到那些从遥远的不知名的地方回来的船只进入港口，我的父亲都会反反复复地重复他那句话：

"唉！如果现在给我们一个惊喜——于勒坐在这条船上，那该多好啊！"

于勒是我父亲的弟弟。现在，他是我们全家人仅有的期盼，而在十几年前他则是我们全家人的灾难。家里人经常告诉我关于于勒叔叔的事情，我对他是再熟悉不过了，或许刚刚见面我就能够认出他是我的叔叔于勒。在他起身到美洲去谋生以前的种种细节生活我都清楚，每当家里人谈到他在那以前的生活时总是声音特别小以免别人听到。

据说他到美洲去之前的生活很不检点，换句话说就是他曾经对钱财很不在乎，这种行为可以算是穷人家里的罪大恶极的过错了。对那些家庭富裕的人来说，挥霍一些钱财去吃喝玩乐只能算作荒唐无知。人们也戏称他为浪荡子。但如果在贫困的家庭里，一个人如果挥霍钱财以迫使父母殚精竭虑，那他就会被称为混蛋，下流坯。

即使事情的过程一样，但我们还应该分开对待，因为事情的好坏取决于事情发展的结局。

事实是，于勒叔叔在挥霍掉自己应该得到的那部分遗产后，还抢占了我父亲所应得到的遗产的一部分。

根据当时的习惯，他需到美洲去谋生，于是他被送到了一只从勒阿弗尔开往纽约的商船上。

到了美洲，于勒叔叔就做上了什么生意，没多久就写信回来说他发了点小财，并且希望偿还我父亲因他而损失的那部分。这封信使我的家人感到非常激动。于勒，这个大家都唾弃的于勒，摇身一变成了正人君子和善良的好人，达夫朗什家的好成员，和其他所有的达夫朗什家的成员一样正统无异了。

后来，有一位船长向我们描述，说他正做着一桩很大的生意，并且还租了一个很大的店铺。

在两年以后，我们又收到了第二封信，信上说：

> 亲爱的菲利普，我怕你担心我的健康，所以给你写了这封信，我的身体很好。生意也很红火。明天我将去北美进行一次长途旅行，或许几年内不会给你们写信了。假如我真的没有写信给你，你也不用担心我。我赚了钱就回勒阿弗尔。我希望这个日子早些到来，到时我们就会快快乐乐地生活在一起了……

我们的家里人都把这封信当作福音书。每每有机会时都会拿出来看，碰到外人还要给他们看。

真是这样，在以后十年的时间里，于勒叔叔始终没有给我们写

过信，但我父亲的希望却在渐渐地增加，母亲也经常唠叨着：

“如果于勒这个善良的人回来，我们的情况就会改变。他真是一个有头脑的人物！”

于是在每个星期天，每每看到那些从远处驶来的、不断地向空中喷着黑烟的大号轮船的时候，我的父亲总是不停地说着那句永远不变的话：

“唉！如果现在给我们一个意外——于勒就在这条船上，那该多好啊！”

似乎他的眼里已经看到于勒在挥着手帕呼唤着：

“喂！菲利普！”

因为叔叔回国的事已经基本肯定下来，我们做了很多种计划，甚至还计划在安古维尔附近购买一所别墅，当然这要用叔叔于勒的钱。我真的说不准我的父亲是否已经和相关的人讨论过这件事。

当时，我的两位姐姐都没有成家。大姐二十八岁，二姐二十六岁，为了她们的婚事，全家人都很着急。

再后来，真的有一个人上门来向二姐求婚。他是一个政府职员，薪水并不高，但却老实诚恳。但我总感觉到这个人果断地向二姐求婚，完全是因为于勒叔叔，因为有一天晚上我们将于勒叔叔的信拿给他看了。

我们家迫不及待地答应了他的求婚，而且还做出决定：我们全家在他们举行婚礼之后到泽西岛去做一次小小的旅行。

对于穷人来说，泽西岛是再理想不过的旅游地点了，路比较近；坐在小轮船上到达海的对岸，就到了他国的领土，因为泽西岛是英国的小岛。所以，法国人如果花上两个钟头的时间乘船就能够到相邻国家去看看另一个民族，并且可以体会一下插着英国国旗的这个岛屿上的民俗风情，据诚实的人说那里的民俗风情是非常难以接受的。

到泽西岛去旅行使我们念念不忘，我们每时每刻都在期盼着，等着那一时刻的到来。

结果我们出发了。现在想起来似乎还是昨天刚发生的情景：小轮船在格朗维尔码头上准备出发；我的父亲紧张地看着我们的三个包被搬运上船；母亲忐忑不安地挽着未婚姐姐的胳膊。自从二姐结婚以后，大姐每天都神魂颠倒的，就像一只落了群的小鸡一样不知所措；那对新婚夫妇则总是落在我们的后面，我们不得不经常回头去看看他们。

轮船出发的汽笛响了。我们站到了船上，轮船离防波堤越来越远了，在风平浪静的，如绿色大理石面一样平整的海平面上行驶着。海岸线渐渐离我们远去，就像那些很少有旅游经历的人们一样，我们感到欢乐而自豪。

我的父亲用他的肚子高高地挺着礼服，家里人在早上已经仔细地擦掉了礼服上的所有污点，这时在他的周围仍然有一种汽油味，这种味道是在他出门日子里所必有的；只要我闻到这种味道，我就知道又是星期天了。

这时我的父亲看到两位先生在请两位穿着时髦的太太吃牡蛎。一个身着破烂衣服的老水手用刀子撬开牡蛎，递给两位先生，两位先生再将牡蛎转递给两位太太。他们吃牡蛎的方法很讲究，用一块小巧的手帕包着蛎壳，将嘴稍稍伸向前方，生怕弄脏了她们的衣服；接着嘴迅速地稍微一动就把汁水吸了进去，然后将蛎壳扔到了海里。

这种文雅的在海船上吃牡蛎的举动肯定使我的父亲心动了。他认为这种文雅之举非常有派头儿，然后他走到我的母亲和姐姐身边问：“你们是否愿意让我来请你们吃牡蛎？”

我的母亲犹豫了，因为她害怕费钱；但是两个姐姐则大声叫好。我的母亲则很生气地说：“我的胃口不好，你还是让孩子们去吃吧，千万别太多了，吃多了会害病的。”

接着父母又转过身对着我说：

“对于约瑟夫，他就不要吃了，我怕这小孩子养成坏习惯了。”

我只能和母亲待在一起，感觉到这种不平等的待遇非常不好。我的眼睛一直盯着我父亲，他很庄重地领着两个女儿和女婿向那个衣衫破烂的老水手走过去。

开始时的那两位太太已经离开了，我父亲就告诉姐姐们怎样吃才会不让汁水喷洒出来。他还要试吃一个给她们看看。他刚想试着模仿那两位吃牡蛎的太太，牡蛎的汁水就立刻溅在了他的礼服上了，接着我便听到了母亲的唠叨声：

“何必呢！安安分分地待一会好些！”

但是，突然间我的父亲有些急躁；他紧走了几步到旁边去，睁大了眼睛看着女儿女婿挤在卖牡蛎的老水手身边，他马上又向我们走了过来。他的脸色苍白难看，眼神异常。他用低低的声音对我的母亲说：

“特别奇怪！这个老水手非常像于勒！”

我的母亲有些摸不着头脑，疑惑地问：

“哪个于勒？什么于勒？”

我的父亲说：

“那就是……就是我弟弟于勒呀……假如我现在不知道他在美国生活得很好，说不定我真会认为他就是于勒呢。”

我的母亲似乎也很恐惧，她支支吾吾地说：

“你这个傻瓜！你既然知道不是于勒，怎么还在这胡乱猜疑？”

但我父亲的心里仍然不能平静，他说：

“克拉丽丝，你还是亲自去看一下吧！你最好把这个事情弄明白，你去亲眼看一看吧。”

于是她站起身来到老水手身边去找两位姐姐。我也仔细地看了看那个老水手。他显得特别苍老，而且很脏，脸上都爬满了皱纹，眼睛一直盯着他手里正在干着的活儿。

我的母亲终于回来了。我看得出她在瑟瑟发抖。她急切地说：

“我看没错，他就是于勒。你去问一下船长吧。千万要注意，别让这个家伙再回来给咱们找麻烦！”

我的父亲赶快走开了，这回我跟着父亲去了。我的心里特别兴奋。

这只船的船长是个瘦高个儿，留着长长的络腮胡子，他正在驾驶台上来回走动，给人一种不可蔑视的印象，他似乎在指挥着一艘大海船去开往印度。

我的父亲很有礼貌地与他说着话，一边称赞着他，一边询问着和他的职业相关的一些事情，比如：泽西岛的重要性？有何种特产？人口的数量？有什么风俗？土地是哪一种类型的等等。

那些不知情的人会认为他们应该是在讨论美利坚合众国的事情呢。

终于他们谈到了我们乘坐的这只轮船“快速号”，然后谈到的就是船上的员工。后来我的父亲似乎有点紧张地问道：

“您这船上卖牡蛎的那个人看上去很有意思。你知道他是什么来头吗？”

船长好像对这个话题有点厌烦了，他不情愿地回答：

“他是来自法国的一个老流浪汉，去年我去美洲时碰到了他，于是就把他捎回国来。听说他还有亲戚住在勒阿弗尔，但是他不肯回勒阿弗尔去找他们。因为他曾经欠过他们的债。他的名字叫于勒……姓达尔朗什，或是什么达尔旺什，反正是这个姓。据说他在美洲那些时候曾经辉煌过一阵子，但是你能够看得到他现在已经破落到这种田地了。”

我父亲的脸色变得苍白难看，两只眼睛呆呆的，舌头开始发硬，说着：

“噢！噢！好……好了……我觉得很有意思……非常感谢，

船长。”

他刚刚说完就离开了，那位船长用疑惑的眼光盯着他走到远处去了。

他来到了我母亲这里，他的神情特别紧张，母亲马上说：

“你快坐下，别让他们注意到我们。”

他一下子就坐在了凳子上，嘴上支吾着说：

“没错，是他，就是他！”

接着他就问：

“我们该怎么办？……”

我的母亲立刻回答说：

“咱们马上把孩子们领回来。约瑟夫既然知道了整个事情，我看就叫他去。一定要注意，别让咱们的女婿看出来，以免他怀疑。”

我的父亲似乎被这突如其来的事情弄得不知所措，嘴里不停地念叨着：

“真是祸不单行！”

我的母亲则突然暴跳如雷，说道：

“我开始就预料到这个败类不会出人头地的，他早晚会再给我们制造麻烦！真弄不明白，似乎达夫朗什家里还有人能够给别人带来希望！”

我的父亲又伸手碰了一下额头，就像平时受到我的母亲责骂时的那种动作。

我的母亲继续在说着：

“赶快把钱交给约瑟夫，让他去付清牡蛎的钱。真是太倒霉了，如果我们被这个老叫花子给缠上了，这船上可有好戏看了。我们到船的另一边去，千万别让那个人接近我们！”

她已经坐不住了，他们递给了我一个五法郎的硬币，然后他们就向船的那头走去。

我的姐姐们正在想父亲怎么还不过来。我说妈妈晕船了，接着我就问那个老水手说：

“先生，我们应该付给您多少钱？”

我当时真的想叫他一声：“我的叔叔。”

他答道：

“一共两个半法郎。”

我将五法郎的硬币递给他，他找给我余下的零钱。

我看了一眼那人的手，那是一只水手的手，手上布满了皱痕，接着我看了一下他的脸，他的脸显得穷困而苍老，满脸的苦闷而又疲倦的样子，我在心中默默地说着：

“这就是于勒叔叔，我父亲的亲弟弟，我的亲叔叔。”

我送给了他半个法郎以作为小费，他立刻感激地说：

“愿上帝保佑，这位年轻的先生！”

他说话的语气是那些穷人们接受别人施舍时的语气。我敢肯定他在美洲那边曾经向别人乞讨过。

看到我如此的大方，两位姐姐都感觉到很惊讶，她们眼睛紧紧地盯着我。

当我把剩下的两个法郎交给父亲时，母亲显出特别吃惊的样子，问道：

“真的吃了三个法郎的牡蛎？……真不可思议。”

我坚决地说：

“有半法郎是我给他做小费了。”

我的母亲真是大吃一惊，她睁大了眼睛看着我说道：

“你是疯了怎么的？竟然给这种人半法郎的小费，他简直是个流氓！……”

她突然停住了，因为我父亲看了看女婿给她做了一个暗示。

接下来大家都沉默了。

在我们的前方，遥远的天边似乎有一片淡紫色的景象露出了海

面。泽西岛就要到了。

就在船接近防波堤时，在我心里升起了一股强烈的愿望：我真的希望能够再看一眼于勒叔叔，希望能够走到他身边，用几句温暖的话语来安慰他。

但是我却看不到他了，因为现在已经没有人买他的牡蛎了；显然，这个可怜的老人，已经回到那肮脏的舱底了，因为那或许是他住的地方。

当我们回家时，我们乘坐了另一个叫玛洛号的轮船，因为怕再遇见他。我的母亲满腹的惆怅，不知所措。

从那以后，我再也没见过我父亲的弟弟！

或许今后碰到要饭的，我还会拿出一个五法郎的硬币给他。这样做的原因就是这个故事。

项　链

生活中有这样一类女人，上天给了她漂亮的脸蛋，窈窕的身段，迷人的风姿，但却把她投错了胎，让她出生在一个地位低微的小职员家里。她就是这样的一个女人。她没有丰厚的嫁妆，也得不到富足的遗产，就更谈不上认识、结交那些贵族的男人，让他们来走入她的生活，甚至娶她为妻了。所以，不得已，她只好委屈地嫁给了一个教育部的小职员。

她没有钱来使自己变得更漂亮，所以她的穿戴很一般；但这对于她简直是一种折磨，她觉得自己是一朵鲜花插到了牛粪上。在这种社会中，女人根本谈不上什么地位，她们只是凭借自身的相貌、身段和气质来表明自己的出身。她们中所谓的层次之分，仅仅是靠自己的天性、运气，再加上一些机灵，只要拥有了这些东西，不论你是贫苦人家的女儿，还是贵族大宅里的小姐，都没有什么两样。

她向来自认为自己是专为享受生活而活着的，但现实又是那样无情，所以她感到很绝望。看着简陋的房间，光秃秃的墙壁，破旧的家具，粗布的衣服，她觉得自己简直是在受罪。换了别的女人，可能并不会在意这些东西，但这对于她来说，却是一种巨大的、难言的痛苦。她看着收拾屋子的那个来自布列塔尼省的小女仆，心里充满了无尽的忧伤，并陷入了自己构想的小天地中：她幻想房间的四周都铺着来自东方的美丽的丝绸，宽敞的接待室里燃着两支蜡烛，两个衣着考究、穿着大短裤和长筒袜的男仆，在暖烘烘的壁炉旁，在宽大舒适的座椅里打盹；她幻想同样铺着东方丝绸的宽大的

客厅里，陈设着精美的家具，上面摆着珍贵的古玩；小巧玲珑的内厅里面香气四溢，每天下午五点钟，她与最亲密的男友在这里窃窃私语，互诉衷肠，这些人当然都是别的女人渴慕已久，却没有机会亲近的名流绅士。

每天，当她坐在铺着三天未换的桌布的饭桌前，而对面的丈夫打开盆盖，闻着肉香，满足地说："啊，世界上哪里有比这更好的肉汤呀……"这个时候，她的眼前总是浮现出另外一幅情景：铺着洁白的桌布的大餐桌上，摆着闪闪发光的银餐具，四周的墙上挂着美丽的壁毯，上面的图案是古装人物和珍禽异兽；那些盘子里都盛着山珍海味，而她呢，则吃着鲜美的鲈肉或者焦黄的松鸡翅，脸上现出迷人的微笑，听着亲密男友的甜甜私语。

她没有华丽的衣服，没有值钱的首饰，她一无所有。但她却偏偏喜欢这些，她觉得自己应该拥有那些东西。她最渴望的就是所有的男人都拜倒在她的石榴裙下，俯首称臣，而所有的女人呢，则对她艳羡不已，她光彩照人，被每一个人所喜爱。

她有一个要好的女友，是以前学校里的同学，但现在她再也不愿见到她了。因为那个女友很有钱，相比之下自己显得很寒酸。每次从女友那里回来，她都要伤心地哭好几天，难过、失望，常常使她无法自拔。

终于，机会来了。一天晚上，丈夫回到家之后，掏出一个大信封，他脸上洋溢着抑制不住的欣喜之色。

"亲爱的，送你一件礼物！"他说。

她急急忙忙地打开信封，一张纸露了出来，原来是一张请帖：

> 教育部订于一月十八日（周一）举行一个大型晚会，敬请诸位光临。
>
> 此致。
>
> 先生
>
> 罗瓦赛尔
>
> 夫人
>
> 教育部长乔治·朗蓬诺暨夫人谨订

看完之后，她没有显出半点高兴的样子，把请帖还给丈夫，说：“这有什么用！”

“但是，我以为你会高兴地去参加这个晚会的，亲爱的。你不是一直渴望能结识一下上层社会的人物吗？这可是一个绝好的机会。为了你，我费尽心思才弄到这张请帖，好多人都想要呢！在晚会上，你可以尽情地与那些绅士们跳舞、交谈，只要你喜欢。”

她生气地一直瞪着他，大声向他叫喊：

“你让我穿什么去呢？”

他当时一愣，因为他从前没有想过这个问题。于是他怯生生地建议道：

“你上次看戏时穿的那件不挺好的吗？我看差不多……”

他不敢再继续说了，因为他看见两行眼泪从妻子的眼中流了下来，她哭了。他更加不知所措，只是一个劲儿地问她：

“你没事吧？你没事吧？”

她一咬牙，将伤心的泪水止住了，然后一边用手擦去了眼泪，一边若无其事地说：

“我很好。只是我没有适合参加晚会的衣服，没法去。你还是把请帖送给别人吧，可能他们更适合去那种场合。”

他显得很为难，于是他让步了：

“好吧，玛蒂尔德。一件能参加晚会时穿的衣服，平时也可以穿，最便宜的得花多少钱？”

她想了一会儿，计算了一下价钱，想到还不至于把这个小职员丈夫吓了一跳，就试探着说：

“我也说不清，大概得四百法郎吧。”

他的脸变得苍白，四百法郎，他正好攒了这样一笔钱，不过他原打算用来买一支猎枪，好在夏天的周末和朋友一起去南泰尔平原打云雀。

最后，他终于决定了：

“好吧，玛蒂尔德，我给你四百法郎。你一定要用它做一件像

样的礼服。”

距离晚会那天越来越近了，但是罗瓦赛尔夫人却更加焦躁不安了。礼服已经做好了，穿在她身上再合适不过了。一天晚上，被她的坏脾气弄得莫名其妙的丈夫终于忍不住问她：

“亲爱的，你不舒服吗？这几天你一直不高兴。”

“我不想参加晚会了！因为我既没有什么值钱的首饰，又没有一件像样的珠宝，太让人瞧不起了，我不去了！”

他建议道：“带几朵花吧，这在现在是很时兴的，又不贵，只需十个法郎左右。”

但是她还是不同意。

“这不好，这只能在那些贵夫人眼里更显得寒酸。”

她的丈夫突然灵机一动，高兴地叫道：

“为什么不找找你的好朋友呢？依你跟她的关系，借几样首饰用一会儿应该不成问题吧。”

她也为这个想法激动得直喊：

“真的！我怎么把她给忘了呢？”

第二天，她立刻找到了她的女友，向她诉说了自己的苦恼。

女友很大方，马上从镶着镜子的衣柜里拿出一个大盒子，里面全是首饰。她打开之后对她说：

“亲爱的，随便挑吧！”

玛蒂尔德惊呆了。她首先拿起几只手镯，又放下，换了一串珍珠项链，但马上又改变主意，挑了一个做工精致、镶着珠宝的金色的十字架。面对这些珠宝，她都看花了眼，每一个饰品都让她爱不释手，但她还是不满足，问她的朋友：

“还有别的吗？”

“当然有。但是我不知道你喜欢什么样的。”

忽然，她眼睛一亮，她看到了一串无与伦比的钻石项链，静静地躺在一个黑色的缎制盒子里，她要的就是这个！她双手捧起它，颤抖着把它戴在她那细长的脖子上，然后目不转睛地盯着镜子中的自己，简直惊呆了。

然后她小心翼翼地问她的好友：

“我只借这一件，行吗？”

“没问题，你拿走吧！”好友大方地说。

她高兴地跳起来，并感激地吻了一下朋友的脸，然后急急忙忙地回家去了。

晚会终于到来了。罗瓦赛尔夫人成功了。她是晚会中女宾的主角，看上去妩媚动人，美丽异常。她脸上带着自豪的微笑，整个晚上显得非常开心。所有男宾的目光都被她吸引住了，他们私下里打听她的情况，求人把自己介绍给她。部长办公室的官员都邀请她跳舞，连部长也在打听她。

她完全陶醉了，她终于也可以扬眉吐气了！一晚上，她都在不停地跟别人跳舞。她的美丽使她忘记了一切，看着男人们对自己大献殷勤，卑躬屈膝，她的心里简直乐开了花，这是所有的女人都渴望拥有的一刻，而她已经拥有了。在这片令人陶醉的幸福之中，她一直跳到了凌晨四点。

丈夫来喊她回家，他从十二点起就在一间小客厅里睡着了。那里还躺着另外三位男宾，而他们的夫人也正在歌舞升平里不愿离去。

丈夫把一件从家里带来的衣服披在她肩上，那是她平时穿的，但她马上觉得这件衣服太寒碜了，与舞会的华贵格调格格不入，所以她急着往外跑，怕被那些衣着华丽的阔太太们看见了取笑。

丈夫在后面追她：“等一等，小心着凉。我们找辆马车回家吧！”

他们来到了街上，却找不到一辆马车。他们冻得直打哆嗦，却只好一路走下去。最后，他们才在塞纳河边拦住了一辆专在晚上出来做生意的旧马车，把他们送回家去。这种马车只有在夜里才会出现在巴黎街头，白天它们就躲起来了，好像也自惭形秽一样。

马车一直把他们送到家门口。夫妻俩互相扶着往楼上爬。对于玛蒂尔德来说，所有的辉煌都已经成为过去。而对于罗瓦赛尔来说，十点钟又该上班了，新的一天又要开始了。

她把身上披的衣服拿了下来，想最后再看一眼光彩照人的自己的形象。她对着镜子站着，上下打量着自己。突然，她发出一声惊呼：那条钻石项链不见了！

丈夫刚准备脱衣服，听见她的惊叫，转身问道：

“怎么了？亲爱的。”

她吓得脸色煞白，结结巴巴地说：

“我……我把那条项链弄丢了！”

他也吓了一跳，语无伦次地说：

“啊！……不……不会吧？”

他们手忙脚乱地到处翻找，裙子的褶子里，大衣的口袋里，能找的地方他们都找了。

他说：“你想想，在离开晚会现场的时候它还在吗？”

“在，因为我离开前还摸过它呢。”

“要是掉在街上的话，应该发出声响的。很可能是丢在车子上了。”

“是啊，你注意车子的牌号了吗？”

“我没在意。你呢？”

“我也没注意看。”

两人面面相觑，不知所措。后来，还是罗瓦赛尔站了起来，拿起外衣说：

“我再顺原路返回，看能不能找到。”

然后他就出去了。玛蒂尔德则直愣愣地坐在原地，浑身没有一点力气，什么也不想干。

七点多的时候，丈夫又回家了。他无可奈何地摊开两手：一无所获。

然后他又去了警察局，再去了报社，请他们代为寻找，并答应有酬谢。最后他又去了出租马车的地方，一丁点的可能之处他都没有放过。

而她则干着急没办法，只能坐等灾难的降临。她已经被吓坏了。

晚上，罗瓦赛尔拖着疲惫的身子回来了。他面容憔悴、苍白。很显然，一切都是白费。他对她说：

“这样吧：你现在就写信告诉你那位朋友，就说不小心把项链的搭钩弄坏了，要找人修理，过段时间再送还给她。这样我们就可以想想别的办法了。”

她也想不出更好的办法来，只好照他说的做了。

一个星期过去了，所有的努力都石沉大海。

罗瓦赛尔仿佛一夜之间苍老了许多，他终于说出了她最不愿听到的话：

“看来，我们只好买一串同样的项链还给她了。”

第二天，他们按照盒子上的地址，找到了那家珠宝店，想找一串同样的项链。但是老板告诉他们：

“对不起，二位，我这里没有卖过那样的项链，只出售过这样的盒子。”

他们又一家接一家地寻找，想要找到一串和她记忆中的一模一样的项链。但是，这太难了。几天下来，两人都像大病了一场似的。

最后，他们终于找到了，跟借朋友的那串一模一样。但是，这串的标价却高得吓人：四万法郎。他们和老板好说歹说，总算取得了一点小小的胜利：老板答应以三万六千法郎的价格卖给他们。

他们又和老板达成了一项君子协议：三天之内，这串项链原封不动：如果二月底之前原来的那串失而复得，老板将以三万四千法郎的价格将此串项链收回。

然后，他们就紧锣密鼓地筹措资金了。罗瓦赛尔继承了父亲一万八千法郎的遗产，剩下的那一半便只得向亲戚朋友借了。

接下来的事就是借钱。一千法郎、五百法郎，他都借过，甚至三个路易[①]、五个路易。他冒着倾家荡产的危险，在高利贷者之间打圆场，并到处签订各种借条。他还来不及考虑是否有偿还能力，因

① 一个路易值二十法郎。

为眼前的压力比未来的苦痛更令人焦急。就这样，在奔波了几天之后，他用凑起来的三万六千法郎换回了那串足以毁了他后半辈子的钻石项链。

玛蒂尔德赶紧把项链送还给了她的朋友，朋友连看都没看，只是板着面孔说：

“其实你早该还给我了，我自己也要用呢！”

玛蒂尔德真是庆幸朋友没有当着她的面打开盒子来看那串项链，她怕的就是这个。万一她认出来这并不是自己原来的那串项链，她又作何解释呢？

罗瓦赛尔夫人终于不得不过真正的穷人的日子了。为了这笔巨额的债款，她必须变得坚强起来。她辞退了那个小女仆，并搬到了顶楼的一间最便宜的小屋里。

繁重的家务她一个人全包了。每天洗衣服、做饭、刷碗，她的纤细的手指被磨出了茧，手也变得很粗糙。早上起床后，她必须首先把垃圾运到楼下的街上，然后把水提到顶楼的房间里去，她三步一停，五步一歇，累得上气不接下气。她穿着农家妇女一样的粗布衣服，每天挎着篮子上街买菜，并为了一个铜子与别人讨价还价。

每个月，他们都会还上一点债务，剩下的只好往后拖。

丈夫除了上班，还要帮别人抄写，常常通宵达旦地干，为了那一页五个铜子。

这样，他们走过了十个春秋。

辛苦十年之后，他们还清了全部的债务，包括高利贷的利息，一分不剩地全还清了。

玛蒂尔德完全变了样：老了，也结实了。她像任何一个贫民家里的主妇一样，不修边幅，粗糙的双手常常露在外边，而且通红通红的。她也学会了高声地说话，用大盆的水来擦洗地板。唯一不同的是，偶尔她还会静静地坐在窗前，回想起十年前的那个夜晚，那时的她是多么的年轻、美丽而又引人注目啊！

设想一下：假如当初没有丢失那串项链，那她现在又会是什么样的呢？真是难以想象，生活有时也会跟人开个天大的玩笑，一件微不足道的小事有时竟会扭转整个人生之舟的航向。

有一天，是个周末，玛蒂尔德上街去，在辛劳了整整一周之后，她也出来散散心，放松一下。突然，她看见一位带着小孩的美丽的妇人，正是当年借她项链的朋友。而她还是显得那样年轻、那样迷人。

玛蒂尔德进退两难。走上前去吗？既然所有的债务都已经偿还了，为什么不让她知道自己这十年来的辛苦呢？

想到这里，她径直走了过去。

“嗨，让娜。”

见一个农妇这样亲密地叫自己的小名，朋友一时反应不过来，她结结巴巴地问道：

“对不起……夫人，您认错人了吧？”

“不，我没有认错。我是玛蒂尔德。”

“什么！”朋友惊呼起来，“你是玛蒂尔德？对，对，没错，是你！可是……你……你怎么会变成这样的呢？”

“是啊，自从上次分手之后，我的生活是你所想象不出来的艰苦。而这一切都是因为你的缘故。”

“因为我？……这又从何说起？”

“你没忘记十年前那个晚上，你曾借给我一串钻石项链吧？”

“对，我记得。怎么了？”

“我把它弄丢了。”

“怎么可能呢？你不是已经原物奉还了吗？”

“我是还给你了，但那已经不是你原来的那串了，那是我给你重新买的一串。为了赔你的项链，我们还了整整十年的债务，太艰难了……好在现在总算还清了，一切都过去了。”

朋友惊呆了，她迟疑地问：

“什么？玛蒂尔德你是说你买了一串钻石项链还给我了吗？”

“是啊！你没有发现吧？因为那两串简直一模一样。”

说到这里，玛蒂尔德脸上露出了自豪的微笑。

福雷斯蒂太太激动地握住她的手。

“天哪！可怜的玛蒂尔德！我的那串不是真的，最多只值五百法郎！”

索瓦热老太太

整整十五个春秋，我都没去过维尔洛涅了。今年秋季狩猎，我才重游故地。那座被普鲁士人烧掉的城堡，如今已重建。

我很喜欢那个地区。世上有许多美景给予我们眼光的，是一种肉感的美——让你禁不住要用肉体的爱去领受。那些普通的山泉、森林、水塘与丘陵，常常如同突如其来的邂逅一般将我们这些迷恋大地的人感动，给我留下难忘的记忆。有时，尽管是在快乐的时候偶然地经过一回，但我们的情绪会萦绕在一个树林的角落、一处岸边式鲜花争艳的果园，因为它们已经刻在我们心中，如同春天的清晨在街上偶遇那穿着淡色透明衣裳的女人的身影。我们的心中和肉体上都有了一种刻骨的愿望，一种失之交臂的快乐感受。

我喜欢维尔洛涅的原野：丛林密布，交错的水流在田中奔腾，如同血脉在给大地输血。在溪中捕虾、鲈鱼和鳗鱼！多幸福啊！有些溪水还可沐浴；这溪边有深而密的草丛，有时还能看到沙锥鸟。

我如同山羊般迅急前行，前面引路的猎犬在到处翻找。塞尔瓦则在百米开外的苜蓿地边搜寻。我绕过索尔德家的树林边的草丛，看到一处被烧掉的茅屋。

顿时我想起一八六九年，最后一次看到它，那时它很整洁，门口是葡萄架，几只鸡。现在只留下烧毁的可怕的木架，阴森森的房子大概最为凄惨！

有一回我疲累了，房主人请我去喝一杯；那时塞尔瓦介绍了她家中的情形。她丈夫常常违禁狩猎，被宪兵打死了。他的儿子又瘦

又高，尚未成家，和我曾有一面之缘，听说也是个喜欢猎杀动物的人。别人叫他们索瓦热。

这是个姓氏抑或外号？[①]

我叫塞尔瓦，他迈步过来，如同一只鹭鸶。

我问：

“这家人呢？”

他就讲了这么一个故事。

战争开始时，小索瓦热三十三岁，他让妈妈一个人在家里，参加了军队，大家都明白她有些钱，所以也不为她担忧。

她还是独自住在森林边那离村落很远的单独一所房屋里。而且她并不怕，因为这个高个的老太婆和她丈夫一样固执；她很少笑。笑是男人的特权！她们的生活郁闷而绝望，心眼又小。农村的男人因为常常泡酒店，养成了一点爱热闹的快乐心情，但他们的老婆却总是沉着脸，总不开心。她们的脸上从来没有笑容。

索瓦热老太太在家里，和平常一样生活，没过多久，暴雪把茅屋盖上了。每周她都到村里去买肉和面包，过后就回家。众人都说路上有狼出没，所以她就带着儿子的枪。枪已经起了锈，枪托也坏了。她的样子很奇特：高个驼背，缓缓地在路上走，黑色帽子下是枪管；这帽子盖住了头，还有那未被人知的白发。

有天，普鲁士人来了。按家产和田地，他们到当地人家中生活。人们都知道她有些钱，所以分配了四个。

这是四个胖子，金黄色皮肤和胡须，蓝色眼睛，虽然历经万苦却仍很肥；尽管是在被占领国，他们仍很客气。由于独自安排在老人这里，对她很亲切，替她节约钱。他们在早上总是穿着衬衫在井边洗脸，在耀眼的雪光里用冰冷的水冲他们那北欧人特有的红润皮肤；这时索瓦热老太太忙碌着做早饭。然后他们扫地、擦窗、劈柴、剥土豆，如同四个孝子一般，把家里的活全包了。

但老太太总想着自己的儿子：高个子、弯鼻、大眼，还有黑毛

---

① 索瓦热意为“野蛮”。

似的胡子。每天，她要轮流问那四个当兵的：

“您知道法国步兵二十三团去哪了吗？我儿子就在那里面。”

他们都说：“不知道，根本不清楚。”他们有妈妈，当然理解她的苦衷，所以想方设法在细微处讨好她。而且她也喜欢他们：农村的人可没有上流社会的那种民族仇恨。下等人很穷，所以重负都由他们承担，所以付出最多；人多，所以被杀；他们是最软弱的，最没有防卫能力的，所以战争对他们伤害最大。他们无法明了那战争的兴奋感，那光荣的理念，还有那在半年中胜负双方都被搞得筋疲力尽的政治伎俩。

这个地方的人一说起索瓦热太太家里的四个德国人，就说：

“他们像在家里一样。”

但一天清晨，老人家一个人在家里，老远看到原野上有人对着她房子走来。她过了一会儿就看清那是信使。他把一张叠好的纸给她。她从盒里拿出做针线用的眼镜，读了起来：

> 索瓦热太太：我们告知您一个凶讯。您的儿子雅克托昨日被炮击身亡，这炮弹把他打成两截。那时我正好在场，我们在这里是站在一起的，他曾提到您，如果他死了，当日就告诉您。我把他衣服里的表拿出来了，预备在战后送给您。
>
> 致礼！
>
> 步兵二十三团二等兵
>
> 塞泽尔·里沃

信的日期是三周前。

她愣住了，竟没有流泪，这种突如其来的重击将她打得呆住了，竟没有觉察到痛苦。她心想：“维克托死了！”随后，眼泪蒙住了眼睛，哀伤刻入心中。她脑子里全是一个个恐惧、痛苦的念头。她不可能抱她儿子了，那高个子！宪兵打死了父亲，德国人打死了儿子……被炮弹炸成两截。她似乎目睹了这一切，真恐怖！脑

袋低垂，双目圆睁，如同以前发火时咬着胡子尖。

他们怎样处理他的尸体呢？如果儿子也像那头上中弹的丈夫一样被送回来就好了！

但她忽然被一阵话语声惊醒。那四个德国人从村落返回。她急忙把信收好，趁机抹去眼泪，用平常的神态镇定地欢迎他们。

他们兴奋地笑着，因为带回来一只肥兔，那肯定是偷的，他们比画着，示意有一顿美餐了。

她马上开始做午餐，但杀兔子时却没胆量动手。尽管这不是首次！一个当兵的在兔子耳后打了一拳，将它打死。

她剥去兔皮，里面是嫩红的肉！她一看到手上的血就感到那血在冷却，她发起抖来；她眼前老是晃动着儿子那炸成两截的身体，也像这兔子一样全是血。

她和普鲁士人一起用餐，但她根本没有胃口，他们大口地吞着兔肉，根本没看出来。她暗暗看他们，一言不发。慢慢地，她有了个主意，但她依旧镇定，所以大家没发觉。

她忽然问道："我们一起一个月了，但我还不知道你们的名字呢！"他们好不容易才明了她的话，就把自己的名字说出来。她还要他们把名字和家里的住址写出来。然后，她戴上眼镜，浏览了一下那些古怪的外国字，然后叠好收起来，放在她儿子的死亡通知书之上。

吃过饭，她说：

"我帮你们做些事。"

她把枯草推到他们睡的阁楼上。

他们很奇怪她的行为；她说这样会更热一些；所以他们也来帮忙。枯草堆得快到屋顶了，他们如此为自己布置了一个温暖宽大的卧室，一定睡得香。

用晚餐时，有个普鲁士人看到她仍是不吃，有些担心。她借口说胃疼。然后，她把炉火烧旺烤火；四个普鲁士人像往常一样从梯子爬到睡觉的地方去了。

翻板刚落，老太太就将梯子撤了，把那通向外面的门打开，又搬草将伙房堆满。她赤脚在雪上行，一点声响都没有，还时而去听一下那些普鲁士人的高低不齐的呼噜声。

等这一切完毕，就用一抱枯草在炉中引着后，散放在别的草捆上，就到外面去看。

顿时，整个茅屋被烈火映得通红，马上就成为可怕的大火，像一只烈火燃烧的火炉。窗户扑腾着火舌，将炫目的光照在雪上。

不多时，阁楼上一声高喊，马上又是一片哀号和可怕的求救声。房里的翻板掉了下来，火舌舔着了阁楼、房顶，如同火把一般蹿向空中；整个茅屋全烧着了。

茅屋里只有燃烧和倒塌的响声。房顶突然掉下来，闪着火焰的房架在烟火中，对着天空喷射火星。

雪的原野被照亮，如同染了一层红的银色桌布一般发光。

远方响起了钟声。

索瓦热老太太仍旧在烧着的房前，手中拿着儿子的枪，以免有人出来。

等事情了结，她把枪扔进火中，马上就有爆裂声。

很多人跑过来，有村民，也有普鲁士人。

这时，她平静而快乐地坐在一个树桩上。

有个德国军官用法国人一样熟悉的法语，问：

“您那些士兵呢？”

她伸出干枯的手，指着正渐渐熄灭的火，高声说：

“在那里！”

大家簇拥着她，普鲁士人又问：

“为何会起火？”

她说：

“是我放的火！”

大家以为她被大火吓坏了，所以没人信她。所以，她对那些围绕着她的听众，把事情的来龙去脉讲了一次，从她收信到那些与她的茅屋一起完蛋的人的呼喊。她把感受到和做的都一清二楚地说了。

说完，她从衣袋中拿出两张纸。映着即将熄灭的火，她戴上眼镜，想看清那两张纸。然后把一张展示给别人，说：“这是维克托的凶讯的信。”她把另一张拿出去的时候，对着火红的残墟说：“这是他们的姓名，可以用信告知他们家人。”她镇定地将白纸送给捉住她肩头的军官，接着又说：

“您务必在信中说明一切，告诉他们，是维克托瓦尔·西蒙·索瓦热所为！”

军官用德语下令。她被推到自家墙边。墙还很热。十二个士兵迅速在离她二十米的地方列队。她一动不动；她明白；她等着。

枪声随着下令声响起。有一颗打得迟了，等别的枪响过后才打出去。

老人并没马上倒地，她如同被人斩去双足一般软倒在地。

普鲁士军官过来，她几乎被打成两截，但手中仍紧紧握住那血中的信。

我的朋友塞瓦尔说完，又加了一句：

“为了报复，德国人才烧掉了我的城堡。”

但我此刻在想那四个死在茅屋中的好心的年轻人的母亲；那被枪杀在这墙边的凶残而又勇敢的母亲。

我拾起一块小石，上面仍然有烈火焚烧的黑色。